ANDREA CAMILLERI

Das kalte Lächeln des Meeres

Romane aus der Serie um Commissario Montalbano

Die Form des Wassers
Der Hund aus Terracotta
Der Dieb der süßen Dinge
Die Stimme der Violine
Der Kavalier der späten Stunde
Das kalte Lächeln des Meeres
Die Passion des stillen Rächers
Die dunkle Wahrheit des Mondes
Die schwarze Seele des Sommers
Die Flügel der Sphinx
Die Spur des Fuchses
Das Ritual der Rache
Die Tage des Zweifels
Der Tanz der Möwe
Das Spiel des Poeten
Das Lächeln der Signorina
Das Labyrinth der Spiegel
Die Spur des Lichts
Eine Stimme in der Nacht
Das Nest der Schlangen
Das Bild der Pyramide
Das Karussell der Verwechslungen
Das Ende des Fadens
Die Botschaft der verborgenen Bilder
Ein tiefer Blick in die Seele

Erzählbände aus der Serie um Commissario Montalbano

Das Paradies der kleinen Sünder
Die Nacht des einsamen Träumers
Die Rache des schönen Geschlechts
Der falsche Liebreiz der Vergeltung
Der ehrliche Dieb

Weitere Titel

Der zweite Kuss des Judas
Neuigkeiten aus dem Paradies
Das Netz der großen Fische

Titel in der Regel auch als Hörbuch und E-Book erhältlich

Über den Autor

Andrea Camilleri (1925-2019) ist der erfolgreichste zeitgenössische Autor Italiens und begeistert mit seinem vielfach ausgezeichneten Werk ein Millionenpublikum. Ob er seine Leser mit seinem unwiderstehlichen Helden Salvo Montalbano in den Bann zieht, ihnen mit kulinarischen Köstlichkeiten den Mund wässrig macht oder ihnen unvergessliche Einblicke in die mediterrane Seele gewährt: Dem Charme der Welt Camilleris vermag sich niemand zu entziehen.

ANDREA
CAMILLERI

DAS KALTE LÄCHELN DES MEERES

EIN SIZILIEN-KRIMI

Übersetzung aus dem Italienischen von
Christiane v. Bechtolsheim

Lübbe

NACHHALTIG PRODUZIERT

Die Bastei Lübbe AG verfolgt eine nachhaltige Buchproduktion. Wir verwenden Papiere aus nachhaltiger Forstwirtschaft und verzichten darauf, Bücher einzeln in Folie zu verpacken. Wir stellen unsere Bücher in Deutschland und Europa (EU) her und arbeiten mit den Druckereien kontinuierlich an einer positiven Ökobilanz.

FSC
www.fsc.org
MIX
Papier | Fördert gute Waldnutzung
FSC® C014496

Vollständige Taschenbuchausgabe
der bei Bastei Lübbe erschienenen Hardcoverausgabe

Titel der italienischen Originalausgabe: »Il giro di Boa«
Originalverlag: Sellerio Editore, via Enzo ed Elvira Sellerio, 50, Palermo

Umschlaggestaltung: ZERO Werbeagentur, München
Einband-/Umschlagmotiv: © Evgeniya L/shutterstock.com; Nuk2013/shutterstock.com; elesi/shutterstock.com; Andrew Mayovskyy/shutterstock.com
Satz: hanseatenSatz-bremen, Bremen
Gesetzt aus der DTL Documenta
Druck und Verarbeitung: GGP Media GmbH, Pößneck

Printed in Germany
ISBN 978-3-404-19335-6

2 4 5 3 1

Sie finden uns im Internet unter:
luebbe.de
Bitte beachten Sie auch: lesejury.de

Eins

Was für eine hundsgemeine Nacht, er hatte sich pausenlos im Bett herumgewälzt, war weggedöst und wieder wach geworden, war aufgestanden und hatte sich wieder hingelegt. Nicht etwa, weil er es beim Abendessen mit *purpi strascinasali* oder *sarde a beccafico* übertrieben hätte, das wäre wenigstens ein Grund für diese quälende Schlaflosigkeit gewesen, aber nein, nicht mal diese Befriedigung hatte er gehabt; abends war sein Magen so zugeschnürt gewesen, dass kein Grashalm hineingegangen wäre. Das lag an den düsteren Gedanken, die ihm ein Beitrag in den Fernsehnachrichten beschert hatte. »Ersoffen und noch vom Stein getroffen«, heißt es im Volksmund, wenn ein Unglücksrabe von einer unerträglichen Pechsträhne heimgesucht wird. Und da er jetzt schon seit ein paar Monaten verzweifelt in einem aufgewühlten Meer schwamm und sich manchmal verloren fühlte wie ein Ertrinkender, traf ihn dieser Bericht wirklich wie ein Stein, und zwar mitten auf den Kopf; der Schlag betäubte ihn und raubte ihm seine letzten, schwindenden Kräfte.

Mit gleichgültiger Miene hatte die Reporterin mitgeteilt, die Staatsanwaltschaft Genua sei in Zusammenhang mit der Erstürmung der Diaz-Schule während des G8-Gipfels zu der Überzeugung gekommen, dass die Polizisten die beiden in der Schule gefundenen Molotow-Cocktails dort selbst deponiert hätten, um die Aktion zu rechtfertigen. Man habe festgestellt – fuhr die Reporterin fort –, dass der Beamte, der bei der Erstürmung angeblich von einem Globalisierungsgegner mit einem Messer angegriffen worden war, gelogen habe: Er habe sich den Schnitt an der Uniform selbst zugefügt, um zu beweisen, wie gefährlich diese Jugendlichen seien, doch mittlerweile sei herausgekommen, dass sie in der Schule friedlich geschlafen hatten.

Nach dem Bericht saß Montalbano eine halbe Stunde in seinem Fernsehsessel, unfähig, einen klaren Gedanken zu fassen, sprachlos vor Wut und Scham und schweißgebadet. Er fand nicht mal die Kraft, aufzustehen und ans Telefon zu gehen, das schon lange klingelte. Man brauchte über solche Meldungen, die die regierungsfreundlichen Medien tröpfchenweise verlautbaren ließen, nur ein bisschen nachzudenken, und schon hatte man ein klares Bild vor Augen: Seine Mitstreiter und Kollegen waren in Genua, als niemand damit rechnete, ohne jede Rechtsgrundlage gewaltsam vorgegangen, das war eine Art kaltblütiger Racheakt, obendrein mithilfe getürkter Beweise. So etwas rief verdrängte Aktionen der faschistischen Polizei oder der Polizei unter Innenminister Scelba in Erinnerung. Irgendwann beschloss Montalbano, ins Bett zu gehen. Als er vom Sessel aufstand, fing das blöde Telefon schon wieder an zu klingeln. Automatisch nahm er ab. Es war Livia.

»Salvo! Mein Gott, ich versuche schon die ganze Zeit, dich zu erreichen! Ich habe mir langsam Sorgen gemacht! Hast du das Telefon denn nicht gehört?«

»Doch, aber ich hatte keine Lust dranzugehen. Ich wusste ja nicht, dass du es bist.«

»Was machst du gerade?«

»Nichts. Ich habe an das gedacht, was vorhin in den Nachrichten kam.«

»Über Genua?«

»Ja.«

»Ah. Ich habe den Bericht auch gesehen.«

Pause. Und dann:

»Ich wäre jetzt gern bei dir. Ich könnte morgen kommen, was meinst du? Dann reden wir in Ruhe über alles. Du wirst schon sehen, dass ...«

»Livia, da gibt's nicht mehr viel zu reden. Wir haben in den letzten Monaten doch so oft darüber gesprochen. Ich bin fest entschlossen.«

»Wozu denn?«

»Ich kündige. Morgen gehe ich zum Questore; Bonetti-Alderighi wird sich freuen.«

Livia antwortete nicht sofort, und Montalbano glaubte, die Verbindung sei abgebrochen.

»Livia? Bist du noch dran?«

»Ich bin noch dran. Salvo, ich halte es für einen Riesenfehler, so zu gehen.«

»Was meinst du mit ›so‹?«

»Wütend und enttäuscht. Du willst die Polizei verlassen,

weil du dich fühlst, als hätte dich ein dir naher Mensch verraten, und deshalb …«

»Livia, ich *fühle* mich nicht verraten. Ich *bin* verraten *worden*. Hier geht's nicht um Gefühle. Ich habe meinen Beruf immer mit Anstand ausgeübt. Als Ehrenmann. Wenn ich einem Kriminellen mein Wort gegeben habe, habe ich es auch gehalten. Und dafür respektiert man mich. Das ist meine Stärke, verstehst du? Aber jetzt reicht's mir, ich hab die Schnauze voll!«

»Bitte schrei nicht«, sagte Livia mit zitternder Stimme.

Montalbano hörte sie nicht. In ihm war ein Geräusch, als finge sein Blut gleich an zu kochen. Er fuhr fort:

»Nicht mal dem schlimmsten Verbrecher habe ich falsche Beweise untergeschoben! Nie! Damit hätte ich mich ja auf sein Niveau begeben. Dann wäre meine Arbeit als Bulle zu einem Drecksgeschäft geworden! Stell dir das mal vor, Livia! Nicht irgendein unterbelichteter, gewalttätiger Polizist hat die Schule überfallen und irgendwelche Beweise fabriziert, da waren Polizeipräsidenten und stellvertretende Polizeipräsidenten, Hauptkommissare und Konsorten mit von der Partie!«

Erst jetzt begriff er, dass das Geräusch im Hörer Livias Schluchzer waren. Er holte tief Luft.

»Livia?«

»Ja?«

»Ich liebe dich. Schlaf gut.«

Er legte auf. Und dann hatte diese üble Nacht begonnen.

In Wirklichkeit hatte Montalbanos Unbehagen schon vorher angefangen, nämlich als im Fernsehen der Ministerpräsident zu sehen war, der durch die Gassen von Genua schlenderte, Blumenkästen aufstellen ließ und Anweisung gab, die Unterhosen, die zum Trocknen vor Balkonen und Fenstern hingen, zu entfernen, während sein Innenminister Sicherheitsmaßnahmen ergriff, die eher zu einem bevorstehenden Bürgerkrieg als zu einer Versammlung von Regierungschefs gepasst hätten: Stahlzäune zur Sperrung bestimmter Straßen, Abdichtung der Gullys, Schließung der Grenzen und mehrerer Bahnhöfe, Überwachung der Küstengewässer und sogar die Installation einer Raketenbatterie. Die Schutzvorkehrungen – dachte der Commissario – waren dermaßen übertrieben, dass sie eine Provokation darstellten. Und dann war das alles passiert: Schlimm genug, dass ein Demonstrant ums Leben gekommen war, doch das Schlimmste war vielleicht das Verhalten einiger Polizeiabteilungen, die friedliche Demonstranten mit Tränengas beschossen, während die Autonomen des so genannten Black Block tun und lassen konnten, was sie wollten. Und danach hatte sich in der Diaz-Schule diese widerwärtige Geschichte abgespielt, die weniger mit einem Polizeieinsatz zu tun hatte als mit einem miesen Überfall, um unterdrückte Rachegelüste auszutoben.

Drei Tage nach dem G8-Gipfel, als in ganz Italien heftig gestritten wurde, war Montalbano spät ins Büro gekommen. Als er aus dem Auto stieg, sah er zwei Maler, die eine Seitenwand des Kommissariats tünchten.

»Ah Dottori Dottori!, rief Catarella, als Montalbano hereinkam. »Die haben uns heute Nacht unanständige Sachen geschrieben!«

Montalbano verstand nicht sofort:

»Wer hat uns geschrieben?«

»Ich weiß nicht, wer das persönlich war, der uns geschrieben hat.«

Was für einen Mist redete Catarella da?

»Einen anonymen Brief?«

»Nein, Dottori, der war nicht onanym, Dottori, der war ein Mauerbrief. Und wegen dem Mauerbrief hat der Fazio heut Früh gleich die Maler angerufen, dass die den wieder wegmachen.«

Jetzt wusste Montalbano endlich, was es mit den beiden Malern auf sich hatte.

»Was stand denn da?«

Catarella wurde knallrot und redete um den heißen Brei herum:

»Mit so schwarzen Spreidosen haben die schlimme Wörter hingeschrieben.«

»Ja gut, aber was denn?«

»Scheißbullen«, antwortete Catarella und blickte verlegen zu Boden.

»Ist das alles?«

»Nein. Auch noch Mörder. Scheißbullen und Mörder.«

»Catarè, warum macht dir das denn so viel aus?«

Catarella fing fast an zu heulen.

»Weil hier bei uns keiner ein Scheißbulle oder ein Mörder ist,

Sie schon gar nicht und niemand sonst und ich auch nicht, wo ich sowieso die letzte Geige spiele.«

Montalbano legte ihm tröstend die Hand auf die Schulter und ging dann in sein Büro. Catarella rief hinter ihm her:

»Ah Dottori! Das hab ich ganz vergessen: grannissimi cornuti *war auch dabei.«*

Klar, in Sizilien war aus einem Schmähspruch das Wort cornuto, *Gehörnter, nicht wegzudenken! Dieses Wort war wie ein Markenname, eine typische Art, die sizilianische Mentalität auszudrücken. Er hatte sich gerade hingesetzt, als Mimì Augello hereinkam. Mimì schien sich durch nichts anfechten zu lassen, er war entspannt und guter Dinge.*

»Gibt's was Neues?«, fragte er.

»Weißt du schon, was heute Nacht an unserer Hauswand stand?«

»Ja, Fazio hat's mir erzählt.«

»Und das findest du nichts Neues?«

Mimì sah ihn irritiert an.

»Machst du jetzt einen Witz, oder meinst du das ernst?«

»Ich mein's ernst.«

»Dann aber Hand aufs Herz, wenn du mir antwortest. Glaubst du, dass Livia dich betrügt?«

Diesmal sah Montalbano Mimì irritiert an.

»Sag mal, spinnst du?«

»Ein cornuto *bist du also nicht. Und dass Beba mich betrügt, glaube ich auch nicht. Nun zum nächsten Wort: Scheißbullen. Mir haben zwei oder drei Frauen gesagt, ich wäre ein Scheißtyp. Zu dir hat das wohl noch niemand gesagt, folg-*

lich bist du mit dem Wort nicht gemeint. Von Mörder ganz zu schweigen. Also?«

»Meine Güte, Mimì, bist du witzig mit deiner Rätselwochen-Logik!«

»Salvo, es ist ja wohl nicht das erste Mal, dass die uns als Schweine, Scheißtypen und Mörder bezeichnen.«

»Bloß dass sie dieses Mal, zumindest teilweise, Recht haben.«

»Ach ja, findest du?«

»Finde ich. Erklär mir mal, warum wir, nachdem jahrelang nichts Vergleichbares passiert ist, in Genua so vorgegangen sind.«

Mimì sah ihn aus schmalen Augenschlitzen an und schwieg.

»O nein!«, sagte der Commissario. »Antworte mir richtig, nicht mit diesem Bullenblick.«

»Also gut. Aber eins noch: Ich habe nicht die Absicht, mich mit dir zu zoffen. Einverstanden?«

»Einverstanden.«

»Ich weiß schon, was dich wurmt. Nämlich dass das alles unter einer Regierung geschehen ist, der du misstraust und gegen die du Aversionen hast. Du denkst, dass diese Geschichte für die derzeitige Regierung ein gefundenes Fressen ist.«

»Sag mal, Mimì, hast du eigentlich Zeitung gelesen? Hast du ferngesehen? Mehr oder weniger deutlich wurde gesagt, dass in der Einsatzzentrale in Genua Leute waren, die dort nichts verloren hatten. Minister und Abgeordnete und alle von ein und derselben Partei. Von der Partei, die sich immer

auf Recht und Gesetz beruft. Aber wohlgemerkt, Mimì: auf ihr Recht und ihr Gesetz.«

»Und das heißt?«

»Das heißt, dass sich ein Teil der Polizei, vielleicht ein besonders schwacher, da er sich für den stärksten hält, geschützt und abgesichert gefühlt hat. Und ausgerastet ist. Im besten Fall.«

»Gibt's auch einen schlechtesten?«

»Klar. Dass wir von Leuten, die eine Art Test veranstalten wollten, wie Puppen im Marionettentheater gelenkt worden sind.«

»Was denn für einen Test?«

»Wie die Menschen auf einen solchen Gewaltakt wohl reagieren, wie viel Zustimmung, wie viel Missbilligung es gibt. Zum Glück ist die Rechnung nicht aufgegangen.«

»Na ja ...«, meinte Augello zweifelnd.

Montalbano wechselte das Thema.

»Wie geht's Beba?«

»Nicht so besonders. Die Schwangerschaft ist schwierig. Sie muss viel liegen, aber der Arzt sagt, wir bräuchten uns keine Sorgen zu machen.«

Montalbano legte mit seinen einsamen Wanderungen auf der Mole Kilometer um Kilometer zurück, saß stundenlang auf seinem Klagefelsen und dachte über Genua nach, bis ihm das Hirn rauchte, futterte zentnerweise càlia e simenza und telefonierte nachts mit Livia, und als seine innere Wunde langsam zu vernarben begann, wurde über eine weitere *glorreiche Aktion der Polizei berichtet, diesmal in Neapel. Eine Hand voll Polizisten waren festgenommen worden, weil sie mutmaßlich gewaltbereite verletzte Demonstranten aus einem Krankenhaus geholt hatten. Auf der Wache wurden die Leute unter einer Flut von Beschimpfungen und Beleidigungen verprügelt. Doch was Montalbano am meisten erschütterte, war die Reaktion anderer Polizisten auf die Festnahmen: Einige ketteten sich aus Solidarität ans Tor des Präsidiums, manche organisierten Demonstrationen, die Polizeigewerkschaften regten sich auf, ein stellvertretender Polizeipräsident, der in Genua brutal auf einen zu Boden gestürzten Demonstranten eingetreten hatte, wurde in Neapel wie ein Held gefeiert. Dieselben Politiker, die während des G8-Gipfels in Genua weilten, leiteten diesen merkwürdigen (aber Montalbano fand ihn gar nicht so merkwürdig) Kleinaufstand eines Teils der Ordnungskräfte gegen die Richter, die die Festnahmen angeordnet hatten. Montalbano hatte die Schnauze voll. Noch so eine bittere Pille mochte er nicht schlucken. Daher rief er eines Morgens vom Büro aus sofort Dottor Lattes an, den Kabinettschef im Polizeipräsidium Montelusa. Eine halbe Stunde später ließ Lattes Montalbano durch Catarella ausrichten, dass der Polizeipräsident bereit sei, ihn Punkt zwölf Uhr mittags zu empfangen. Die Kollegen im Kommissariat hatten gelernt, aus dem Schritt, mit dem ihr Chef morgens ins Büro kam, auf seine Laune zu schließen, und daher wussten sie gleich, dass er mit dem linken Bein zuerst aufgestanden war. So schien es von Montalbanos Zimmer aus, als ob das Kommissariat ausgestorben wäre, keine*

Stimme, kein Geräusch waren zu hören. Sobald Catarella, der am Eingang Wache hielt, jemanden kommen sah, riss er die Augen auf, legte den Finger an den Mund und machte: »Pssssst!«

Und alle betraten das Kommissariat mit einem Gesicht, als gingen sie zu einer Totenwache.

Gegen zehn klopfte Augello vorsichtig an Montalbanos Tür und durfte eintreten. Er wirkte niedergeschlagen. Montalbano sah ihn besorgt an.

»Wie geht's Beba?«

»Gut. Darf ich mich setzen?«

»Klar.«

»Darf ich rauchen?«

»Klar, aber lass dich nicht vom Minister erwischen.«

Augello steckte sich eine Zigarette an, inhalierte und behielt den Rauch lange in der Lunge.

»Darfst ruhig wieder ausatmen«, sagte Montalbano. »Ich erlaub's dir.«

Mimì sah ihn irritiert an.

»Na ja«, fuhr der Commissario fort, »du benimmst dich so untertänig. Wegen jedem Scheiß bittest du mich um Erlaubnis. Was ist denn los? Fällt es dir so schwer, zu sagen, was du auf dem Herzen hast?«

»Ja«, gab Augello zu.

Er drückte die Zigarette aus, setzte sich auf dem Stuhl zurecht, holte tief Luft und fing an:

»Salvo, du weißt, dass ich dich immer als meinen Vater betrachtet habe ...«

»Wo hast du denn das her?«

»Was?«

»Diese Geschichte, dass ich dein Vater sein soll. Wenn deine Mutter das gesagt hat, dann hat sie dir einen Bären aufgebunden. Wir sind nur fünfzehn Jahre auseinander, und ich war zwar sehr frühreif, aber mit fünfzehn ...«

»Aber Salvo, ich hab doch nicht gesagt, dass du mein Vater bist, ich meinte, du bist für mich so was wie ein Vater.«

»Damit kommst du bei mir nicht an. Lass bloß diesen Scheiß mit Vater, Sohn und Heiligem Geist. Sag, was los ist, und verpiss dich wieder, heute ist nicht mein Tag.«

»Warum hast du um einen Termin beim Questore gebeten?«

»Wer hat das gesagt?«

»Catarella.«

»Dem werd ich was erzählen.«

»Du wirst ihm gar nichts erzählen, das kannst du mit mir ausmachen. Ich habe Catarella angewiesen, mir Bescheid zu sagen, falls du dich mit Bonetti-Alderighi in Verbindung setzt. Ich wusste, dass du das früher oder später tun würdest.«

»Was ist denn so merkwürdig daran, wenn ich als Kommissar meinen Vorgesetzten sprechen will?«

»Salvo, Bonetti-Alderighi ist doch ein rotes Tuch für dich, du erträgst ihn nicht. Wenn er als Pfarrer an dein Sterbebett käme, um dir die Absolution zu erteilen, würdest du aufstehen und ihm einen Tritt in den Hintern verpassen. Ich rede jetzt Klartext, in Ordnung?«

»Tu dir keinen Zwang an.«

»Du willst gehen.«
»Ein bisschen Urlaub würde mir gut tun.«
»Salvo, lass dir doch nicht alles aus der Nase ziehen. Du willst kündigen.«
»Das ist doch mein Bier, oder?«, fuhr Montalbano ihn an und rutschte auf die Stuhlkante, jederzeit bereit aufzuspringen. Augello ließ sich nicht beeindrucken.
»Natürlich. Aber vorher müssen wir noch etwas zu Ende besprechen. Weißt du noch, dass du gesagt hast, du hättest einen Verdacht?«
»Was für einen Verdacht?«
»Dass die Geschichte in Genua absichtlich von einer Partei provoziert wurde, um die üblen Polizeiaktionen im Nachhinein irgendwie zu rechtfertigen. Weißt du das noch?«
»Ja.«
»Ich möchte dich daran erinnern, dass die Sache in Neapel unter einer Mitte-links-Regierung passiert ist, sprich vor dem G8-Gipfel. Bloß hat man es erst später erfahren. Wie findest du das?«
»Beschissen. Mimì, glaubst du, ich hätte nicht darüber nachgedacht? Das macht alles noch viel schlimmer.«
»Was meinst du damit?«
»Dass der ganze Dreck in uns steckt.«
»Und das merkst du jetzt erst? Ausgerechnet du, wo du so viel liest? Wenn du gehen willst, dann geh. Aber nicht jetzt. Geh, wenn du müde bist, wenn du die Altersgrenze erreicht hast, wenn dir die Hämorrhoiden wehtun, wenn dein Hirn nicht mehr mitmacht, aber nicht ausgerechnet jetzt.«

»Und warum nicht?«

»Weil es verletzend wäre.«

»Für wen denn?«

»Für mich zum Beispiel. Ich bin zwar ein Weiberheld, aber ein anständiger Mensch. Catarella ist ein Engel. Fazio ist auch ein feiner Kerl. Alle hier im Kommissariat von Vigàta wären verletzt. Auch Bonetti-Alderighi, der immer Ärger macht und einem nie was durchgehen lässt, aber in Ordnung ist. Alle deine Kollegen, die du schätzt und die dich mögen. Die allermeisten Leute bei der Polizei, die nichts mit ein paar Schuften, egal, in welcher Position, zu tun haben. Wenn du gehst, knallst du uns die Tür ins Gesicht. Überleg dir das. Wiedersehen.«

Er stand auf und verschwand. Um halb zwölf ließ Montalbano sich von Catarella mit der Questura verbinden; er teilte Dottor Lattes mit, er komme doch nicht, was er dem Questore habe sagen wollen, sei unwichtig, ganz unwichtig.

Nach dem Anruf verspürte er ein Bedürfnis nach Meeresluft. Als er an der Telefonvermittlung vorbeiging, blaffte er Catarella an:

»Kannst mich wieder bei Augello verpetzen.«

Catarella sah ihn traurig an wie ein verloren gegangener Hund.

»Warum sagen Sie so was zu mir, Dottori?«

Jeder fühlte sich von ihm verletzt, nur er selbst durfte sich von niemandem verletzt fühlen.

Auf einmal mochte er nicht mehr im Bett liegen und über all das nachgrübeln, was er und Mimì in den vergangenen Tagen miteinander besprochen hatten. Hatte er Livia nicht seinen Entschluss mitgeteilt? Die Sache war erledigt. Montalbano sah zum Fenster, durch das kaum Licht drang. Die Uhr zeigte fast sechs. Er stand auf und öffnete die Fensterläden. Im Osten zeichnete die aufgehende Sonne Arabesken luftiger Wolken, keine Regenwolken. Das Meer bewegte sich leicht in der Morgenbrise. Montalbano füllte seine Lungen mit Luft und spürte, wie jeder Atemzug ein wenig von dieser furchtbaren Nacht mit sich forttrug. Er ging in die Küche, setzte die Espressokanne auf und öffnete, während er auf den Kaffee wartete, die Verandatür.

Der Strand schien leer, zumindest waren bei dem Dämmerlicht weit und breit kein Mensch und kein Tier zu sehen. Er trank zwei Tassen Kaffee hintereinander, zog die Badehose an und ging zum Strand hinunter. Der Sand war feucht und fest, vielleicht hatte es am frühen Abend ein bisschen geregnet. Er steckte einen Fuß ins Wasser. Es war längst nicht so eisig, wie er gedacht hatte. Vorsichtig ging er weiter, hin und wieder lief ihm ein kalter Schauer über den Rücken. Warum, fragte er sich, muss ich mit über fünfzig eigentlich noch einen solchen Unfug machen? Wahrscheinlich kriege ich eine dicke Erkältung mit Brummschädel, und dann niese ich eine Woche lang.

Mit gemächlichen, ausholenden Zügen begann er zu schwimmen. Das Meerwasser hatte einen scharfen Geruch und kitzelte in der Nase, beinahe wie Champagner. Und Montalbano fühlte sich wie betrunken, denn er schwamm weiter und weiter, endlich war sein Kopf frei von jeglichem Gedanken, und er genoss es, dass er sich in eine Art Aufziehpuppe verwandelt hatte. Was ihn auf einen Schlag wieder zum Menschen machte, war ein Krampf, der ihm in die linke Wade fuhr. Fluchend drehte Montalbano sich auf den Rücken und machte den toten Mann. Die Schmerzen waren so stark, dass er die Zähne zusammenbeißen musste, aber er wusste, dass sie früher oder später vorbeigehen würden. Diese verfluchten Krämpfe waren in den letzten zwei, drei Jahren immer häufiger aufgetreten. Erste Symptome des Alters, das hinter der Ecke lauerte? Er ließ sich weiter treiben. Die Schmerzen wurden allmählich schwächer, sodass er zwei Schwimmzüge rückwärts machen konnte. Beim zweiten Zug stieß er mit der rechten Hand gegen etwas.

Im Bruchteil einer Sekunde begriff Montalbano, dass dieses Etwas der Fuß eines Menschen war. Direkt hinter ihm machte noch jemand den toten Mann, und er hatte ihn nicht gesehen.

»Entschuldigung«, sagte er hastig und drehte sich auf den Bauch.

Der andere gab keine Antwort, er machte nämlich nicht den toten Mann. Er war wirklich tot. Und so wie er aussah, war er das schon ziemlich lange.

Zwei

Montalbano schwamm verwirrt um die Leiche herum und versuchte, das Wasser nicht mit den Armen aufzuwühlen. Inzwischen war es hell geworden, und der Krampf war vorbei. Die Leiche war wirklich nicht frisch, sie musste schon lange im Wasser liegen, denn viel Fleisch hing nicht mehr an den Knochen und der Kopf war praktisch ein Schädel. Ein Schädel mit Algenfrisur. Das rechte Bein löste sich fast vom Körper. Die Fische und das Meer hatten den armen Kerl übel zugerichtet, er musste ein Schiffbrüchiger oder ein Flüchtling sein, der vor Hunger und aus Verzweiflung versucht hatte, illegal ins Land zu gelangen; vermutlich hatte ihn ein Sklavenhändler, ein noch gewissenloseres Schwein als andere, ins Meer geworfen. Die Leiche musste von weither gekommen sein. Und während der ganzen Zeit, in der dieses Strandgut im Wasser trieb, sollte kein Fischkutter oder sonst ein Boot etwas gemerkt haben? Schwer vorstellbar. Bestimmt hatte jemand den Toten gesehen, aber rasch die neue landläufige Moral beherzigt, nach der man, wenn man jemanden überfahren hatte, einfach weiterfuhr, ohne zu helfen: Und dann sollte ein Fischkutter wegen so etwas Überflüssigem wie einem

Toten stoppen? Hatten Fischer menschliche Überreste, die sie in ihren Netzen fanden, nicht schon umgehend wieder ins Meer geworfen, um bürokratischen Ärger zu vermeiden? *»Pietà l'è morta«*, das Erbarmen ist tot, hieß es vor langer Zeit prophetisch, vielleicht in einem Lied. Nach und nach siechten auch das Mitleid, die Brüderlichkeit, die Solidarität, die Achtung vor den Alten, den Kranken, den Kindern dahin, im Sterben lagen auch die Regeln des …

»Jetzt mach doch nicht einen auf scheißmoralisch«, sagte Montalbano zu Montalbano. »Lass dir lieber was einfallen.«

Er riss sich aus seinen Gedanken und blickte zum Ufer. *Matre santa*, war das weit weg! Wie hatte er es geschafft, so weit rauszuschwimmen? Und wie zum Teufel sollte er es bewerkstelligen, den Toten an Land zu bringen? Selbigen hatte die Strömung inzwischen ein paar Meter weitergetrieben. Wollte er etwa mit ihm um die Wette schwimmen? Da fiel Montalbano ein, wie er das Problem lösen konnte. Er zog die Badehose aus, die außer einem Gummi im Hosenbund auch eine ziemlich lange Kordel hatte, die völlig überflüssig war und nur schick aussah. Mit zwei Schwimmzügen war er wieder bei dem Toten; er überlegte kurz, zog ihm die Badehose über den linken Arm, wickelte sie ihm eng ums Handgelenk und befestigte sie mit dem einen Ende der Kordel. Das andere Ende band er sich mit einem Doppelknoten ums linke Fußgelenk. Falls sich der Arm der Leiche während des Transports nicht löste, was allerdings sehr gut möglich war, würde er, wenn auch unter großen Strapazen, das Ding schon schaukeln, im wahrsten Sinn des Wortes. Montalbano schwamm los. Er schwamm lange, sehr langsam, gezwungenermaßen nur mit den Armen, und hielt gelegentlich inne, um Atem zu holen oder zu kontrollieren, ob die Leiche noch gut befestigt war. Nach etwas mehr als der halben Strecke musste er eine längere Pause einlegen, weil er wie ein Blasebalg schnaufte. Er legte sich auf den Rücken, um den toten Mann zu machen, und durch den Zug auf die Kordel wurde der Tote, der echte Tote, auf den Bauch gedreht.

»Du musst dich noch etwas gedulden«, entschuldigte sich Montalbano.

Als er nicht mehr so keuchen musste, schwamm er wieder los. Nach einer Zeit, die ihm unendlich lang vorkam, war er so weit, dass er fast stehen konnte. Er löste die Kordel von seinem Fuß, hielt das Ende fest und stellte sich aufrecht hin. Das Wasser reichte ihm bis zur Nase. Auf Zehenspitzen hüpfte er ein paar Meter vorwärts, bis er schließlich richtig auftreten konnte. Jetzt fühlte er sich in Sicherheit und wollte den ersten Schritt tun.

Er wollte ihn tun, konnte sich aber nicht bewegen. Er versuchte es noch mal. Es ging nicht. O Gott, er war gelähmt! Montalbano stand da wie ein mitten im Wasser in den Boden gerammter Pfosten, an dem eine Leiche angeleint war. Und am Strand kein Mensch weit und breit, den er hätte zu Hilfe rufen können. War das alles vielleicht nur ein Traum, ein Albtraum?

»Jetzt wache ich gleich auf«, sagte er zu sich.

Aber er wachte nicht auf. Verzweifelt warf er den Kopf in den Nacken und stieß einen so gewaltigen Schrei aus, dass er davon selbst ganz benommen wurde. Der Schrei bewirkte sofort zweierlei: Erstens schwirrten ein paar Möwen, die über ihm flogen und sich an der Posse ergötzten, erschrocken davon; zweitens kam, wenn auch sehr mühsam, wieder Leben in seine Muskeln, seine Nerven, eben alles, was seinen Körper zusammenhielt. Etwa dreißig Schritte trennten ihn noch vom Ufer, aber sie waren ein wahrer Leidensweg. An der Wassergrenze ließ er sich auf den Hintern plumpsen und blieb lange sitzen, mit der Kordel in der Hand. Montalbano sah aus wie ein Fischer, der einen Riesenfisch erbeutet hatte und ihn nicht an Land ziehen konnte. Er tröstete sich mit dem Gedanken, dass er das Schlimmste überstanden hatte.

»Hände hoch!«, schrie eine Stimme hinter ihm.

Erschrocken fuhr Montalbano herum. Wer da geschrien hatte und mit einem Revolver, der den Italienisch-Türkischen Krieg (1911–12) erlebt haben musste, auf ihn zielte, war ein hagerer, nervöser Mann in den Siebzigern, mit besessenem Blick und wenigen Haaren, die ihm wie Drähte vom Kopf abstanden. Neben ihm fuchtelte eine Frau mit Strohhut, die ebenfalls über siebzig war, mit einer Eisenstange herum, wobei man nicht recht wusste, ob es sich dabei um eine Drohgebärde oder fortgeschrittenen Parkinson handelte.

»Moment«, sagte Montalbano. »Ich bin ...«

»Du bist ein Mörder!«, kreischte die Frau so durchdringend, dass die Möwen, die zurückgekommen waren, um sich am zweiten Akt der Posse zu ergötzen, schreiend davonstoben.

»Signora, ich …«

»Gib's zu, du Mörder, ich beobachte dich schon seit zwei Stunden mit dem Fernglas!«, brüllte die Alte noch lauter.

Montalbano war völlig verdattert. Ohne die Folgen zu bedenken, ließ er die Kordel los, stand auf und wandte sich den beiden zu.

»O Gott! Der ist nackt!«, schrie die Alte und wich zwei Schritte zurück.

»Du Schuft! Du bist des Todes!«, schrie der Alte und wich zwei Schritte zurück.

Und drückte ab. Der ohrenbetäubende Schuss verfehlte den Commissario, den vor allem der Krach erschreckte, um zwanzig Meter. Der Alte, der bei dem Rückstoß weitere zwei Schritte nach hinten getaumelt war, nahm ihn stur wieder ins Visier.

»Was soll das? Sind Sie verrückt geworden? Ich bin …«

»Halt's Maul und keine Bewegung!«, befahl der Alte. »Wir haben die Polizei verständigt. Sie ist gleich da.«

Montalbano rührte sich nicht. Aus dem Augenwinkel sah er die Leiche langsam aufs Meer hinaustreiben. Dann hatte der Herrgott ein Einsehen, und zwei Autos kamen angerast und hielten am Straßenrand. Aus dem ersten stürzten Fazio und Gallo, beide in Zivil. Montalbano war erleichtert, doch das dauerte nicht lange, denn aus dem zweiten Auto stieg ein Fotograf, der ihn unter Beschuss nahm. Fazio hatte den Commissario sofort erkannt und rief dem Alten zu:

»Polizei! Nicht schießen!«

»Und woher weiß ich, ob ihr nicht Komplizen seid?«, lautete die Antwort.

Er richtete den Revolver auf Fazio. Doch das lenkte ihn von Montalbano ab. Und der, stinksauer wie er war, stürzte sich auf den Alten, packte ihn am Handgelenk und entwaffnete ihn. Doch dem kräftigen Schlag auf den Kopf, den ihm die Alte mit der Eisenstange verpasste, konnte er nicht ausweichen. Ihm wurde schwarz vor den Augen, er sank auf die Knie und fiel in Ohnmacht.

Die Ohnmacht musste in Schlaf übergegangen sein, denn als er in seinem Bett erwachte und auf die Uhr sah, war es halb zwölf. Als Erstes nieste er, dann nieste er noch mal und dann noch mal. Er war erkältet, und sein Kopf brummte ziemlich. In der Küche hörte er Adelina, seine Haushälterin.

»Sind Sie wach, Dutturi?«

»Ja, aber der Kopf tut mir weh. Vielleicht hat mir die Alte ja ein Loch reingehauen.«

»Ihr Kopf kriegt doch nicht mal von einer Kanonenkugel ein Loch.«

Das Telefon klingelte, und er wollte aufstehen, doch ein Schwindel zwang ihn zurück ins Bett. Konnte diese verfluchte Alte eine solche Kraft in den Armen haben? Adelina ging dran. Sie sagte:

»Er ist grade aufgewacht. Ist gut, ich sag's ihm.«

Sie erschien mit einer dampfenden Tasse Espresso.

»Der Signor Fazio. Er hat gesagt, dass er nachher kommt, spätestens in einer halben Stunde.«

»Wann bist du denn gekommen, Adelì?«

»Um neun, wie immer, Dutturi. Die haben Sie ins Bett gebracht, und der Signor Gallu ist bei Ihnen geblieben. Da hab ich ihm gesagt, dass ich jetzt bei Ihnen bleib, und da ist er dann gegangen.«

Sie verschwand und kam nach einer Weile wieder, in einer Hand ein Glas und in der anderen eine Tablette.

»Ich hab ein Spirin für Sie.«

Montalbano schluckte es brav. Als er aufrecht im Bett saß, bekam er Schüttelfrost. Adelina holte grummelnd eine Decke aus dem Schrank und breitete sie auf dem Bett aus.

»In Ihrem Alter dürfen Sie so dumme Sachen nicht mehr machen.«

Montalbano verwünschte sie. Er zog sich die Decke über den Kopf und schloss die Augen.

Das Telefon klingelte lange. Wieso ging Adelina nicht dran? Montalbano stand auf und wankte ins andere Zimmer.

»Haddo?«, fragte er mit Näselstimme.

»Dottore? Ich bin's, Fazio. Ich kann leider doch nicht, mir ist was dazwischengekommen.«

»Was Ernsdes?«

»Nein, nicht der Rede wert. Ich schaue am Nachmittag mal vorbei. Gute Besserung.«

Montalbano legte auf und ging in die Küche. Adelina war schon fort, auf dem Tisch lag ein Zettel:

Sie haben geschlahfen und ich wolte Sie nich weggen. Komt ja gleich der Sinior Fazziu. Im Külschrank sin Sachen. Adelina.

Montalbano hatte keine Lust, in den Kühlschrank zu schauen, er hatte keinen Appetit. Da merkte er, dass er im Adamskostüm durch die Wohnung lief, wie Journalisten und Leute, die sich für witzig halten, das nennen. Er schlüpfte in Unterhose, Hemd und Hose und setzte sich in den Fernsehsessel. Es war viertel vor eins, Zeit für die Mittagsnachrichten von »Televigàta«, dem Sender, der sich stets berufen fühlte, mit der Regierung zu sympathisieren, egal, ob die extreme Linke oder die extreme Rechte am Ruder war. Das Erste, was er sah, war er selbst. Splitterfasernackt, mit aufgerissenem Mund und überraschtem Blick, die Hände über das Geschlecht gewölbt. Wie eine in die Jahre gekommene keusche Susanna, nur um einiges behaarter. Eine Bildunterschrift vermeldete:

Commissario Montalbano (im Bild) rettet eine Leiche. Montalbano dachte an den Fotografen, der mit Fazio und Gallo gekommen war, und wünschte ihm im Stillen aufs Aufrichtigste und Herzlichste ein langes, glückliches Leben. Auf dem Bildschirm erschien das Hühnerarschgesicht von Pippo Ragonese, Montalbanos erklärtem Feind. »Heute Morgen kurz nach Tagesanbruch …«

Auf dem Bildschirm erschien für die, die schwer von Begriff waren, irgendein Tagesanbruch.

»... wollte unser Held, Commissario Salvo Montalbano, schwimmen gehen ...«

Es erschien ein Meeresausschnitt mit einem Schwimmer, der weit weg und nicht zu erkennen war.

»Sie werden wohl denken, dass die Badesaison noch nicht angefangen hat, vor allem aber, dass das nicht gerade die geeignete Uhrzeit ist. Aber was wollen Sie machen? Unser Held ist nun mal so, vielleicht war ihm ja nach Schwimmen zumute, um sich die verschrobenen Ideen aus dem Kopf zu treiben, denen er häufig zum Opfer fällt. Als er hinausschwamm, stieß er auf die Leiche eines Unbekannten. Anstatt zu telefonieren und die zuständige Stelle ...«

»... mit dem im Schwanz implantierten Handy«, ergänzte Montalbano wütend.

»... zu informieren, beschloss unser Commissario, die Leiche ganz allein an Land zu ziehen, und band sie mit der Badehose an seinem Fuß fest. Selbst ist der Mann, lautet sein Motto. Nicht entgangen ist dieses Unternehmen Signora Pina Bausan, die das Meer mit einem Fernglas beobachtete.«

Daraufhin erschien das Gesicht von Signora Bausan, die ihm mit der Eisenstange eins über den Schädel gezogen hatte.

»Woher kommen Sie, Signora?«

»Wir sind aus Treviso, ich und mein Mann Angelo.«

Zu dem Gesicht der Frau gesellte sich das ihres Mannes, des Schützen.

»Sind Sie schon lange in Sizilien?«

»Seit vier Tagen.«

»Machen Sie hier Urlaub?«

»Von wegen Urlaub! Ich habe Asthma, und der Arzt hat gesagt, Seeluft würde mir gut tun. Meine Tochter Zina ist mit einem Sizilianer verheiratet, der in Treviso arbeitet ...«

Signora Bausan, der das böse Schicksal einen sizilianischen Schwiegersohn beschert hatte, unterbrach ihre Erklärung mit einem tiefen, kummervollen Seufzer.

»... und hat gesagt, wir sollen eine Weile im Haus ihres Mannes wohnen, das sie nur einen Monat im Sommer nutzen. Da sind wir eben gekommen.«

Der kummervolle Seufzer war diesmal noch lauter: Wie war das Leben auf dieser wilden Insel doch hart und gefährlich!

»Sagen Sie, Signora, warum haben Sie um diese Uhrzeit das Meer beobachtet?«

»Ich stehe früh auf, da muss ich doch was tun, oder?«

»Und Sie, Signor Bausan, tragen Sie immer eine Waffe bei sich?«

»Nein. Ich besitze keine Waffe. Den Revolver habe ich mir von einem Cousin geliehen. Sie verstehen, wenn man nach Sizilien muss ...«

»Sie sind der Meinung, dass man in Sizilien bewaffnet sein sollte?«

»Ist doch logisch, wo es hier kein Gesetz gibt, oder?«

Ragoneses Hühnerarschgesicht tauchte wieder auf.
»Und damit entstand das groteske Missverständnis. Im Glauben …«
Montalbano schaltete aus. Er war auf Bausan nicht wütend, weil er geschossen, sondern weil er so geredet hatte. Er ging ans Telefon.
»Haddo, Cadarella?«
»Jetzt hör mal zu, du Arschloch, du Saukerl …«
»Cadarè, erkennz du mich nich? Ich binz, Montalbano.«
»Ah, Sie, Dottori? Haben Sie einen Schnupfen?«
»Nein, Cadarè, ich rede aus Sbaß so. Gimmir ma Fazio.«
»Sofort, Dottori.«
»Ja bitte, Dottore?«
»Fazio, bo issn der Rebolber vonnem Alten?«
»Von Bausan, meinen Sie? Den hab ich ihm zurückgegeben.«
»Hadder ein Waffenschein?«
Betretenes Schweigen.
»Das weiß ich nicht, Dottore. Daran hab ich bei dem ganzen Durcheinander gar nicht gedacht.«
»Is gut. Das heißt schlecht. Fahr gleich zu ihm und überprüf das. Wenn er kein Schein had, geh gesetzlich gegn ihn vor. Man kann einen alten Trottel, der wild durch die Gegend ballert, nich frei rumlaufn lassn.«
»Verstehe, Dottore.«
Das war geschafft. So würden Signor Bausan und seine liebenswerte Gattin lernen, dass es auch in Sizilien ein bisschen Gesetz gab. Nur ein bisschen, aber immerhin. Er

wollte gerade wieder ins Bett gehen, als das Telefon klingelte.

»Haddo?«

»Salvo, Liebling, was hast du denn für eine Stimme? Hast du geschlafen, oder bist du erkältet?«

»Lezderes.«

»Ich habe dich im Büro zu erreichen versucht, aber man sagte mir, du seist zu Hause. Erzähl mal, was los war.«

»Da gib's nich viel zu erzählen. Es war komisch. Ich war nackt, und der hat auf mich geschossen. Und da hab ich einen Schnupfen gekriegt.«

»Du ... du ... ha ... ha ...«

»Was heißt duduhaha?«

»Du ... du hast dich nackt vor den Questore hingestellt, und der hat auf dich geschossen?«

Montalbano war irritiert.

»Libia, wieso sollde ich mich nackt vor den Quesdore hinstellen?«

»Du hast doch gestern Abend gesagt, du würdest heute Vormittag, möge da kommen, was wolle, zum Questore gehen und kündigen!«

Montalbano schlug sich mit der Hand an die Stirn. Die Kündigung! Die hatte er vollkommen vergessen!

»Weiß du, Libia, als ich heute Morgen den toten Mann machte, war da ein Toter, der ...«

»Ciao«, fiel Livia ihm wütend ins Wort. »Ich muss ins Büro. Ruf mich an, wenn du wieder bei Sinnen bist.«

Da konnte er nur ein weiteres Aspirin nehmen, sich die

Decke über den Kopf ziehen und schwitzen, was das Zeug hielt.
Bevor er sich ins Land des Schlafes begab, geschah es, dass er, ganz unabsichtlich, seine Begegnung mit der Leiche noch mal Revue passieren ließ.
An der Stelle, wo er den Arm des Toten anhob, um die Badehose drüberzuziehen und um das Handgelenk zu wickeln, stoppte sein geistiger Film und spulte zurück wie am Schneidetisch. Arm angehoben, Badehose drübergezogen, Badehose festgewickelt … Stop. Arm angehoben, Badehose drübergezogen … Doch da übermannte ihn der Schlaf.

Abends um sechs war er wieder auf den Beinen, er hatte geschlafen wie ein Kind, und die Erkältungsattacke war fast vorbei. Allerdings musste er sich gedulden und den Rest des Tages zu Hause bleiben.
Ein bisschen müde war er noch, aber er wusste, warum: Es war die Summe aus der gemeinen Nacht, dem Schwimmen, der Anstrengung beim Transport der Leiche, dem Schlag auf den Kopf und vor allem dem Wegfall der Spannung, nachdem er den Termin beim Questore abgesagt hatte. Er ging ins Bad, duschte ewig, rasierte sich sorgfältig und kleidete sich, als müsste er ins Büro. Stattdessen rief er entschlossen und ganz ruhig in der Questura Montelusa an.
»Hallo? Commissario Montalbano hier. Ich möchte bitte mit dem Signor Questore sprechen. Es ist dringend.«

Er musste nur ein paar Sekunden warten.

»Montalbano? Hier Lattes. Wie geht's? Wie geht's der Familie?«

Meine Güte, diese Nervensäge! Dottor Lattes, der Kabinettschef, *Lattes e miele* – Milch und Honig – genannt, weil er so schleimig war, war ein treuer Leser von *L'Avvenire* und *Famiglia cristiana*. Er war fest überzeugt, dass jeder achtbare Mann eine Frau und eine Kinderschar sein Eigen nennen müsse. Und da er Montalbano auf seine Weise achtete, konnte ihn niemand von seinem Glauben abbringen, der Commissario sei verheiratet.

»Allen gut, der Madonna sei Dank«, sagte Montalbano.

Er hatte längst gelernt, dass dieses »der Madonna sei Dank« bei Dottor Lattes Tür und Tor öffnete.

»Kann ich Ihnen irgendwie helfen?«

»Ich hätte gern eine Unterredung mit dem Signor Questore.«

Eine Unterredung! Montalbano verachtete sich. Aber wenn man mit Bürokraten zu tun hatte, redete man am besten so wie sie.

»Der Signor Questore ist nicht da. Er hat einen Termin bei (Pause) Seiner Exzellenz dem Minister, in Rom.«

Die Pause – Montalbano sah es förmlich vor seinem inneren Auge – rührte daher, dass sich Dottor Lattes, als er Seine Exzellenz erwähnen musste, respektvoll erhoben hatte, um den Namen nicht zu missbrauchen.

»Ah!«, rief Montalbano und sank in sich zusammen. »Wissen Sie denn, wie lange er fortbleiben wird?«

»Ich glaube, noch zwei oder drei Tage. Kann ich Ihnen vielleicht behilflich sein?«

»Vielen Dank, Dottore. Ich warte, bis er zurück ist.«

»... *e passeranno i giorni* ... und die Tage zieh'n vorüber«, brummte er wütend vor sich hin und knallte den Hörer auf die Gabel.

Er fühlte sich wie ein schlaffer Luftballon. Sobald er sich entschloss, das Handtuch zu werfen und zu kündigen, kam etwas dazwischen. Trotz der Müdigkeit, die durch das Telefongespräch noch zugenommen hatte, verspürte er einen Bärenhunger.

Es war zehn nach sechs und noch nicht Essenszeit. Aber wer sagt denn, dass man zu einer bestimmten Zeit zu essen hat? Er ging in die Küche und öffnete den Kühlschrank. Adelina hatte ihm eine Krankenmahlzeit vorgekocht: Kabeljau blau. Allerdings waren die Fische riesig, frisch und sechs an der Zahl. Er wärmte sie nicht auf, er aß sie am liebsten kalt, angemacht mit Öl, ein paar Tropfen Zitronensaft und Salz. Brot hatte Adelina morgens gekauft: einen Laib, mit Sesam bestreut, den köstlichen Samen, die man, wenn sie auf die Tischdecke fallen, einzeln mit dem spuckefeuchten Zeigefinger aufnehmen und wegknabbern kann. Er deckte den Tisch auf der Veranda und genoss jeden Bissen, als wäre es der letzte seines Lebens.

Als er abräumte, war es kurz nach acht. Und wie brachte er jetzt die Zeit herum, bis es Nacht war? Das Problem löste auf der Stelle Fazio, der an der Tür klopfte.

»*Bonasira*, Dottore. Ich wollte Ihnen berichten. Wie fühlen Sie sich?«

»Viel besser, danke. Komm rein. Was hast du mit Bausan gemacht?«

Fazio setzte sich auf dem Stuhl zurecht, holte einen Zettel aus der Tasche und fing an zu lesen.

»Bausan Angelo, Sohn des verstorbenen Bausan Angelo und der verstorbenen Crestin Angela, geboren in ...«

»In der Gegend gibt's wohl nur *angeli*, ganze Engelscharen«, unterbrach ihn der Commissario. »Du kannst es dir aussuchen. Entweder steckst du den Zettel wieder ein, oder du kriegst einen Tritt in den Hintern.«

Fazio unterdrückte seinen »Personalienfimmel«, wie der Commissario das nannte, steckte den Zettel souverän wieder ein und sagte:

»Dottore, nachdem Sie angerufen hatten, bin ich gleich zu dem Haus gefahren, in dem Angelo Bausan wohnt. Es steht nur ein paar hundert Meter von hier und gehört seinem Schwiegersohn, Maurizio Rotondò. Bausan hat keinen Waffenschein. Sie können sich ja nicht vorstellen, was ich durchgemacht hab, bis er endlich den Revolver rausgerückt hat. Unter anderem hat mir seine Frau den Besen über den Kopf gezogen. Der Besen von Signora Bausan erfüllt durchaus seinen Zweck als Waffe, und die Alte hat eine Kraft ... Sie können ja ein Lied davon singen.«

»Warum wollte er den Revolver nicht hergeben?«

»Weil er meinte, dass er ihn seinem Cousin wiederbringen muss, von dem er ihn geliehen hat. Der Cousin heißt Roberto Pausin. Ich habe seine Personalien an die Questura Treviso weitergeleitet. Den Alten hab ich ins Gefängnis gebracht. Jetzt kümmert sich der Haftrichter um ihn.«

»Gibt's was Neues wegen der Leiche?«

»Meinen Sie Ihre?«

»Welche denn sonst?«

»Na ja, weil in Vigàta und Umgebung mittlerweile zwei weitere Tote gefunden wurden.«

»Mich interessiert meiner.«

»Nichts Neues, Dottore. Bestimmt ein Flüchtling, der auf der Überfahrt ertrunken ist. Aber Dottor Pasquano wird ihn inzwischen obduziert haben.«

Just in diesem Augenblick klingelte das Telefon.

»Geh du dran«, sagte Montalbano.

Fazio nahm den Hörer ab.

»Hier bei Dottor Montalbano. Wer ich bin? Inspektor Fazio. Ach, Sie? Entschuldigen Sie, ich habe Ihre Stimme nicht erkannt. Moment bitte.«

Er reichte Montalbano den Hörer.

»Dottor Pasquano.«

Pasquano? Dottor Pasquano hatte ihn doch noch nie angerufen. Das musste etwas Ernstes sein.

Drei

»Montalbano. Was gibt's, Dottore?«

»Eins wüsste ich ja gern.«

»Was denn?«

»Sonst gehen Sie mir, wenn Sie mir freundlicherweise eine Leiche haben zukommen lassen, immer damit auf den Wecker, dass Sie auf der Stelle das Ergebnis der Obduktion haben wollen, und diesmal ist es Ihnen scheißegal, wie kommt das?«

»Wissen Sie, das war so …«

»Ich sage Ihnen, was war. Sie glauben, dass der Tote, der sich von Ihnen hat bergen lassen, als bedauernswerter Flüchtling bei einem Schiffbruch ums Leben gekommen ist, einer von gut fünfhundert Toten, die in der Straße von Sizilien treiben, sodass man fast zu Fuß nach Tunesien laufen kann. Sie haben Ihre Hände in Unschuld gewaschen. Auf eine Leiche mehr oder weniger kommt es ja nicht an.«

»Dottore, tun Sie sich keinen Zwang an, wenn Sie Ihren Zorn an mir auslassen wollen, weil Ihnen irgendwas über die Leber gelaufen ist. Aber Sie wissen genau, dass ich nicht so denke. Außerdem war ich heute Morgen …«

»Ah ja! Heute Morgen mussten Sie Ihre Männlichkeit

im Wettbewerb um den Mister Commissario zur Schau stellen! Ich habe Sie in ›Televigàta‹ gesehen. Sie sollen eine enorme … wie heißt das noch mal … eine enorme Einschaltquote gehabt haben. Gratuliere, weiterhin gutes Gelingen.«

Pasquano war nun mal ein Unsympath, aggressiv, reizbar, unzugänglich. Doch der Commissario wusste, dass sich darin nur eine reflexhafte, scharfe Abwehr gegen alles und jeden äußerte. Er ging zum Gegenangriff über, und zwar im richtigen Ton.

»Dottore, was wollen Sie eigentlich? Warum rufen Sie mich um diese Uhrzeit zu Hause an und nerven mich?«

Das wusste Pasquano zu würdigen.

»Weil ich glaube, dass die Dinge nicht so liegen, wie es scheint.«

»Und das heißt?«

»Erstens ist der Tote Italiener.«

»Ah.«

»Zweitens wurde er meiner Meinung nach umgebracht. Allerdings habe ich nur eine oberflächliche Leichenbeschau gemacht, ich habe ihn nicht geöffnet.«

»Haben Sie Schussverletzungen gefunden?«

»Nein.«

»Schnittwunden?«

»Nein.«

»Hat es ihn bei einer Atomexplosion zerrissen?« Montalbano reichte es. »Dottore, wollen Sie ein Quiz veranstalten? Jetzt reden Sie endlich!«

»Kommen Sie morgen Nachmittag. Mein exzellenter Kollege Mistretta, der den Toten obduziert, wird Ihnen meine Meinung unterbreiten, die er wohlgemerkt nicht teilt.«

»Mistretta? Wieso, sind Sie nicht da?«

»Nein. Ich verreise morgen Früh, meiner Schwester geht es nicht gut, und ich will sie besuchen.«

Da wurde Montalbano klar, warum Pasquano ihn angerufen hatte. Es war eine Gefälligkeit, ein Freundschaftsdienst. Der Dottore wusste, dass Montalbano den arroganten und anmaßenden Dottor Mistretta nicht ausstehen konnte.

»Mistretta«, fuhr Pasquano fort, »ist, wie gesagt, über den Fall anderer Ansicht als ich. Deshalb wollte ich Ihnen privat sagen, wie ich darüber denke.«

»Ich komme sofort«, sagte Montalbano.

»Wohin?«

»Zu Ihnen ins Büro.«

»Ich bin nicht im Büro, ich bin zu Hause, wir packen gerade.«

»Dann komme ich zu Ihnen nach Hause.«

»Nein, hier ist so ein Durcheinander. Wir treffen uns in der ersten Bar am Viale Libertà, ja? Aber viel Zeit habe ich nicht, ich muss früh aufstehen.«

Er entließ Fazio, der neugierig geworden war und mehr wissen wollte, wusch sich rasch das Gesicht, setzte sich ins Auto und fuhr nach Montelusa. Die erste Bar am Viale Libertà war leicht angeschmuddelt, Montalbano war erst einmal da gewesen, doch das hatte ihm gereicht. Als er eintrat, saß Dottor Pasquano bereits an einem der Tischchen. Montalbano setzte sich zu ihm.

»Was nehmen Sie?«, fragte Pasquano, der einen Espresso trank.

»Das Gleiche wie Sie.«

Sie schwiegen, bis der Kellner mit dem zweiten Tässchen kam.

»Und?«, fing Montalbano an.

»Haben Sie gesehen, in welchem Zustand die Leiche war?«

»Na ja, als ich sie abschleppte, fürchtete ich schon, der Arm würde sich lösen.«

»Wenn Sie sie noch ein bisschen weitergeschleppt hätten, wäre das auch passiert«, sagte Pasquano. »Der arme Kerl war seit über vier Wochen im Wasser.«

»Dann ist der Tod vor einem Monat eingetreten?«

»In etwa. Bei dem Zustand des Toten ist es schwierig ...«

»Hatte er besondere Kennzeichen?«

»Eine Schussverletzung.«

»Warum haben Sie dann gesagt, er sei ...«

»Montalbano, lassen Sie mich vielleicht mal ausreden? Er hatte eine alte Schussverletzung am linken Bein. Der Knochen ist zersplittert. Das liegt ein paar Jahre zurück. Mir ist es aufgefallen, weil das Wasser das Fleisch vom Bein gelöst hat. Möglicherweise hat er leicht gehinkt.«

»Was glauben Sie, wie alt er war?«

»Um die vierzig. Und er war sicher kein Ausländer. Aber er wird schwer zu identifizieren sein.«

»Keine Fingerabdrücke?«

»Sehr witzig.«

»Dottore, wie kommen Sie darauf, dass er ermordet wurde?«

»Das ist wohlgemerkt nur meine Meinung. Sehen Sie, der Körper ist überall verletzt, weil er immer wieder gegen Felsen geprallt ist.«

»Wo ich den Toten gefunden habe, gibt es keine Felsen.«

»Wie wollen Sie denn wissen, wo er herkam? Er war lange unterwegs, bevor er Ihnen über den Weg geschwommen ist. Außerdem wurde er von Krabben zerfressen, im Mund steckten zwei tote Krabben … Er hat wie gesagt zahlreiche Verletzungen, die natürlich ungleichmäßig sind, alle post mortem. Aber vier ringförmige Verletzungen sind gleichmäßig und klar abgegrenzt.«

»Wo?«

»An den Handgelenken und den Knöcheln.«

»Das war es also!«, rief Montalbano und sprang auf.

Vor seinem Nachmittagsschlaf war ihm ein Detail eingefallen, das er nicht hatte enträtseln können: der Arm, die um das Handgelenk gewickelte Badehose …

»Ein Schnitt rings um das linke Handgelenk«, sagte er langsam.

»Der ist Ihnen auch aufgefallen? Das andere Handgelenk und die Knöchel sind auch eingeschnitten. Meines Erachtens kann das nur eines bedeuten …«

»Dass er gefesselt war«, beendete der Commissario den Satz.

»Genau. Aber wissen Sie auch, womit? Mit Draht. So festgezurrt, dass er ins Fleisch einschnitt. Die Wunden gehen fast bis an den Knochen, das wäre mit einer Hanf- oder Nylonschnur nicht passiert, außerdem hätten wir dann sicher entsprechende Spuren gefunden. Nein, bevor man ihn ertränkte, wurde der Draht abgenommen. Man sollte glauben, er sei ertrunken.«

»Gibt es eine Möglichkeit für einen kriminaltechnischen Beweis?«

»Gäbe es schon. Das hängt von Mistretta ab. Er müsste in Palermo spezielle Analysen anfordern, um festzustellen, ob entlang der ringförmigen Verletzungen an Handgelenken und Knöcheln Spuren von Metall oder Rost sitzen. Aber das dauert. So, das wär's. Ich bin spät dran.«

»Danke für alles, Dottore.«

Sie gaben sich die Hand. Der Commissario stieg ins Auto und machte sich gedankenversunken und im Schneckentempo auf den Heimweg. Ein Wagen näherte sich von hinten und blendete auf, weil er so langsam fuhr. Montalbano hielt sich dicht am Straßenrand, und das andere Auto, eine Art Silbertorpedo, überholte ihn und stoppte dann urplötzlich. Fluchend bremste der Commissario. Im Scheinwerferlicht sah er, dass sich eine Hand aus dem Seitenfenster streckte und ihm die Hörner zeigte. Außer sich vor Wut stieg er aus, um einen Streit vom Zaun zu brechen. Der Fahrer des Torpedos stieg ebenfalls aus. Montalbano blieb wie angewurzelt stehen. Es war Ingrid, die ihn angrinste und die Arme ausbreitete.

»Ich hab dein Auto erkannt«, sagte die Schwedin.

Wie lange hatten sie sich nicht gesehen? Bestimmt seit einem Jahr. Sie umarmten sich fest, und Ingrid küsste ihn; dann hielt sie ihn in Armlänge auf Abstand und nahm ihn in Augenschein.

»Ich hab dich nackt im Fernsehen gesehen«, lachte sie. »Du siehst immer noch toll aus.«

»Und du wirst immer schöner«, sagte der Commissario und meinte es auch so.

Ingrid umarmte ihn wieder.

»Ist Livia da?«

»Nein.«

»Dann könnte ich doch ein bisschen bei dir auf der Veranda sitzen, oder?«

»Ja, klar.«

»Warte, ich muss schnell was absagen.«

Sie murmelte in ihr Handy und fragte dann:

»Hast du Whisky?«

»Eine volle Flasche. Da, Ingrid, nimm den Hausschlüssel und fahr schon mal vor. Ich kann ja doch nicht mit dir mithalten.«

Ingrid lachte, nahm den Schlüssel und war bereits verschwunden, als der Commissario noch dabei war, den Motor anzulassen. Er freute sich auf das Zusammensein, das ihm, abgesehen von dem Vergnügen, ein paar Stunden mit einer alten Freundin zu verbringen, den nötigen Abstand verschaffen würde, um mit frischem Kopf über alles nachzudenken, was er von Dottor Pasquano erfahren hatte.

In Marinella kam Ingrid ihm entgegen, umarmte ihn und hielt ihn ganz fest.
»Ich habe die Erlaubnis«, flüsterte sie ihm ins Ohr.
»Von wem?«
»Von Livia. Als ich vorhin reinkam, klingelte das Telefon und ich bin automatisch drangegangen. Ich weiß schon, das hätte ich nicht tun sollen. Es war Livia. Ich habe ihr gesagt, dass du jeden Moment kommst, aber sie wollte nicht noch mal anrufen. Sie hat gesagt, dass es dir nicht sonderlich gut geht und dass ich dich als Krankenschwester pflegen und aufmuntern darf. Und das ist ja auch meine Art, dich zu pflegen und aufzumuntern.«
Scheiße! Livia musste ganz schön fertig gewesen sein, und Ingrid hatte die giftige Ironie nicht herausgehört, oder zumindest tat sie so.
»Entschuldige«, sagte Montalbano und löste sich aus der Umarmung.
Er wählte die Nummer in Boccadasse, aber sie war besetzt. Sicher hatte Livia den Hörer neben das Telefon gelegt. Er versuchte es noch mal, während Ingrid die Whiskyflasche holte, Eiswürfel aus dem Gefrierfach nahm und sich auf die Veranda setzte. Das Telefon war weiterhin belegt, der Commissario gab es auf und ließ sich neben Ingrid auf der Bank nieder. Die Nacht war wunderschön, es gab ein paar filigrane Wolken, und vom Meer drang das Rollen einer liebkosenden Brandung zu ihnen. Der Commissario musste lächeln, als ihm ein Gedanke, vielmehr eine Frage in den Sinn kam. Wäre diese Nacht genauso idyllisch,

würde er sie genauso erleben, wenn er Ingrid nicht an seiner Seite hätte, Ingrid, die ihm eine großzügige Portion Whisky eingeschenkt und jetzt den Kopf an seine Schulter gelehnt hatte? Und dann fing Ingrid an, von sich zu erzählen, und dreieinhalb Stunden später hörte sie wieder auf, als noch vier Fingerbreit Whisky fehlten, bis man die Flasche offiziell für vernichtet erklären konnte. Sie sprach von ihrem Mann, der ein Arsch war und blieb und mit dem sie im Haus längst getrennt lebte, berichtete von einer Reise nach Schweden, weil sie Heimweh nach ihrer Familie bekommen hatte (»ihr Sizilianer habt mich angesteckt«), erzählte von zwei Affären. Die erste mit einem strenggläubigen Abgeordneten namens Frisella oder Grisella – der Commissario verstand nicht genau –, der sich, bevor er zu ihr ins Bett stieg, hingekniet und Gott wegen der Sünde, die zu begehen er sich anschickte, um Verzeihung gebeten hatte; die zweite mit dem Kapitän eines Öltankers, der nach einer Erbschaft vorzeitig in Pension gegangen war, es hätte etwas Ernstes werden können, doch Ingrid hatte die Beziehung beendet. Sie fühlte sich unwohl bei diesem Mann namens Lococo oder Lococco, der Commissario verstand nicht genau. Ingrid hatte ein besonderes Talent, den komischen oder grotesken Aspekt ihrer Männer auf den Punkt zu bringen, und Montalbano amüsierte sich. Der Abend war entspannender als eine Massage.

Trotz ausgiebiger Dusche und vier Tassen Espresso hintereinander fühlte er sich am nächsten Morgen, als er ins Auto stieg, von dem vielen Whisky noch ganz benebelt. Abgesehen davon war er wieder auf dem Damm.

»Dottori, sind Ihre Beschwerden wieder gut?«, fragte Catarella.

»Alles wieder gut, danke.«

»Dottori, ich hab Sie im Fernseher gesehen. *Matre santa*, Sie haben vielleicht einen Körper!«

Als er sein Zimmer betrat, rief er Fazio zu sich; der verging fast vor Neugier darauf, was Dottor Pasquano gesagt hatte, und kam sofort angerannt. Aber er fragte nichts, machte den Mund nicht auf, denn er wusste genau, dass der Commissario an einem solchen schwarzen Tag beim geringsten Anlass wie ein Streichholz aufflammte. Montalbano wartete, dass Fazio sich hinsetzte, und tat, als läse er Unterlagen, aus purer Gemeinheit; er sah ganz genau die Frage, die sich auf der Krümmung von Fazios Lippen abzeichnete, aber er wollte ihn ein bisschen schmoren lassen. Ohne den Blick von den Unterlagen zu heben, sagte er plötzlich:

»Mord.«

Fazio sprang überrascht auf.

»Ist er erschossen worden?«

Montalbano schnalzte verneinend mit der Zunge.

»Erstochen?«

Montalbano verneinte. »Ertränkt.«

»Und woher weiß Dottor Pasquano, dass ...«

»Pasquano hat sich den Toten nur kurz angesehen und sich sein Teil gedacht. Aber Pasquano irrt sich selten.«

»Und wie ist der Dottore drauf gekommen?«

Der Commissario erzählte ihm alles. Und fügte hinzu: »Dass Mistretta Pasquanos Meinung nicht teilt, kann uns nur recht sein. Mistretta schreibt in seinem Bericht in der Rubrik ›Todesursache‹ mit Sicherheit ›Ertrinken‹, natürlich in Fachchinesisch. Und damit sind wir abgesichert. Wir können in aller Ruhe arbeiten, ohne dass uns Questore, Mordkommission & Co. reinpfuschen.«

»Und was soll ich dabei tun?«

»Als Erstes lässt du dir die Angaben über den Toten schicken, Größe, Haarfarbe, Alter und so weiter.«

»Vielleicht auch ein Foto.«

»Fazio, du hast doch gesehen, in welchem Zustand er war, oder? Würdest du das noch ein Gesicht nennen?«

Fazio sah enttäuscht drein.

»Falls dich das tröstet: Er hat wahrscheinlich gehinkt, eine alte Schussverletzung am Bein.«

»Er wird trotzdem schwer zu identifizieren sein.«

»Aber versuchen musst du's. Sieh dir auch die Vermisstenmeldungen an, Pasquano sagt, dass der Tote seit mindestens vier Wochen auf Kreuzfahrt war.«

»Ich werd mir Mühe geben«, sagte Fazio skeptisch.

»Und ich bin jetzt für zwei Stunden außer Haus.«

Montalbano fuhr zum Hafen, parkte und ging an den Kai, wo ein paar Fischkutter vertäut waren, die anderen waren längst hinausgefahren. Er hatte Glück, die *Madre di Dio* lag da, der Motor wurde überholt. Ciccio Albanese, der

Kapitän und Eigentümer, stand an Deck und überwachte die Arbeiten.

»Ciccio!«

»Commissario, Sie? Ich komm gleich.«

Sie kannten sich schon lange und mochten sich. Der sechzigjährige, von der salzigen Luft verwitterte Albanese fuhr seit seinem sechsten Lebensjahr auf Fischkuttern, und es hieß, niemand wüsste über das Meer zwischen Vigàta und Malta, zwischen Vigàta und Tunesien besser Bescheid als er. Er war sogar imstande, Seekarten und Küstenhandbücher zu berichtigen. Man munkelte in der Stadt, dass er, wenn es wenig Arbeit gab, dem Zigarettenschmuggel nicht abgeneigt war.

»Stör ich, Ciccio?«

»Nein, Commissario. Für Sie hab ich doch immer Zeit.«

Montalbano erklärte ihm, was er von ihm wollte. Albanese fragte nur, wie lange sie brauchen würden. Der Commissario sagte es ihm.

»In zwei Stunden bin ich zurück, Jungs.«

Er folgte Montalbano zum Auto. Sie fuhren schweigend. Der Wachposten in der Gerichtsmedizin erklärte dem Commissario, Dottor Mistretta sei noch nicht da, nur Jacopello, der Assistent. Montalbano war erleichtert, eine Begegnung mit Mistretta hätte ihm den Rest des Tages auch noch versaut. Jacopello, ein enger Mitarbeiter Pasquanos, strahlte über das ganze Gesicht, als er den Commissario sah.

»Wie schön!«

Bei Jacopello konnte der Commissario die Karten auf den Tisch legen.

»Das ist mein Freund Ciccio Albanese, er ist Fischer. Zu Mistretta würden wir sagen, dass mein Freund den Toten sehen will, weil er möglicherweise ein über Bord gegangener Matrose ist. Aber dir brauchen wir nichts vorzumachen. Wenn Mistretta dir nachher Fragen stellt, hast du eine Antwort parat, ja?«

»Alles klar. Kommen Sie mit.«

Die Leiche war mittlerweile noch blasser geworden. Die Haut wirkte wie eine Zwiebelschale, die über ein planlos mit Fleischfetzen beklebtes Skelett gespannt war. Während Albanese sich den Leichnam genau ansah, fragte Montalbano Jacopello:

»Du weißt, wie der arme Kerl Dottor Pasquanos Meinung nach getötet wurde?«

»Ja, ich war bei dem Gespräch dabei. Und Mistretta ist auf dem Holzweg. Schauen Sie ihn doch an.«

Die tiefen Furchen rings um Handgelenke und Knöchel waren jetzt schmutzig grau verfärbt.

»Jacopè, Pasquano will doch eine Gewebeanalyse. Kannst du Mistretta dazu bringen, sie machen zu lassen?«

Jacopello lachte.

»Wetten, dass ich das hinkriege?«

»Mit dir wetten? Niemals.«

Jacopello wettete leidenschaftlich gern. Er wettete bei jeder Gelegenheit, egal, ob es um Wettervorhersagen ging oder darum, wie viele Menschen innerhalb einer Woche eines natürlichen Todes starben, und das Tolle war, dass er selten verlor.

»Ich werde ihm sagen, dass man die Analyse für alle Fälle machen sollte. Er steht doch sonst saublöd da, wenn Commissario Montalbano rauskriegt, dass es kein Unfall war, sondern Mord! Mistretta würde lieber den Arsch als das Gesicht verlieren. Aber ich sag's Ihnen gleich, Commissario, das mit der Analyse dauert.«

Erst auf der Rückfahrt entschloss sich Albanese, den Mund aufzumachen. Er murmelte:

»Tja, keine Ahnung.«

»Wie bitte?«, rief der Commissario aufgebracht. »Da siehst du dir eine halbe Stunde die Leiche an und sagst dann bloß ›keine Ahnung‹?«

»Irgendwie komisch«, sagte Albanese. »Dabei hab ich doch schon jede Menge Ertrunkene gesehen. Aber der da ...«

Er verstummte, ihm war etwas eingefallen.

»Was sagt der Doktor, wie lang er im Wasser war?«

»Etwa einen Monat.«

»Bestimmt nicht, Commissario. Mindestens zwei.«

»Aber nach zwei Monaten hätten wir doch bloß noch Teile und keine ganze Leiche mehr gefunden.«

»Das ist ja das Komische dran.«

»Jetzt sag schon, was du meinst, Ciccio.«

»Ich will aber kein dummes Zeug reden.«

»Wenn du wüsstest, wie viel dummes Zeug ich rede und mache! Raus mit der Sprache, Ciccio!«

»Haben Sie die Verletzungen von den Felsen gesehen?«

»Ja.«
»Die sind nur oberflächlich. Letzten Monat war zehn Tage hintereinander hoher Seegang. Wenn da der Tote gegen einen Felsen geknallt wäre, würden die Verletzungen anders ausschauen. Da wär vielleicht der Kopf abgerissen oder die Rippen gebrochen oder ein Felszacken hätte ihn aufgeschlitzt.«
»Ja und? Vielleicht war die Leiche bei dem schlimmen Wetter auf dem offenen Meer, wo keine Felsen sind?«
»Aber Sie haben sie doch an einer Stelle gefunden, wo die Strömung rausführt, Commissario!«
»Und?«
»Vor Marinella, oder?«
»Ja.«
»Die Strömungen dort führen entweder raus oder gehen parallel zur Küste. Noch zwei Tage, und die Leiche wär in Capo Russello angekommen. Können Sie Gift drauf nehmen.«
Montalbano schwieg nachdenklich. Dann sagte er:
»Die Sache mit den Strömungen müsstest du mir mal genauer erklären.«
»Wann Sie wollen.«
»Hast du heute Abend Zeit?«
»Klar. Wollen Sie zu mir zum Essen kommen? Meine Frau macht die allerbesten *triglie di scoglio*.«
Von wegen Mund wässrig! Montalbanos Zunge stand augenblicklich unter Spucke.
»Danke. Aber wie siehst du denn die Sache, Ciccio?«

»Kann ich offen reden? Also, von den Felsen kriegt man bestimmt nicht solche Verletzungen, wie sie der Tote an den Handgelenken und den Knöcheln hat.«

»Stimmt.«

»Den Mann haben sie erst an den Händen und den Füßen gefesselt und dann ertränkt.«

»Mit einem Draht gefesselt, sagt Pasquano.«

»Genau. Dann haben sie die Leiche im Meerwasser eingeweicht, irgendwo an einer geschützten Stelle. Als sie genug gepökelt war, haben sie sie raustreiben lassen.«

»Und warum hätten sie so lange warten sollen?«

»Commissario, es sollte so aussehen, als wär der Tote von weit her gekommen.«

Montalbano sah ihn bewundernd an. Und so hatte Ciccio Albanese, der Mann des Meeres, nicht nur den gleichen Schluss gezogen wie Pasquano, der Mann der Wissenschaft, und Montalbano, der Mann mit der Polizistenlogik, sondern war ihnen beiden um eine Nasenlänge voraus.

Vier

Es stand aber geschrieben, dass der Commissario die Streifenbarben, die Ciccio Albaneses Frau zubereitete, nicht mal von weitem schnuppern sollte. Gegen acht Uhr abends, als er das Büro verlassen wollte, bekam er einen Anruf von Riguccio, dem stellvertretenden Questore. Sie kannten sich seit Jahren, hatten aber, obwohl sie sich mochten, nur beruflich miteinander zu tun. Zu einer Freundschaft fehlte nicht viel, aber sie konnten sich nicht dazu entschließen.

»Montalbano? Entschuldige, gibt's bei euch im Kommissariat jemand, der eine Brille mit minus drei trägt?«

»Keine Ahnung«, antwortete der Commissario. »Wir haben zwei Brillenträger, Cusumano und Torretta, ich weiß aber nicht, wie viele Dioptrien sie haben. Warum fragst du? Verlangt dein geliebter Minister eine Bestandsaufnahme?«

Es war allgemein bekannt, dass Riguccio der neuen Regierung ziemlich nahe stand.

»Ich habe keine Zeit für Witze, Salvo. Schau doch mal, ob eine von den Brillen passt, und schick sie mir so schnell wie möglich. Meine ist gerade kaputtgegangen, und ohne bin ich aufgeschmissen.«

»Hast du keine Ersatzbrille im Büro?«, fragte Montalbano, während er schon nach Fazio rief.

»Doch, aber in Montelusa.«

»Wo bist du denn?«

»Hier in Vigàta, am Hafen. Touri-Service.«

Der Commissario erklärte Fazio, worum es ging.

»Riguccio? Ich lasse gerade nachfragen. Wie viele Touristen sind es diesmal?«

»Mindestens hundertfünfzig, auf zwei von unseren Patrouillenbooten. Sie waren mit zwei leckgeschlagenen Kähnen unterwegs und kurz davor, an den Felsen von Lampedusa zu zerschellen. Soviel ich verstanden habe, haben die Bootsführer sie ihrem Schicksal überlassen und sind mit einem Schlauchboot abgehauen. Die Ärmsten wären alle um ein Haar ertrunken. Weißt du was, Montalbano? Ich kann es nicht mehr sehen, wie diese armen Schlucker ...«

»Erzähl das deinen Freunden von der Regierung.«

Fazio kam mit einer Brille an.

»Links minus drei, rechts zwei Komma fünf.«

Montalbano gab die Werte durch.

»Perfekt«, sagte Riguccio. »Kannst du sie mir rüberschicken? Die Boote machen gerade fest.«

Aus unerfindlichen Gründen beschloss Montalbano, ihm die Brille selbst zu bringen, ganz persönlich selber, um mit Catarella zu sprechen. Riguccio war doch eigentlich ein feiner Kerl. Und es machte ja nichts, wenn er, Montalbano, ein bisschen später zu Ciccio Albanese kam.

Er hätte nicht mit Riguccio tauschen mögen. Der Questore hatte mit dem Hafenamt vereinbart, dass jede Ankunft illegaler Einwanderer direkt der Questura Montelusa zu melden sei. Und dann fuhr Riguccio mit einem Riesenaufgebot an requirierten Bussen, Fahrzeugen voller Polizisten, Krankenwagen und Jeeps nach Vigàta. Und jedes Mal Tragödien, Szenen voller Tränen und Leid. Man musste Frauen während der Geburt beistehen, Kindern, die in dem Durcheinander verloren gingen, Menschen, die durchgedreht oder, während der endlosen Reise an Deck Wind und Wasser ausgesetzt, krank geworden waren. Wenn sie an Land gingen, konnte die frische Seeluft den unerträglichen Geruch, der an ihnen haftete, nicht auflösen; es war nicht der Gestank von ungewaschenen Leuten, sondern der Gestank von Angst und Beklemmung, von Leid und einer Verzweiflung, die ein Maß erreicht hat, das nur noch auf den Tod hoffen lässt. Das konnte niemanden gleichgültig lassen, und deshalb hatte Riguccio ihm eingestanden, dass er es kaum mehr ertrug.

Als der Commissario am Hafen ankam, hatte das erste Patrouillenboot schon die Gangway ausgefahren. Die Polizisten bildeten, in zwei Reihen aufgestellt, eine Art menschlichen Korridor bis zum ersten Bus, der mit eingeschaltetem Motor wartete. Riguccio stand am Fuß der Gangway, dankte Montalbano kurz und setzte die Brille auf. Der Commissario hatte den Eindruck, dass ihn sein Kollege gar nicht erkannte, so konzentriert verfolgte er das Geschehen.

Dann gab Riguccio das Signal zum Aussteigen. Als Erste erschien eine Schwarze mit einem so dicken Bauch, dass sie jeden Moment niederzukommen schien. Sie konnte keinen Schritt tun. Ein Matrose des Patrouillenbootes und ein Schwarzer halfen ihr. Als sie den Krankenwagen erreichten, entbrannte ein Streit, weil der Mann zusammen mit der Frau einsteigen wollte. Der Matrose versuchte den Polizisten zu erklären, dass es sich bestimmt um den Ehemann handelte, denn er hatte sie während der ganzen Überfahrt im Arm gehalten. Aber sie ließen nicht mit sich reden. Der Krankenwagen fuhr mit Sirenengeheul davon. Da hakte der Matrose den weinenden Mann unter und brachte ihn, auf ihn einredend, zum Bus. Neugierig trat der Commissario näher. Der Matrose sprach Dialekt, er musste aus Venedig oder der Gegend dort stammen, und der Afrikaner verstand kein Wort, aber er fühlte sich von dem freundlichen Tonfall getröstet.
Montalbano wollte gerade wieder zu seinem Auto gehen, als ihm eine Gruppe von vier Flüchtlingen am Ende der Gangway auffiel, die wie Betrunkene wankten. Zuerst begriff er nicht, was los war. Dann schlüpfte ein höchstens sechsjähriger Junge zwischen den Beinen der vier hindurch. Im Nu wischte er durch die Polizeiabsperrung und verschwand genauso plötzlich, wie er aufgetaucht war. Während sich zwei Polizisten an die Verfolgung machten, sah Montalbano den Kleinen mit dem Instinkt eines gejagten Tieres auf den am schlechtesten beleuchteten Abschnitt des Kais zurennen, wo die Überreste

eines alten Silos standen, das aus Sicherheitsgründen mit einer Mauer umgeben war. Er kam nie dahinter, was ihn dazu brachte, »Stehen bleiben! Ich bin Commissario Montalbano! Kommt zurück! Überlasst das mir!«, zu schreien.

Die Polizisten gehorchten.

Jetzt hatte der Commissario das Kind aus den Augen verloren, aber die Richtung, in die es gerannt war, führte nur zu einer einzigen Stelle, zu einem geschlossenen Platz, einer Art Sackgasse zwischen der Rückwand des alten Silos und der Hafenmauer, von wo aus jeder Fluchtweg abgeschnitten war. Obendrein türmten sich auf dem Platz leere Kanister und Flaschen, Hunderte kaputter Fischkisten und mindestens zwei, drei beschädigte Motoren von Fischkuttern. Schon bei Tag konnte man sich in diesem Durcheinander kaum bewegen, und dann erst im fahlen Licht einer Straßenlaterne! Bestimmt beobachtete ihn der Junge, und Montalbano tat, als ließe er sich viel Zeit, er ging langsam, einen Fuß vor den anderen setzend, und steckte sich sogar eine Zigarette an. Am Anfang der schmalen Gasse blieb er stehen und sagte mit leiser, ruhiger Stimme in breitem Sizilianisch:

»*Veni ccà, picciliddru, nenti ti fazzu* – komm her, Kleiner, ich tu dir nichts.«

Keine Antwort. Doch als er die Ohren spitzte, hörte er durch den Lärm hindurch, der wie eine Brandung aus Geschrei, Weinen, Klagen, Fluchen, Gehupe, Sirenengeheul und Reifengequietsche vom Kai zu ihm drang, deutlich das leise, ängstliche Keuchen des Jungen, der ganz in der Nähe versteckt sein musste.

»Jetzt komm schon, ich tu dir nichts.«

Er hörte ein Rascheln. Es kam aus einer Holzkiste direkt vor ihm. Der Kleine hatte sich dahinter zusammengekauert. Montalbano hätte ihn mit einem Satz packen können, doch er blieb lieber unbewegt stehen. Dann kamen langsam die Hände, die Arme, der Kopf, der Oberkörper zum Vorschein. Der Rest blieb hinter der Kiste verborgen. Der Junge hielt zum Zeichen, dass er sich ergab, die Hände hoch, seine Augen waren schreckgeweitet, aber er versuchte krampfhaft, nicht zu weinen, keine Schwäche zu zeigen.

Aus welchem Winkel der Hölle muss er kommen – fragte sich Montalbano erschüttert –, wenn er in seinem Alter schon gelernt hat, die Hände hochzuheben, was er bestimmt nicht aus dem Kino oder dem Fernsehen kennt.

Die Antwort kam prompt, denn plötzlich flammte in seinem Kopf eine Art Blitzlicht auf. Und in diesem Blitz verschwanden, solange er andauerte, die Kiste, die Gasse, der Hafen, ganz Vigàta, alles verschwand und erschien dann von neuem, zusammengesetzt zur Größe und zum Schwarzweiß einer alten Fotografie, die er viele Jahre zuvor gesehen hatte; sie stammte aus einer noch früheren Zeit, aus dem Krieg, als er noch gar nicht geboren war, und zeigte einen jüdischen oder polnischen Jungen, der auch die Hände erhoben und auch diese großen Augen hatte und um keinen Preis weinen wollte, während ein Soldat ein Gewehr auf ihn gerichtet hielt.

Der Commissario spürte einen heftigen Stich in der Brust, einen Schmerz, der ihm den Atem nahm, und er schloss erschrocken die Augen und öffnete sie wieder. Da kehrte alles zu seinen normalen Maßen, zum wirklichen Licht zurück, und das Kind war kein jüdisches oder polnisches, sondern ein schwarzes Kind. Montalbano trat einen Schritt vor, nahm die eisigen Hände und hielt sie fest in den seinen. So verharrte er und wartete, dass sich ein wenig von seiner Wärme auf diese kleinen Finger übertrug. Erst als er spürte, dass sich der Junge allmählich entspannte, tat er mit ihm an der Hand den ersten Schritt. Der Kleine vertraute sich ihm willig an und ging mit. Ohne Vorwarnung fiel Montalbano François ein, der kleine Tunesier, der, wie Livia sich gewünscht hatte, sein Sohn hätte werden können. Er bezwang die Rührung rechtzeitig, biss sich dabei allerdings die Unterlippe fast blutig. Die Leute gingen weiter von Bord.

Auf die Entfernung sah er eine ziemlich junge Frau, die wie ein Klageweib jammerte, mit zwei kleinen Kindern, die ihr am Rockschoß hingen; sie schrie unverständliches Zeug, raufte sich die Haare, stampfte mit den Füßen und zerrte an ihrer Bluse. Drei Beamte versuchten vergeblich, sie zu beruhigen. Als die Frau den Commissario und den Jungen sah, war kein Halten mehr, sie stieß die Polizisten mit aller Kraft beiseite und stürzte mit ausgebreiteten Armen auf die beiden zu. Da geschah zweierlei. Erstens merkte Montalbano deutlich, dass der Junge beim Anblick der Mutter erstarrte und wieder zur Flucht ansetzte. Warum tat er das, anstatt ihr entgegenzulaufen? Montalbano sah ihn an und stellte erstaunt fest, dass der Kleine ihn anblickte, nicht die Mutter, und in seinen Augen eine verzweifelte Bitte lag. Die Mutter würde ihn bestimmt verhauen, weil er entwischt war, und vielleicht wollte er deshalb Reißaus nehmen. Zweitens stolperte die Frau und fiel hin. Die Beamten wollten ihr aufhelfen, aber es gelang ihnen nicht, sie konnte nicht stehen und fasste sich jammernd ans linke Knie. Dabei gab sie dem Commissario Zeichen, ihren Sohn zu ihr zu bringen. Als der Kleine vor ihr stand, umarmte sie ihn und bedeckte ihn mit Küssen. Doch sie vermochte sich nicht aufrecht zu halten. Sie strengte sich an, fiel aber wieder hin. Jemand rief nach dem Krankenwagen. Zwei Sanitäter stiegen aus, ein hagerer mit Oberlippenbart beugte sich über die Frau und berührte ihr Bein.

»Es muss gebrochen sein«, sagte er.

Sie luden die Frau mit den drei Kindern in den Krankenwagen und fuhren ab. Jetzt verließen die Leute auch das zweite Patrouillenboot, aber der Commissario wollte nach Marinella zurück. Er sah auf die Uhr: fast zehn, da brauchte er nicht mehr zu Ciccio Albanese zu fahren. Adieu, Streifenbarben. Um diese Uhrzeit warteten sie nicht mehr auf ihn. Außerdem musste er sich eingestehen, dass sein Magen wie zugeschnürt war, der Appetit war ihm vollkommen vergangen.

In Marinella rief er gleich Ciccio an. Der sagte, sie hätten lange gewartet, aber dann gedacht, dass er wohl nicht mehr käme.

»Geben Sie Bescheid, wenn Sie mich noch mal wegen der Strömung brauchen.«
»Danke, Ciccio.«
»Ich muss morgen nicht rausfahren, wenn Sie wollen, kann ich am Vormittag ins Kommissariat kommen. Ich bring meine Unterlagen mit.«
»Einverstanden.«

Er duschte lange, um die Szenen von sich abzuwaschen, die er gesehen hatte und die ihm, zu unsichtbaren Splittern geschrumpft, in die Poren gedrungen waren. Dann zog er die erstbeste Hose an, die er zwischen die Finger bekam, und ging ins Wohnzimmer, um mit Livia zu telefonieren. Als er die Hand nach dem Hörer ausstreckte, läutete das Telefon. Er zuckte zurück, als hätte er in eine Flamme gelangt. Natürlich war das eine instinktive und unkontrollierte Bewegung, aber sie bewies, dass die Gedanken an das, was er am Hafenkai gesehen hatte, trotz Dusche noch in ihm rumorten und ihn bedrückten.
»Ciao, Liebling. Geht's dir besser?«
Mit einem Mal wünschte er, er hätte Livia bei sich und könnte sie in den Arm nehmen und sich von ihr trösten lassen. Aber da er nun mal war, wie er war, antwortete er nur:
»Ja.«
»Ist die Erkältung vorbei?«
»Ja.«

»Ganz?«

Er hätte merken müssen, dass Livia ihm eine Falle stellte, aber er war zu unruhig und in Gedanken woanders.

»Ganz.«

»Dann hat Ingrid dich ja gut gepflegt. Was hat sie denn gemacht? Hat sie dich ins Bett gebracht? Hat sie dir die Decke zurückgeschlagen? Ein Schlaflied gesungen?«

Wie ein Idiot war er auf sie reingefallen! Da gab es nur eins: Gegenangriff.

»Jetzt hör mal zu, Livia, ich hatte wirklich einen harten Tag. Ich bin sehr müde und habe keine Lust auf …«

»Bist du wirklich so müde?«

»Ja.«

»Ruf doch Ingrid an, die päppelt dich bestimmt wieder auf.«

Gegen Livia würde er jeden Angriffskrieg verlieren. Bei einem Verteidigungskrieg hätte er vielleicht mehr Glück.

»Warum kommst nicht du?«

Eigentlich war das als taktischer Einwurf gedacht, aber er sagte es so aufrichtig, dass Livia unsicher wurde.

»Meinst du das ernst?«

»Natürlich. Was ist heute, Dienstag? Gut, du gehst morgen ins Büro und nimmst ein paar Tage frei. Dann steigst du ins Flugzeug und kommst her.«

»Ich glaube fast …«

»Kein fast.«

»Salvo, an mir soll's nicht liegen … Aber wir haben viel Arbeit im Büro. Ich werd's versuchen.«

»Ich will dir nämlich auch erzählen, was ich heute Abend erlebt habe.«

»Erzähl doch jetzt.«

»Nein, ich will dir dabei in die Augen schauen.«

Sie telefonierten eine halbe Stunde miteinander. Und sie hätten gern noch länger telefoniert.

Wegen des Gesprächs hatte er die Nachrichten in »Retelibera« verpasst.

Er schaltete trotzdem den Fernseher an und stellte »Televigàta« ein.

Als Erstes wurde berichtet, dass sich, während in Vigàta einhundertfünfzig Flüchtlinge an Land gebracht wurden, in Scroglitti, im Osten der Insel, eine Tragödie ereignet hatte. Bei Unwetter war ein Kutter voller Zuwanderer an den Felsen zerschellt. Bislang waren fünfzehn Leichen geborgen worden.

»Aber die Zahl der Opfer wird mit Sicherheit noch steigen«, lautete der, nun ja, zum Gemeinplatz verkommene Kommentar des Reporters.

Dabei wurden Ertrunkene gezeigt, leblos herabbaumelnde Arme, nach hinten hängende Köpfe, Kinder, in nutzlose Decken gehüllt, die dem Tod keine Wärme mehr gaben, die verzerrten Gesichter der Helfer, hektisches Gerenne zu den Krankenwagen, ein Pfarrer, der auf Knien betete. Erschütternde Bilder. Schon, aber wen erschütterten sie noch?, fragte sich der Commissario. Man wurde dermaßen überflutet von den so verschiedenen und doch so ähnlichen Bildern, dass man sich allmählich daran gewöhnte. Man sah sie, sagte »die Ärmsten« und aß weiter seine *spaghetti alle vongole.*

Vor diesen Bildern erschien das Hühnerarschgesicht von Pippo Ragonese.

»In solchen Fällen«, erklärte der Starreporter des Senders, »ist es unbedingt notwendig, kühle Vernunft walten und sich nicht von spontanen Gefühlen übermannen zu lassen. Etwas Grundlegendes muss bedacht werden: Unsere christliche Kultur darf nicht durch unkontrollierte Horden von Hungerleidern und Kriminellen untergraben werden, die tagtäglich an unseren Küsten an Land gehen. Diese Leute stellen eine echte Gefahr für uns, für Italien, für die ganze westliche Welt dar. Das kürzlich von unserer Regierung verabschiedete Gesetz Cozzi-Pini ist, was auch immer die Opposition dazu sagen mag, das einzig wahre Bollwerk gegen die Invasion. Doch hören wir hierzu die Meinung eines aufgeschlossenen Politikers, des Abgeordneten Cenzo Falpalà.«

Falpalà setzte immer eine Miene auf, als wollte er allen klar machen, dass er sich von nichts und niemandem auf der Welt verarschen ließ.

»Ich will nur eine kurze Erklärung abgeben. Wie man sieht, greift das Gesetz Cozzi-Pini hervorragend, und wenn Flüchtlinge umkommen, dann gerade deshalb, weil das Gesetz das Instrumentarium zur Verfolgung der Bootsführer liefert, die in einer schwierigen Situation keine Skrupel haben, die verzweifelten Menschen ins Meer zu werfen, um sich ihrer Verhaftung zu entziehen. Außerdem möchte ich noch sagen ...«

Montalbano sprang auf und schaltete um, weniger aus Wut, sondern weil ihn diese anmaßende Dummheit deprimierte. Die Regierung bildete sich ein, eine Massenmigration mit polizeilichen Maßnahmen und Gesetzesvorlagen stoppen zu können. Er musste an eine Kirche denken, die er in einem Dorf in der Toscana gesehen hatte und deren Türangeln von einem mächtigen Druck so verbogen waren, dass sie sich entgegen der vorgesehenen Richtung drehten. Er hatte jemanden aus dem Ort danach gefragt. Und der erzählte, dass die Nazis im Krieg die Männer aus dem Dorf in die Kirche getrieben, das Portal abgesperrt und dann von oben Handgranaten hineingeworfen hätten. Da hätten die Menschen vor Verzweiflung die Tür in umgekehrter Richtung aufgebrochen und viele hätten fliehen können.

Ja: In diesen Menschen, die aus bitterarmen und zerstörten Teilen der Welt kamen, steckte eine solche Kraft, eine solche Verzweiflung, dass sie die Angeln der Geschichte in die Gegenrichtung drehen konnten. Ob Cozzi, Pini, Falpalà und Konsorten das nun wollten oder nicht. Sie waren Ursache und Wirkung einer Welt, in der Terroristen mit einem Schlag dreitausend Amerikaner töteten, einer Welt, in der Amerikaner Hunderte und Aberhunderte von toten Zivilisten infolge ihrer Bombenangriffe als »Kollateralschaden« bezeichneten, Autofahrer Leute überfuhren und nicht anhielten, Mütter ihre Kinder grundlos in der Wiege umbrachten, Kinder ihren Müttern, Vätern, Geschwistern des Geldes wegen die Kehle durchschnitten, einer Welt, in der falsche Bilanzen neuen Regelungen zufolge nicht als falsch galten, Leute seit Jahren hinter Gitter gehörten, jedoch nicht nur frei herumliefen, sondern obendrein Gesetze erließen oder dem Volk aufzwangen.

Um sich zu beruhigen und seinen Unmut ein bisschen zu dämpfen, zappte Montalbano weiter durchs Programm, bis er bei einer Regatta mit zwei übers Wasser jagenden Segelbooten hängen blieb.

»Der lang erwartete und harte, aber sehr sportliche Kampf zwischen den beiden Booten, die seit jeher Rivalen sind, der *Stardust* und der *Brigadoon*, geht auf sein Ende zu. Und noch immer ist nicht abzusehen, wer dieses großartige Rennen gewinnt. Die nächste Halse wird zweifellos entscheidend sein«, rief der Reporter.

Panoramaschwenk von einem Hubschrauber aus. Hinter den beiden Schiffen an der Spitze mühte sich ein Dutzend weiterer Boote ab.

»Sie sind an der Boje!«, schrie der Reporter.

Eines der beiden Boote drehte in einem äußerst eleganten Manöver ab, fuhr knapp um die Boje herum und sauste den gleichen Weg zurück.

»Was ist denn mit der *Stardust* los? Da stimmt was nicht!«, rief der Reporter aufgeregt.

Seltsamerweise hatte die *Stardust* keine Anstalten zu einem Manöver gemacht, sondern schoss noch schneller weiter, im wahrsten Sinn des Wortes mit Rückenwind. War es möglich, dass sie die Boje übersehen hatte? Und dann geschah etwas Unglaubliches. Die *Stardust*, anscheinend außer Kontrolle, weil vielleicht das Ruder gebrochen war, rammte mit voller Wucht eine Art Fischerkahn, der auf ihrem Kurs lag.

»Das ist unglaublich! Sie hat das Boot der Wettkampfleitung voll erwischt! Die beiden Boote sinken! Die ersten Helfer sind schon unterwegs! Unglaublich! Es scheint niemand verletzt zu sein. Glauben Sie mir, liebe Zuschauer, so etwas habe ich in all den Jahren als Reporter bei Segelregatten noch nie erlebt!«

Und da fing der Reporter an zu lachen. Montalbano lachte auch und schaltete den Fernseher aus.

Er schlief schlecht und schrak immer wieder benommen aus kurzen Träumen hoch. Einer war besonders merkwürdig. Montalbano war bei Dottor Pasquano, der einen Tintenfisch obduzieren musste.

Niemand wunderte sich, Pasquano und seine Assistenten betrachteten die Sache als ganz normalen Vorgang. Nur Montalbano kam die Situation komisch vor.

»Entschuldigen Sie, Dottore, aber seit wann obduziert man denn Tintenfische?«, fragte er.

»Wissen Sie das gar nicht? Eine neue Ministerialverordnung.«

»Ah. Und was machen Sie dann mit den Resten?«

»Sie werden an die Armen verteilt, die essen sie.«

Aber der Commissario war nicht überzeugt.

»Ich verstehe den Grund für diese Verordnung nicht.«

Pasquano sah ihn lange an und sagte dann:
»Weil die Dinge nicht so liegen, wie es scheint.«
Und Montalbano erinnerte sich, dass der Dottore über die Leiche, die er gefunden hatte, das Gleiche zu ihm gesagt hatte.
»Wollen Sie zuschauen?«, fragte Pasquano, hob das Skalpell und senkte es wieder.
Und plötzlich verwandelte sich der Tintenfisch in ein Kind, ein schwarzes Kind. Es war zwar tot, aber die Augen waren weit aufgerissen.

Beim Rasieren musste er an die Szenen am Kai denken. Und er empfand, während er sie mit kühlem Kopf Revue passieren ließ, ein Gefühl von Gereiztheit, von Unbehagen. Etwas stimmte nicht, irgendein Detail passte nicht.
Er verbiss sich in diese Szenen, ließ sie an sich vorüberziehen, versuchte sie scharf einzustellen. Ohne Erfolg. Resigniert gab er auf. Das war ein sicheres Zeichen, dass er alt wurde, früher hätte er die Schwachstelle, den Misston im Gesamtbild sicher gefunden.
Am besten dachte er nicht mehr daran.

Fünf

Im Büro rief er gleich Fazio zu sich.

»Gibt's was Neues?«

Fazio sah ihn erstaunt an.

»Dottore, dafür war die Zeit zu kurz. Ich hab doch gerade erst angefangen. Hier und in Montelusa hab ich natürlich die Vermisstenanzeigen durchgesehen ...«

»Ah, bravo!«, meinte der Commissario säuerlich.

»Warum machen Sie sich über mich lustig, Dottore?«

»Glaubst du, der Tote ist frühmorgens nach Hause geschwommen?«

»Nein, aber ich musste die Anzeigen in Vigàta doch auch überprüfen. Dann habe ich mich umgehört, aber es scheint ihn niemand zu kennen.«

»Hast du dir die Personenbeschreibung geben lassen?«

»Ja. Alter etwa vierzig, Größe eins vierundsiebzig, schwarze Haare, braune Augen. Kräftiger Körperbau. Besondere Kennzeichen: eine alte Narbe am linken Bein, knapp unterm Knie. Wahrscheinlich hat er gehinkt. Das wäre alles.«

»Ist ja nicht so toll.«

»Stimmt. Deswegen hab ich noch was gemacht.«

»Was denn?«

»Na ja, da Sie und Dottor Arquà sich nicht grün sind, bin ich zum Erkennungsdienst und habe einen Freund um einen Gefallen gebeten.«

»Nämlich?«

»Dass er am Computer das Gesicht zeichnet, das der Tote möglicherweise zu Lebzeiten hatte. Ich soll es noch heute Abend kriegen.«

»Ich sag's dir, mich bringen keine zehn Pferde dazu, Arquà um einen Gefallen zu bitten.«

»Keine Sorge, Dottore, die Geschichte bleibt zwischen mir und meinem Freund.«

»Und was hast du bis dahin vor?«

»Die Vertretertour. Jetzt hab ich noch ein paar Kleinigkeiten zu erledigen, aber später setz ich mich ins Auto, in meines, und klappere die Ortschaften an der Küste ab, im Osten und im Westen. Sobald es was Neues gibt, sag ich Ihnen Bescheid.«

Kaum war Fazio draußen, knallte die Tür gegen die Wand. Aber Montalbano rührte sich nicht, das konnte nur Catarella sein. Mittlerweile hatte er sich an diese Auftritte gewöhnt. Was sollte er tun? Ihn erschießen? Die Tür immer offen lassen? Die einzige Möglichkeit war, sich in Geduld zu üben.

»Tschuldigung, Dottori, aber mir ist die Hand ausgerutscht.«

»Komm schon rein, Catarè.«

Satz und Tonfall klangen ganz nach dem legendären »Komm schon rein, du Blödmann« der Komiker-Brüder De Rege.

»Dottori, heut Morgen hat nämlich ein Tschornalist angerufen, und der wollte mit Ihnen persönlich selber reden, und da wollte ich Ihnen nämlich sagen, dass er gesagt hat, dass er wieder anrufen tut.«

»Hat er gesagt, wie er heißt?«

»Ponzio Pilato, Dottori.«

Ponzio Pilato?! Nie und nimmer wäre Catarella imstande gewesen, einen Vor- und Nachnamen korrekt wiederzugeben.

»Catarè, wenn Ponzio Pilato noch mal anruft, dann sag ihm, ich bin in einer wichtigen Besprechung mit Kaiphas, im Hohen Rat.«

»Kaiphas, sagen Sie? Das vergess ich bestimmt nicht, Dottori.«

Aber er blieb wie festgenagelt in der Tür stehen.

»Ist noch was, Catarè?«

»Gestern Abend hab ich Sie spät am Abend im Fernseher gesehen.«

»Catarè, verbringst du denn deine ganze Freizeit damit, mich im Fernsehen anzuschauen?«

»Nein, Dottori, das war aus Zufall.«

»War das etwa eine Wiederholung meiner Nacktaufnahmen? Ich muss ja gute Einschaltquoten haben!«

»Nein, Dottori, da haben Sie Kleider angehabt. Ich hab Sie nach Mitternacht im ›Retelibera‹ gesehen. Da waren Sie am Hafen, und da haben Sie zu zwei von uns gesagt, dass sie zurückkommen sollen, weil Sie das alles selber machen täten. Meine Güte, was Sie für eine Aurotität haben, Dottori!«

»Schon gut, Catarè. Danke, du kannst gehen.«

Er machte sich Sorgen um Catarella. Nicht etwa, weil er ihn für schwul hielt, sondern weil Catarella bestimmt Qualen litt wie ein ausgesetzter Hund, wenn er, Montalbano, kündigte, wozu er fest entschlossen war.

Ciccio Albanese kam gegen elf, mit leeren Händen.

»Und wo hast du deine Unterlagen?«

»Würden Sie die Seekarten denn verstehen?«

»Nein.«

»Dann brauche ich sie ja auch nicht mitbringen. Ich erklär Ihnen das besser so.«

»Sag mal, Ciccio, benutzen alle Kapitäne von Fischkuttern Seekarten?«

Albanese sah ihn überrascht an.

»Wie bitte? Den Teil vom Meer, in dem wir arbeiten, kennen wir wie unsere Westentasche. Ein bisschen was wissen wir von unseren Vätern, und ein bisschen was haben wir selber gelernt. Für neue Sachen hilft uns das Radar. Aber das Meer ist immer gleich.«

»Und wozu brauchst du dann die Karten?«

»Ich brauch sie nicht, Dottore. Ich studier sie, weil mir das Spaß macht. Ich hab die Karten nicht an Bord dabei. Ich vertrau viel mehr auf meine Erfahrung.«

»Jetzt erzähl mal.«

»Erstens war ich heut Morgen bei *'u zù Stefanu*, bevor ich hergekommen bin.«

»Entschuldige, Ciccio, aber ich …«

»Stefano Lagùmina, aber wir sagen alle 'u zù Stefanu zu ihm, der ist fünfundneunzig, aber er hat einen klaren Kopf wie sonst niemand. 'u zù Stefanu fährt nicht mehr raus, aber er ist der älteste Fischer in Vigàta. Erst hat er ein Boot gehabt und dann einen Kutter mit Motor. Wenn der was sagt, dann stimmt es auch.«

»Du wolltest dich also mit ihm beraten.«

»Ja. Ich wollte sicher wissen, ob ich richtig gedacht hab. Und 'u zù Stefanu denkt dasselbe wie ich.«

»Und zu welchem Schluss seid ihr gekommen?«

»Das erklär ich Ihnen jetzt. Der Tote wurde von einer Oberflächenströmung getrieben, die immer mit der gleichen Geschwindigkeit von Ost nach West geht, wir kennen die gut. Vor Marinella, wo Sie der Leiche begegnet sind, ist die Stelle, wo die Strömung der Küste am nächsten ist. Verstehen Sie?«

»Vollkommen. Sprich weiter.«

»Die Strömung ist langsam. Wissen Sie, mit wie viel Knoten die fließt?«

»Nein, und ich will's auch nicht wissen. Und im Vertrauen gesagt, weiß ich auch nicht, wie viel ein Knoten oder eine Meile ist.«

»Die Meile tausendachthunderteinundfünfzig Meter fünfundachtzig. In Italien. In England sind es nämlich ...«

»Ist schon gut, Ciccio.«

»Wie Sie meinen. Die Strömung kommt von weit her, die ist nicht aus unserer Gegend. Die fließt ja schon vor Capo Passero. Dort geht sie in unsere Gewässer über und macht die ganze Küste bis nach Mazara. Danach verzieht sie sich.«

Na dann, gute Nacht. Demnach konnte die Leiche an jeder beliebigen Stelle an der halben Südküste der Insel ins Meer geworfen worden sein! Albanese sah das entmutigte Gesicht des Commissario und kam ihm zu Hilfe.

»Ich weiß, was Sie denken. Aber ich muss Ihnen was Wichtiges sagen. Die Strömung wird kurz vor Bianconara von einer anderen Strömung gekreuzt, die stärker ist und in die Gegenrichtung fließt. Eine Leiche, die von Pachino Richtung Marinella treibt, würde also nie in Marinella ankommen, weil sie von der zweiten Strömung in die Bucht von Fela getrieben wird.«

»Das heißt also, dass das mit meiner Leiche sicher hinter Bianconara passiert ist.«

»Genau, Dottore! Sie verstehen echt alles.«

Damit reduzierte sich das mögliche Suchgebiet auf etwa siebzig Küstenkilometer.

»Außerdem wollte ich Ihnen sagen«, fuhr Albanese fort, »dass ich mit 'u zù Stefanu auch über den Zustand der Leiche geredet hab, wie Sie sie gefunden haben. Ich hab sie ja gesehen: Der Mann war seit mindestens zwei Monaten eine Leiche. Einverstanden?«

»Ja.«

»Also sag ich: Eine Leiche braucht keine zwei Monate, um von Bianconara nach Marinella zu treiben. Die braucht höchstens zehn, vierzehn Tage, so schnell wie die Strömung ist.«

»Ja und?«
Ciccio Albanese stand auf und gab Montalbano die Hand.
»Dottore, es ist nicht meine Sache, das rauszufinden, ich bin ein Seemann, das ist Ihre Sache, Sie sind der Kommissar.«
Perfektes Rollenspiel. Ciccio wollte sich nicht auf fremdes Terrain begeben. So konnte Montalbano sich nur noch bedanken und ihn an die Tür begleiten. Dort blieb er stehen und rief nach Fazio.
»Hast du eine Karte der Provinz?«
»Finde ich gleich.«
Als Fazio sie ihm brachte, warf Montalbano einen kurzen Blick darauf und sagte dann:
»Ich habe einen Trost für dich: Nach dem, was ich von Ciccio Albanese erfahren habe, war der Tote mit Sicherheit nur zwischen Bianconara und Marinella zugange.«
Fazio sah ihn begriffsstutzig an.
»Ja und?«
Der Commissario war beleidigt.
»Was heißt hier ›ja und‹? Das grenzt die Nachforschungen gewaltig ein!«
»Dottore, das weiß in Vigàta doch jedes Kind, dass diese Strömung in Bianconara anfängt! Ich wäre nie bis nach Fela gefahren, um der Sache nachzugehen!«
»Na gut. Aber immerhin wissen wir jetzt, dass es sich nur um fünf Dörfer handelt.«
»Fünf?«
»Jawohl, fünf. Du kannst auf der Karte nachzählen.«

»Es sind acht Dörfer, Dottore. Zu den fünfen müssen Sie Spigonella, Tricase und Bellavista dazurechnen.«

Montalbano beugte den Kopf über die Karte und sah dann wieder auf.

»Die Karte ist vom letzten Jahr. Wieso sind die da nicht verzeichnet?«

»Das sind illegal gebaute Dörfer.«

»Dörfer! Ein paar Häuser, die ...«

Fazio schüttelte den Kopf.

»Nein, Dottore. Das sind richtige Ortschaften. Die Hauseigentümer zahlen Grundsteuer an die nächste Gemeinde. Sie haben Abwasserkanäle, Wasser, Strom, Telefon. Und werden jedes Jahr größer. Die wissen genau, dass die Häuser nie abgerissen werden, kein Politiker will Stimmen verlieren. Verstehen Sie? Und dann gibt's eine nachträgliche Genehmigung, ein Bußgeld, und alle leben glücklich und zufrieden. Und wenn Sie wüssten, wie viele Häuser in allen Größen am Strand gebaut werden! Vier oder fünf haben sogar eine Art Privathafen.«

»Verschwinde!«, befahl Montalbano wütend.

»Ist doch nicht meine Schuld, Dottore«, sagte Fazio im Hinausgehen.

Am späten Nachmittag bekam Montalbano zwei Anrufe, die ihm seine ohnehin miese Laune weiter vermiesten. Der erste war von Livia, die keinen Urlaub nehmen konnte. Der zweite von Jacopello, Pasquanos Assistenten.

»Commissario«, flüsterte er. »Sind Sie das?«

»Ja«, sagte Montalbano und senkte automatisch die Stimme. Sie klangen wie zwei Verschwörer.
»Entschuldigen Sie, wenn ich so rede, aber meine Kollegen sollen mich nicht hören. Ich wollte Ihnen nur sagen, dass Dottor Mistretta schon heute Morgen obduziert hat, und für ihn ist der Mann ertrunken. Die Analysen, die Dottor Pasquano haben wollte, wird er also nicht machen lassen. Ich habe versucht, ihn zu überreden, aber keine Chance. Sie hätten unsere Wette gewonnen.«
Und jetzt? Wie konnte er offiziell etwas unternehmen? Der Bericht von Mistretta, diesem Arsch, schloss ein Verbrechen aus und verhinderte damit jede Nachforschung. Und der Commissario hatte nicht mal eine Vermisstenanzeige in der Hand. Auch sonst keinen Vorwand. Im Augenblick war der Tote *un nuddru ammiscatu cu nenti*, null gemischt mit nichts. Aber wie Eliot in seinem Gedicht *Tod durchs Wasser* über Phlebas, den ertrunkenen Phönizier, schreibt: »Heide oder Jude / o du, der das Rad dreht und windwärts lugt, / bedenke Phlebas …«, so würde auch er nicht aufhören, an diesen namenlosen Toten zu denken. Das war eine Frage der Ehre, denn schließlich hatte der Tote selbst ihm eines kalten Morgens begegnen wollen.

Es war Zeit, zum Essen zu gehen. Schon, aber wohin? Die Bestätigung, dass seine Welt allmählich aus den Fugen geriet, hatte der Commissario knapp einen Monat nach dem G8-Gipfel bekommen, als Calogero, der Wirt-Koch-Kellner der Trattoria San Calogero, ihm nach einem sehr bemerkenswerten Essen mitteilte, dass er sich, wenn auch ungern, zurückziehen werde.

»Willst du mich auf den Arm nehmen, Calò?«

»Nein, Dottore. Sie wissen ja, ich habe zwei Bypässe und bin schon dreiundsiebzig. Der Doktor will nicht, dass ich weiter arbeite.«

»Und was ist mit mir?«, entfuhr es Montalbano.

Plötzlich war er so unglücklich wie eine Gestalt aus einem Groschenroman, verführt und sitzen gelassen und mit dem Kind der Sünde im Schoß aus dem Haus gejagt, das kleine Streichholzmädchen im Schnee, das Waisenkind, das im Abfall nach etwas Essbarem sucht...

Calogero breitete nur betrübt die Arme aus. Und dann kam der schreckliche Tag, an dem Calogero ihm zuraunte:

»Kommen Sie morgen nicht. Da ist geschlossen.«

Sie umarmten sich fast weinend. Und damit hatte Montalbanos Leidensweg begonnen. An den folgenden Tagen probierte er ein halbes Dutzend Restaurants, Trattorien und Osterien aus, aber das war alles nichts. Man konnte wirklich nicht behaupten, dass dort schlecht gekocht wurde, aber den Gerichten fehlte einfach Calogeros unerklärlicher letzter Schliff. Der Commissario beschloss, eine Weile häuslich zu werden und nach Marinella statt in eine Trattoria zu fahren. Eine Mahlzeit pro Tag kochte Adelina ja, aber genau das war auch der Haken: Wenn er diese Mahlzeit mittags aß, musste er sich abends mit ein bisschen Käse oder Oliven oder eingelegten Sardinen oder Salami begnügen; und wenn er die Mahlzeit abends aß, dann hatte er sich mittags mit Käse, Oliven, eingelegten Sardinen, Salami begnügen müssen. Auf Dauer war das trostlos. So machte er sich von neuem auf die Suche. In der Nähe von Capo Russello fand er ein gutes Restaurant. Es lag direkt am Strand, man aß anständig und zahlte nicht viel. Das Problem war nur, dass er für Hinfahrt, Essen und Rückfahrt mindestens drei Stunden brauchte, und nicht immer hatte er so viel Zeit.

An diesem Tag wollte er eine Trattoria ausprobieren, die Mimì ihm genannt hatte.

»Hast du da schon mal gegessen?«, fragte Montalbano skeptisch, denn er hielt nicht viel von Augellos Gaumen.

»Ich selbst nicht, aber ein Freund, der noch mehr spinnt als du, war angetan.«

Da die Trattoria mit dem Namen Da Enzo im oberen Teil der Stadt lag, musste der Commissario wohl oder übel das Auto nehmen. Von außen wirkte der Speiseraum wie eine Konstruktion aus Wellblech, und die Küche befand sich anscheinend in einem Nebengebäude. Das hatte etwas Provisorisches, Zusammengebasteltes, was Montalbano gefiel. Er trat ein und setzte sich an einen freien Tisch. Ein hagerer Sechzigjähriger mit sehr hellen Augen, der das Hin und Her der beiden Kellner beaufsichtigte, kam auf ihn zu und stellte sich vor ihn hin, ohne ein Wort zu sagen, er begrüßte ihn nicht mal. Er grinste nur.

Montalbano sah ihn fragend an.

»Ich hab's gewusst«, sagte der Mann.

»Was?«

»Dass Sie nach so langer Suche bei mir landen würden. Ich habe Sie erwartet.«

Anscheinend hatte sich Montalbanos Leidensweg infolge der Schließung seines Stammlokals in der Stadt herumgesprochen.

»Tja, da bin ich«, meinte der Commissario trocken.

Sie sahen sich in die Augen. Ein Gefecht wie die berühmte Revolverschlacht am O.K. Corral nahm seinen Anfang.

Enzo rief einen Kellner zu sich:

»Deck den Tisch für Dottor Montalbano, und kümmere dich um den Saal. Ich gehe in die Küche. Für den Commissario sorge ich persönlich.«

Der nur aus *polipi alla strascinasali* bestehende Antipasto schien aus Meereskonzentrat zubereitet, das sogleich im Mund zerging. Die *pasta col nìvuro di siccia* konnte es würdig mit Calogeros Pasta aufnehmen. Und in dem Grillteller mit Meerbarbe, Wolfsbarsch und Dorade fand der Commissario jenen paradiesischen Geschmack wieder, den er für alle Zeit verloren geglaubt hatte. Eine Melodie erklang in seinem Kopf, eine Art Triumphmarsch.

Glücklich räkelte er sich auf seinem Stuhl. Und dann seufzte er tief.

Nach langer und gefährlicher Irrfahrt hatte Odysseus endlich sein ersehntes Ithaka gefunden.

Teilweise mit dem Dasein versöhnt, setzte er sich ins Auto und fuhr zum Hafen. In dem Laden, in dem es *càlia e si-*

menza gab, brauchte er nicht vorbeizuschauen, der war um diese Zeit geschlossen. Er stellte das Auto am Kai ab und schlenderte die Mole entlang. Der obligatorische Angler hob grüßend die Hand.

»Beißt was an?«

»Nicht mal für Geld.«

Montalbano setzte sich auf seinen Felsen unterhalb des Leuchtturms. Er steckte sich eine Zigarette an und rauchte genüsslich. Als er fertig geraucht hatte, warf er die Kippe ins Meer. Sie bewegte sich leicht im schwappenden Wasser und berührte mal den Felsen, auf dem Montalbano saß, mal den direkt daneben. Da kam Montalbano plötzlich ein Gedanke. Wenn der Zigarettenstummel ein menschlicher Körper gewesen wäre, dann hätte dieser Körper die Felsen sicher nicht nur leicht berührt, sondern wäre richtig angestoßen, wenn auch nicht mit voller Wucht. Genau wie Ciccio Albanese gesagt hatte. Als er hochschaute, sah er in der Ferne sein Auto auf dem Kai stehen. Ihm fiel auf, dass er es an derselben Stelle geparkt hatte, wo er, als die Leute das Patrouillenboot verließen, mit dem Kind gestanden hatte, während die Mutter ein solches Theater gemacht hatte, dass sie sich dabei das Bein brach. Er stand auf und ging die Mole zurück, er wollte plötzlich wissen, wie die Geschichte ausgegangen war. Sicher lag die Mutter mit einem Gipsbein im Krankenhaus. Im Büro angekommen, rief er gleich Riguccio an:

»O Gott, Montalbà, mir ist das echt peinlich!«

»Was denn?«

»Dass ich die Brille immer noch nicht zurückgebracht habe. Ich hab's vollkommen vergessen! Hier geht es dermaßen drunter und drüber, dass ich …«

»Rigù, ich rufe nicht wegen der Brille an. Ich wollte dich was fragen. In welches Krankenhaus kommen denn die Verletzten, Kranken oder Schwangeren?«

»In mindestens drei Krankenhäuser in Montelusa, dann in …«

»Warte, mich interessieren nur die Leute, die gestern Abend an Land gegangen sind.«

»Moment.«

Riguccio musste anscheinend ein bisschen blättern, bevor er antwortete:

»Die sind hier im San Gregorio.«

Montalbano sagte Catarella Bescheid, dass er auf eine Stunde fort sei, setzte sich ins Auto, hielt an einer Bar, kaufte drei Tafeln Schokolade und fuhr nach Montelusa. Das San Gregorio lag außerhalb der Stadt, war aber von Vigàta aus leicht zu erreichen. Die Fahrt dauerte zwanzig Minuten. Er parkte und fragte nach der Abteilung, in der Knochenbrüche behandelt wurden. Er fuhr mit dem Aufzug in den dritten Stock und sprach dann die erste Krankenschwester an, der er begegnete.

Er sagte, er suche eine Afrikanerin, die sich am vorherigen Abend bei ihrer Ankunft in Vigàta das Bein gebrochen habe. Als weitere Erklärung fügte er hinzu, die Frau habe drei Kinder bei sich gehabt. Damit konnte die Schwester anscheinend nichts anfangen.

»Wollen Sie hier warten? Ich muss nachsehen.«
Nach zehn Minuten kam sie zurück.
»Wie ich dachte. Eine Afrikanerin mit gebrochenem Bein wurde nicht eingeliefert. Wir haben eine, die sich den Arm gebrochen hat.«
»Kann ich sie sehen?«
»Wer sind Sie eigentlich?«
»Commissario Montalbano.«
Die Krankenschwester sah ihn an. Anscheinend fand sie, dass der Mann, der da vor ihr stand, wirklich ein Bullengesicht hatte, denn sie sagte nur:
»Kommen Sie mit.«
Die Frau mit dem gebrochenen Arm war erstens nicht schwarz, sondern sah aus, als hätte sie sich in der Sonne bräunen lassen; zweitens war sie hübsch, schmal und jung.
»Wissen Sie«, sagte Montalbano etwas verwirrt, »ich habe gestern nämlich selbst gesehen, wie die Sanitäter sie mit dem Krankenwagen weggefahren haben …«
»Fragen Sie doch mal in der Notaufnahme.«
Richtig. Vielleicht hatte sich der Sanitäter mit seiner Diagnose ja geirrt. Möglicherweise war der Fuß nur verrenkt und die Frau hatte gar nicht stationär aufgenommen werden müssen.
In der Notaufnahme erinnerte sich keiner der drei Krankenpfleger, die am Abend zuvor Dienst gehabt hatten, an eine Schwarze mit gebrochenem Bein und drei Kindern im Schlepptau.

»Welcher Arzt hatte denn Dienst?«

»Dottor Mendolìa. Aber der hat heute frei.«

Fluchend brachte er sie mühsam dazu, die Telefonnummer des Arztes herauszurücken. Dottor Mendolìa war höflich, aber bestimmt: Er habe keine Afrikanerin mit gebrochenem Bein gesehen. Nein, auch keine mit verrenktem Knöchel. Auf Wiederhören.

Auf dem Platz vor der Klinik standen mehrere Krankenwagen. In der Nähe unterhielten sich ein paar Leute in weißen Kitteln. Montalbano trat zu ihnen und erkannte den hageren Sanitäter mit dem Oberlippenbart. Der erkannte ihn ebenfalls.

»Waren Sie gestern Abend nicht ...«

»Ja. Ich bin Commissario Montalbano. Wo haben Sie die Frau mit dem gebrochenen Bein und den drei Kindern hingebracht?«

»Hier in die Notaufnahme. Aber ich hatte mich getäuscht, das Bein war nicht gebrochen. Sie ist sogar allein ausgestiegen, wenn auch etwas mühsam. Ich habe sie in die Notaufnahme gehen sehen.«

»Warum haben Sie sie nicht begleitet?«

»Mein lieber Commissario, wir wurden nach Scroglitti gerufen. Dort war eine Katastrophe. Wieso fragen Sie? Finden Sie die Frau nicht?«

Sechs

Bei Tag sah man, dass Riguccio blass und unrasiert war und Ringe unter den Augen hatte. Montalbano erschrak.

»Bist du krank?«

»Ich bin müde. Wir können nicht mehr, meine Leute und ich. Jeden Abend kommen Boote, und jedes Mal haben wir es mit zwanzig bis hundertfünfzig Flüchtlingen zu tun. Der Questore ist in Rom, um die Situation zu erläutern und weitere Beamte anzufordern. Ha! Schöne Worte wird er mitbringen! Was brauchst du denn?«

Als Montalbano ihm vom Verschwinden der Frau und der drei Kinder erzählt hatte, sagte Riguccio kein Wort. Er blickte lediglich von den Unterlagen auf, die sich auf dem Schreibtisch stapelten, und sah ihn an.

»Du machst es dir ja einfach«, fuhr ihn der Commissario an.

»Und was soll ich deiner Meinung nach tun?«, entgegnete Riguccio.

»Was weiß ich, keine Ahnung, Nachforschungen anstellen, eine Suchmeldung rausgeben ...«

»Was hast du eigentlich gegen die armen Leute?«

»Ich?!«

»Ja, du. Du stürzt dich ja richtig auf sie.«

»Ich stürze mich auf sie?! Du bist doch mit dieser Regierung auf einer Wellenlänge!«

»Nicht immer. Manchmal ja, manchmal nein. Montalbà, um es kurz zu machen, ich gehe sonntags in die Kirche, weil ich gläubig bin. So, und jetzt sage ich dir, wie das gelaufen ist, und zwar nicht zum ersten Mal. Weißt du, diese Frau hat alle verarscht, dich, die Sanitäter ...«

»Sie hat nur so getan, als würde sie hinfallen?«

»Genau, alles Show. Ihr lag daran, in die Notaufnahme zu kommen, wo man nach Belieben ein und aus gehen kann.«

»Aber warum denn? Hat sie was zu verbergen?«

»Sieht so aus. Wenn du mich fragst, handelt es sich um eine außergesetzliche Familienzusammenführung.«

»Was ist denn das?«

»Ihr Mann ist höchstwahrscheinlich illegal hier und arbeitet irgendwo in der Gegend schwarz. Und er hat über Leute, die mit solchen Geschichten Geld verdienen, seine Familie nachkommen lassen. Wenn die Frau die Sache offiziell geregelt hätte, hätte sie angeben müssen, dass sich ihr Mann illegal in Italien aufhält. Und nach dem neuen Gesetz wären sie alle wieder rausgeworfen worden. Also haben sie den kürzesten Weg gewählt.«

»Ich verstehe«, sagte der Commissario.

Er holte die drei Schokoladetafeln aus der Tasche und legte sie Riguccio auf den Tisch.

»Die wollte ich den Kindern mitbringen«, murmelte er.

»Ich bring sie meinem Sohn mit«, sagte Riguccio und steckte sie ein.
Montalbano sah ihn verblüfft an. Er wusste, dass sein Kollege, der seit sechs Jahren verheiratet war, alle Hoffnung auf ein Kind aufgegeben hatte. Riguccio verstand, was dem Commissario durch den Kopf ging.
»Teresa und ich haben einen kleinen Jungen aus Burundi adoptiert. Ah, das hätte ich fast vergessen: Da ist die Brille.«

Catarella war in die Arbeit am Computer vertieft, aber als er den Commissario kommen sah, ließ er alles stehen und liegen und lief ihm entgegen.
»Ah Dottori Dottori!«, fing er an.
»Was machst du denn am Computer?«, fragte Montalbano.
»Da? Eine Indentiverzierung, für den Fazio. Von der Schwimmleiche, die Sie beim Schwimmen getroffen haben.«
»Ist gut. Was wolltest du denn von mir?«
Catarella blickte betreten auf seine Schuhspitzen.
»Und?«
»Ich bitte sehr um Verzeihung, aber ich hab's vergessen, Dottori.«
»Macht nichts, wenn's dir wieder einfällt, kannst du ...«
»Ist mir schon wieder eingefallen, Dottori! Der Ponzio Pilato hat wieder angerufen! Ich hab gesagt, was Sie mir gesagt haben, was ich ihm sagen soll, dass Sie mit dem Signor Kaiphas auf dem Rad Sitzung haben, aber er hat's

irgendwie nicht kapiert, er hat gesagt, dass ich Ihnen sagen soll, dass er Ihnen was sagen muss.«
»Ist gut, Catarè. Wenn er wieder anruft, sag ihm, er soll dir sagen, was er mir sagen will, und das sagst du mir dann.«
»Dottori, Verzeihung, aber jetzt bin ich echt neugierig. Ist der Ponzio Pilato nicht der?«
»Der wer?«
»Der sich in den alten Zeiten die Hände gewaschen hat?«
»Doch.«
»Dann wär also der, der angerufen hat, ein Nachkomme von dem?«
»Frag ihn doch, wenn er wieder anruft. Ist Fazio da?«
»Jawohl, Dottori. Er ist grade gekommen.«
»Schick ihn zu mir.«

»Darf ich mich setzen?«, fragte Fazio. »Mit Verlaub, mir rauchen die Füße vom vielen Laufen. Dabei fang ich gerade erst an.«
Er setzte sich, holte einen Packen Fotos aus der Tasche und reichte ihn dem Commissario.
»Mein Freund vom Erkennungsdienst war früher fertig als gedacht.«
Montalbano sah sich die Fotos an. Sie zeigten das Allerweltsgesicht eines Vierzigjährigen, einmal mit langen Haaren, ein anderes Mal mit Schnauzbart, ein drittes Mal kurz geschoren und so weiter. Doch die Gesichter waren alle irgendwie anonym, ohne jedes Leben in den Augen.
»Da schaut er genauso tot aus«, sagte der Commissario.

»Hätte ich ihn denn zum Leben erwecken sollen?«, polterte Fazio los. »Besser geht das nicht. Wissen Sie noch, wie sein Gesicht ausgesehen hat? Mir werden die Bilder eine große Hilfe sein. Ich habe Catarella Kopien für den Abgleich mit der Kartei gegeben, aber das wird sich hinziehen, die Geschichte ist eine harte Nuss.«

»Das glaube ich gern«, sagte Montalbano. »Aber du bist irgendwie ärgerlich. Ist was?«

»Dottore, vielleicht ist alles umsonst, was ich gemacht hab und was ich noch vor mir habe.«

»Wieso?«

»Wir forschen in den Ortschaften an der Küste nach. Und woher wollen wir wissen, ob man den Mann nicht in irgendeinem Dorf im Inselinneren umgebracht, in einen Kofferraum verfrachtet, an den Strand gekarrt und ins Meer geworfen hat?«

»Das glaube ich nicht. Die Leute, die draußen auf dem Land oder irgendwo im Inneren der Insel umgebracht werden, landen normalerweise in einem Brunnen oder irgendeiner öden Gegend. Ist es denn verboten, erst mal in den Küstenorten nachzuforschen?«

»Meine armen Füße verbieten es mir, Dottore.«

Bevor er ins Bett ging, rief er Livia an. Sie war sauer, weil sie nicht nach Vigàta hatte fliegen können. Montalbano war klug genug, sie sich abreagieren zu lassen, und gab nur hin und wieder ein »hm« von sich, das seine Aufmerksamkeit bekunden sollte. Dann fragte Livia völlig übergangslos:

»Was wolltest du mir denn sagen?«

»Ich?«

»Komm, Salvo. Vorgestern hast du gemeint, du wolltest mir was erzählen, aber nur persönlich. Ich kann nicht persönlich kommen, also sagst du es mir jetzt am Telefon.«

Montalbano verfluchte sich, dass er nicht den Mund gehalten hatte. Wenn Livia vor ihm säße, während er ihr die Geschichte mit dem Kind erzählte, das am Kai Reißaus genommen hatte, hätte er Worte, Tonfall und Gesten entsprechend dosieren können, sodass sie bei der Erinnerung an François nicht traurig würde. Bei der geringsten Änderung ihres Gesichtsausdrucks hätte er die Klangfarbe der Erzählung gewissermaßen modulieren können, aber so …

Er versuchte eine letzte Abwehr.

»Also so was, ich hab völlig vergessen, was ich dir erzählen wollte.«

Er biss sich auf die Lippen, jetzt hatte er Mist gebaut. Selbst auf zehntausend Kilometer Entfernung hätte Livia am Ton seiner Stimme gehört, dass er schwindelte.

»Salvo, hör doch auf. Jetzt sag schon.«

Montalbano erzählte zehn Minuten lang und fühlte sich die ganze Zeit wie auf einem Minenfeld. Livia unterbrach ihn nicht, gab keinen Kommentar ab.

»… und daher ist mein Kollege Riguccio überzeugt, dass wir es mit einem Fall von gelungener Familienzusammenführung zu tun haben, wie er das nennt«, schloss er und wischte sich den Schweiß von der Stirn.

Nicht einmal das glückliche Ende der Geschichte rief bei

Livia eine Reaktion hervor. Der Commissario war besorgt.
»Livia, bist du noch dran?«
»Ja. Ich denke nach.«
Ihr Tonfall war fest, die Stimme nicht brüchig.
»Worüber denn? Da gibt's nichts nachzudenken, die kleine Geschichte hat überhaupt keine Bedeutung.«
»Hör auf mit dem Quatsch. Ich weiß schon, warum du sie mir lieber persönlich erzählen wolltest.«
»Aber wo denkst du hin, ich wollte ...«
»Vergiss es.«
Montalbano sagte nichts mehr.
»Das ist schon seltsam«, sagte Livia nach einer Weile.
»Was?«
»Findest du das denn normal?«
»Aber was denn!«
»Das Verhalten des Kindes.«
»Findest du es seltsam?«
»Natürlich. Warum hat es denn versucht abzuhauen?«
»Livia, du musst dir die Situation mal vergegenwärtigen! Das Kind muss völlig panisch gewesen sein!«
»Das glaube ich nicht.«
»Warum nicht?«
»Wenn ein Kind in Panik gerät und seine Mutter ist in der Nähe, dann klammert es sich mit aller Kraft an ihrem Rock fest, wie es die beiden kleineren Kinder getan haben.«
Stimmt, dachte der Commissario bei sich.
»Als sich der Junge ergab«, fuhr Livia fort, »ergab er sich nicht seinem Feind, der in diesem Augenblick du warst,

sondern den Umständen. Ihm war völlig klar, dass es keinen Ausweg gab. Von wegen Panik!«

»Jetzt noch mal«, sagte Montalbano. »Du vermutest also, dass der Junge die Situation ausgenutzt hat, um von seiner Mutter und seinen Geschwistern wegzukommen?«

»Wenn es wirklich so ist, wie du erzählst, dann glaube ich das tatsächlich.«

»Aber warum denn?«

»Das weiß ich nicht. Eine logische Erklärung könnte sein, dass er nicht zu seinem Vater wollte.«

»Sondern lieber auf gut Glück in ein unbekanntes Land geht, dessen Sprache er nicht spricht, ohne Geld, ohne Beistand, ohne irgendwas? Der Junge ist höchstens sechs!«

»Salvo, du hättest Recht, wenn es sich um einen kleinen Italiener handelte, aber die Kinder dort … Die sehen aus wie sechs, sind aber von ihrer Erfahrung her fertige Männer. Mit Hunger und Krieg, mit Massakern, Tod und Angst wird man früh erwachsen.«

Auch das stimmt, dachte Montalbano bei sich.

Er schlug mit einer Hand die Decke zurück, stützte sich mit der anderen auf dem Bett ab, hob das linke Bein und verharrte so, wie vom Blitz getroffen.

Mit einem Mal war ihm eiskalt. Er hatte an den Blick des Jungen denken müssen, als der seine Hand hielt und die Mutter auf ihn zulief. Da hatte er diesen Blick nicht verstanden; jetzt, nach allem, was Livia gesagt hatte, verstand er ihn. Die Augen des Kindes hatten ihn angefleht. Sie sagten: Bitte, bitte, lass mich gehen, lass mich abhauen. Und als er sich jetzt ins Bett legte, machte er sich bittere Vorwürfe, dass er nicht sofort begriffen hatte, was dieser Blick bedeutete. Sein Herz setzte beinahe aus, es fiel ihm schwer, das zuzugeben, aber so war es. Wie hatte er, um die Worte von Dottor Pasquano zu benutzen, nicht merken können, dass die Dinge nicht so lagen, wie es schien?

»Dottori? Am Telefon wär eine Krankenschwester vom Krankenhaus Montelusa, dem San Gregorio ...«
Was war denn mit Catarella los? Er hatte den Namen des Krankenhauses richtig gesagt!
»Was will sie denn?«
»Mit Ihnen persönlich selber reden. Sie sagt, dass sie Agata Militello heißt. Soll ich sie durchstellen?«
»Ja.«
»Commissario Montalbano? Hier spricht Agata Militello ...«
O Wunder! Sie hieß wirklich so. Was war geschehen, dass Catarella zweimal hintereinander einen Namen korrekt wiedergegeben hatte?
»... ich bin Krankenschwester im San Gregorio. Ich habe gehört, dass Sie gestern hier waren und sich nach einer Afrikanerin mit drei Kindern erkundigt und sie nicht angetroffen haben. Ich habe diese Frau mit ihren Kindern gesehen.«
»Wann?«

»Vorgestern Abend. Da kamen die Verletzten aus Scroglitti, und das Krankenhaus rief mich an. War ja eigentlich mein freier Tag. Ich wohne nicht weit weg und gehe zu Fuß zur Arbeit. Und kurz vor dem Krankenhaus lief mir diese Frau entgegen, die drei Kinder im Schlepptau. Als sie fast auf meiner Höhe war, kam ein Auto, das plötzlich stehen blieb. Der Mann am Steuer hat die Frau gerufen. Sie sind alle eingestiegen, und das Auto ist schnell davongefahren.«

»Ich stelle Ihnen jetzt eine Frage, die Ihnen seltsam vorkommen mag, aber ich bitte Sie, gut nachzudenken, bevor Sie antworten. Ist Ihnen irgendwas aufgefallen?«

»Wie meinen Sie das?«

»Na ja, ich weiß nicht... Hat das älteste Kind zum Beispiel versucht wegzurennen, bevor es in das Auto eingestiegen ist?«

Agata Militello dachte gewissenhaft nach.

»Nein, Commissario. Es ist zuerst eingestiegen, die Mutter hat es reingeschoben. Dann die beiden Kleineren, und die Frau als Letzte.«

»Haben Sie das Kennzeichen gesehen?«

»Nein. Daran habe ich nicht gedacht. Es gab ja keinen Grund.«

»Natürlich. Ich danke Ihnen.«

Und mit dieser Aussage war die Geschichte endgültig abgeschlossen. Riguccio hatte Recht, es handelte sich um eine Familienzusammenführung. Auch wenn der älteste Bruder über diese Zusammenführung seine eigene Meinung hatte.

Die Tür knallte gegen die Wand, Montalbano fuhr zusammen, und ein Stück Putz löste sich, obwohl die Stelle keine vier Wochen vorher ausgebessert worden war. Catarella stand in der Tür und ließ sich nicht mal zu der Erklärung herab, ihm sei die Hand ausgerutscht. Er machte ein Gesicht, zu dem ein Triumphmarsch die ideale Begleitmusik gewesen wäre.

»Und?«, fragte Montalbano.

Catarella blähte die Brust und trompetete wie ein Elefant. Aus dem Nebenzimmer stürzte alarmiert Mimì herbei.

»Was ist passiert?«

»Ich hab's! Ich hab ihn indentiverziert«, schrie Catarella, trat vor und legte ein vergrößertes Foto und einen Strafregisterauszug auf den Schreibtisch.

Das große Foto und das viel kleinere, das oben links auf dem Auszug zu sehen war, schienen denselben Mann zu zeigen.

»Erklärt ihr mir vielleicht mal, was das ist?«, fragte Mimì Augello.

»Klar, Dottori«, sagte Catarella stolz. »Das große Foto hab ich vom Fazio gekriegt, das ist der tote Mann, der neulich mit dem Dottori geschwommen ist. Und den Auszug da hab ich ganz allein indentiverziert. *Taliasse* – schauen Sie, Dottori. Die sind doch wie Zwillinge, oder?«

Mimì ging um den Schreibtisch herum, stellte sich hinter den Commissario und beugte sich über die Fotos. Dann sprach er sein Urteil:

»Sie sehen sich ähnlich. Aber es ist nicht dieselbe Person.«

»Dottori, aber Sie müssen was bedenken«, entgegnete Catarella.

»Was denn?«

»Dass das große Foto kein Foto ist, das ist eine fotografierte Zeichnung davon, wie dem Toten sein Gesicht vielleicht war. Das ist nur gemalt. Da kann schon ein Fehler drin sein.«

Mimì verließ das Büro und behauptete steif und fest:

»Es ist nicht dieselbe Person.«

Catarella breitete die Arme aus, blickte den Commissario an und überließ ihm sein weiteres Schicksal. Entweder in den Staub oder auf den Altar. Eine gewisse Ähnlichkeit war nicht zu leugnen, die Sache eine Überprüfung allemal wert. Der Mann hieß Ernesto Errera, hatte in Cosenza und Umgebung eine Reihe von Straftaten vom Einbruchsdiebstahl bis zum bewaffneten Raubüberfall verübt und wurde seit über zwei Jahren gesucht. Um Zeit zu sparen, war es besser, den Dienstweg zu umgehen.

»Catarè, geh und frag Dottor Augello, ob wir einen Freund in der Questura Cosenza haben.«

Catarella ging hinaus, kam zurück, machte den Mund auf und sagte:

»Vattiato, Dottori. So heißt er.«

Das stimmte. Zum dritten Mal innerhalb kurzer Zeit hatte Catarella ins Schwarze getroffen. War etwa der Weltuntergang nahe?

»Ruf in der Questura Cosenza an, lass dir Commissario Vattiato geben und stell ihn zu mir durch.«

Der Kollege aus Cosenza war ein unleidlicher Zeitgenosse. Er blieb sich auch diesmal treu.

»Was ist, Montalbano?«

»Ich habe möglicherweise einen Mann gefunden, den ihr sucht, einen gewissen Ernesto Errera.«

»Tatsächlich? Du hast ihn verhaftet? Was du nicht sagst!«

Warum fand er das so verwunderlich? Montalbano wurde hellhörig. Er war auf der Hut.

»Quatsch! Wenn, dann habe ich seine Leiche gefunden.«

»Ach komm! Errera ist seit fast einem Jahr tot und liegt hier auf unserem Friedhof. So wollte es seine Frau.«

Montalbano wurde wütend, so peinlich war ihm das.

»Warum ist dann seine Akte nicht vernichtet, verdammte Scheiße!«

»Wir haben seinen Tod gemeldet. Wenn sich die zuständige Stelle nicht drum kümmert, brauchst du doch nicht auf mich sauer zu sein!«

Grußlos legten beide gleichzeitig auf. Kurz war Montalbano versucht, seinen Ärger über die Blamage an Catarella auszulassen. Doch dann besann er sich. Der arme Kerl konnte schließlich nichts dafür. Wenn, dann war er selber schuld, weil er nicht auf Mimì gehört hatte, sondern nachhaken wollte. Gleich darauf schoss ihm ein anderer Gedanke durch den Kopf. Hätte er vor ein paar Jahren zu unterscheiden vermocht, wer Recht und wer Unrecht hatte? Hätte er ebenso ruhig wie heute einen Irrtum zugegeben? Und war nicht auch das ein Zeichen von Reife oder, um das Kind beim Namen zu nennen, von Altwerden?

»Dottori? Da wär der Dottori Latte mit dem S am Ende am Telefon. Was soll ich machen? Durchstellen?«

»Ja, klar.«

»Dottor Montalbano? Wie geht es Ihnen? Ist die Familie wohlauf?«

»Ich kann mich nicht beklagen. Was gibt es denn?«

»Der Signor Questore ist soeben aus Rom zurückgekehrt und hat für morgen Nachmittag um fünfzehn Uhr eine Plenarsitzung anberaumt. Werden Sie kommen?«

»Natürlich.«

»Ich habe dem Signor Questore Ihr Ersuchen um einen Termin vorgetragen. Er wird Sie morgen im Anschluss an die Sitzung anhören.«

»Ich danke Ihnen, Dottor Lattes.«

Damit war die Sache gegessen. Anderntags würde er die Kündigung einreichen. Adieu – unter anderem –, Schwimmleiche, wie Catarella sie nannte.

Abends in Marinella rief er Livia an und erzählte ihr von der Aussage der Krankenschwester.

Am Ende, als der Commissario dachte, dass sie wieder ganz beruhigt sei, ließ Livia nur ein reichlich skeptisches »Na ja« vernehmen.

»Herrgott noch mal!«, fuhr Montalbano sie an. »Du bist vielleicht stur! Du willst den Tatsachen einfach nicht ins Auge sehen!«

»Und du wirfst einfach das Handtuch.«

»Wie meinst du das?«

»Früher hättest du den Wahrheitsgehalt dieser Zeugenaussage überprüft.«

Montalbano wurde wütend. »Früher!« Gehörte er etwa schon in die Mottenkiste? War er alt wie Methusalem?

»Ich habe sie nicht überprüft, weil die ganze Geschichte ohne Belang ist, das hab ich doch schon gesagt. Außerdem …«

Er verstummte, und bei der Vollbremsung quietschten die Rädchen in seinem Hirn.

»Außerdem?«, drängte Livia.

Sollte er ablenken? Irgendeinen Scheiß daherreden? Von wegen! Livia hätte ihn sofort durchschaut. Am besten sagte er die Wahrheit.

»Außerdem treffe ich morgen Nachmittag den Questore.«

»Ah.«

»Ich werde meine Kündigung einreichen.«

»Ah.«

Schreckliche Pause.

»Gute Nacht«, sagte Livia.

Und legte auf.

Sieben

Er wachte in aller Herrgottsfrühe auf, blieb aber mit offenen Augen liegen und betrachtete die Zimmerdecke, die mit dem Himmel ganz allmählich heller wurde. Das fahle Licht, das durch die Fenster drang, war klar und beständig und wurde nicht von vorbeiziehenden Wolken durchbrochen. Ein schöner Tag kündigte sich an. Zum Glück, denn schlechtes Wetter war nicht hilfreich. So würde es ihm leichter fallen, dem Questore die Gründe für seine Kündigung mit Ruhe und Bestimmtheit zu erklären. Bei dem Wort »Kündigung« fiel ihm eine Geschichte ein, die er erlebt hatte, als er neu bei der Polizei und noch nicht in Vigàta war. Dann erinnerte er sich, wie er mal ... Und wie er mal ... Und plötzlich wusste der Commissario den Grund für diese Ansammlungen von Erinnerungen: Es heißt, wenn der Tod nah ist, ziehen die wichtigsten Ereignisse des Lebens wie ein Film an einem vorüber. Passierte ihm das jetzt auch? Betrachtete er die Kündigung insgeheim als eine Art Tod?

Das Klingeln des Telefons riss ihn aus seinen Gedanken. Er sah auf die Uhr, es war schon acht, und er hatte es gar nicht gemerkt. *Matre santa*, sein Lebensfilm war ganz schön lang gewesen! Schlimmer als *Vom Winde verweht*! Er stand auf und ging ans Telefon.

»Guten Morgen, Dottore. Fazio am Apparat. Ich breche jetzt wieder zu meinen Nachforschungen auf …«

Montalbano wollte schon sagen, er solle es bleiben lassen, überlegte es sich aber anders.

»… und ich habe gehört, dass Sie heute Nachmittag den Questore treffen, da habe ich alles, was unterschrieben werden muss, und die anderen Papiere auf Ihren Schreibtisch gelegt.«

»Danke, Fazio. Gibt's was Neues?«

»Nein, Dottore.«

Da er am frühen Nachmittag in die Questura musste und keine Zeit hatte, noch mal nach Marinella zu fahren und sich umzuziehen, musste er sich schon jetzt in Schale werfen. Doch die Krawatte steckte er nur ein, die würde er umbinden, wenn es so weit war. Es störte ihn ziemlich, schon morgens mit einer Schlinge um den Hals herumzulaufen.

Auf dem Schreibtisch stapelten sich bedenklich die Unterlagen. Wenn Catarella die Tür nach Catarella-Manier aufgestoßen hätte, wäre der Turm zu Babel ein zweites Mal eingestürzt. Montalbano unterschrieb mehr als eine Stunde, ohne jemals aufzuschauen, dann verlangte es ihn nach einer kleinen Pause. Er beschloss, draußen eine rauchen zu gehen. Auf dem Bürgersteig kramte er in seiner Jackentasche nach Zigaretten und Feuerzeug. Ohne Ergebnis, er hatte alles in Marinella vergessen. Stattdessen bekam er die

Krawatte in die Hand, eine grüne mit roten Pünktchen. Er ließ sie auf der Stelle wieder verschwinden und sah sich dabei verstohlen um, wie ein Dieb, der soeben ein Portemonnaie geklaut hat. Heiliger Himmel! Wie war dieses Schauerteil zwischen seine Krawatten geraten? Hatte er denn die Farben nicht gesehen, als er es einsteckte? Er ging ins Kommissariat zurück.

»Schau doch mal, ob mir jemand eine Krawatte leihen kann«, sagte er auf dem Weg in sein Büro zu Catarella.

Fünf Minuten später erschien Catarella mit drei Krawatten.

»Wem gehören die?«

»Torretta, Dottori.«

»Hat der nicht Riguccio auch die Brille geliehen?«

»Jawohl, Dottori.«

Er wählte die Krawatte, die sich am wenigsten mit seinem grauen Anzug biss. Nach weiteren anderthalb Stunden Unterschreiben hatte er den Stapel geschafft. Dann suchte er die Tasche, in die er immer die Unterlagen steckte, wenn er zur Berichterstattung musste. Fluchend stellte er das Zimmer auf den Kopf, aber von der Tasche keine Spur.

»Catarella!«

»Jawohl, Dottori!«

»Hast du zufällig meine Tasche gesehen?«

»Nein, Dottori!«

Wahrscheinlich hatte er sie nach Marinella mitgenommen und dann vergessen.

»Schau doch mal, ob jemand im Büro …«

»Ich kümmere mich sofort, Dottori!«

Er brachte zwei fast neue Taschen, eine schwarze und eine braune. Montalbano entschied sich für die schwarze.

»Von wem hast du die?«

»Torretta, Dottori.«

Hatte dieser Torretta im Kommissariat etwa ein Kaufhaus eröffnet? Kurz spielte er mit dem Gedanken, ihn in seinem Zimmer aufzusuchen, aber dann überlegte er, dass ihn das ja nichts mehr anging. Mimì Augello kam herein.

»Gib mir eine Zigarette«, sagte Montalbano.

»Ich rauche nicht mehr.«

Der Commissario fiel aus allen Wolken.

»Hat dir das der Arzt verboten?«

»Nein. Das war meine Entscheidung.«

»Verstehe. Bist du zum Koksen übergegangen?«

»Was soll denn der Scheiß?«

»Das ist kein Scheiß, Mimì. Heute werden knallharte Gesetze erlassen, mit denen die Raucher praktisch verfolgt werden, und man tritt auch damit in amerikanische Fußstapfen, während man mit Kokainsüchtigen viel toleranter ist, es koksen ja alle, Staatssekretäre, Politiker, Manager … Wenn du nämlich eine Zigarette rauchst, kann dich der, der neben dir steht, anzeigen, weil du ihn mit Passivrauchen vergiftest, aber Passivkoksen gibt es nicht. Kokain richtet also einen geringeren gesellschaftlichen Schaden an als Rauchen. Wie viele Lines ziehst du dir pro Tag denn rein, Mimì?«

»Ist dir eine Laus über die Leber gelaufen? Hast du dich jetzt abreagiert?«

»So ziemlich.«

Was ging hier eigentlich vor? Catarella sagte die Namen richtig, Mimì mauserte sich zu einem Tugendbold … Lauter Signale, dass es Zeit war zu gehen, denn irgendwas stimmte nicht mehr an diesem Mikrokosmos von Kommissariat.

»Heute Nachmittag bin ich mit den Kollegen zur Berichterstattung beim Questore. Ich habe ihn um ein privates Gespräch gebeten. Ich werde meine Kündigung einreichen. Außer dir weiß das noch niemand. Wenn der Questore die Kündigung gleich annimmt, sag ich's am Abend auch den anderen.«

»Mach doch, was du willst«, sagte Mimì unwirsch, stand auf und ging zur Tür.

Dort blieb er stehen und drehte sich um.

»Übrigens habe ich mit dem Rauchen aufgehört, weil es Beba und dem ungeborenen Kind nicht gut tut. Und was die Kündigung betrifft – vielleicht ist es wirklich besser, wenn du gehst. Du wirst langsam schal, von deinem Kampfgeist, deinem Humor, deiner geistigen Beweglichkeit und sogar von deinem losen Mundwerk ist nicht mehr viel übrig.«

»Leck mich am Arsch, und schick Catarella her!«, schrie ihm der Commissario nach.

Catarella erschien zwei Sekunden später.

»Jawohl, Dottori!«

»Schau mal, ob Torretta eine Schachtel rote Multifilter und ein Feuerzeug hat.«

Catarella schien sich über die Bitte nicht zu wundern. Er verschwand und kehrte mit Zigaretten und Feuerzeug zurück. Der Commissario gab ihm das Geld und fragte sich im Hinausgehen, ob es in Torrettas Kaufhaus wohl Socken gab, die gingen ihm nämlich langsam aus. Als er auf der Straße stand, gelüstete es ihn nach einem richtig guten Espresso. In der nahen Bar lief wie immer der Fernseher. Es war halb eins, gerade ertönte die Erkennungsmelodie von »Televigàta«. Kopf und Oberkörper von Carla Rosso erschienen im Bild, und die Nachrichtensprecherin zählte die Meldungen in einer Reihenfolge auf, die dem Geschmack der Leute Rechnung trug. Als Erstes kündigte sie den Bericht über ein Eifersuchtsdrama an, in dem ein Achtzigjähriger seine siebzigährige Frau erstochen hatte. Und anschließend: Frontalzusammenstoß zwischen einem Lastzug und einem Pkw mit drei Insassen, alle tot; bewaffneter Raubüberfall auf eine Filiale des *Banco di Credito* in Montelusa; ein Kutter mit etwa hundert illegalen Einwanderern auf hoher See gesichtet; wieder einmal Fahrerflucht: Ein kleiner schwarzer Junge, der bislang nicht identifiziert werden konnte, war überfahren und getötet worden.
Montalbano trank in aller Ruhe seinen Espresso, zahlte, grüßte, ging hinaus, steckte sich die Zigarette an, rauchte, trat sie auf der Schwelle zum Kommissariat aus, sagte Catarella Hallo, ging in sein Zimmer, setzte sich, und da erschien auf der gegenüberliegenden Wand plötzlich der Fernseher aus der Bar, und in dem Fernseher saß Carla

Rosso und bewegte wortlos den Mund, denn die Worte hörte der Commissario in seinem Kopf:

»Ein kleiner schwarzer Junge, der bislang nicht identifiziert werden konnte …«

Er sprang auf und rannte in die Bar zurück und begriff gar nicht recht, warum. Eigentlich wusste er schon, warum, aber er wollte es nicht zugeben, der rationale Teil seines Gehirns verweigerte den Befehl des irrationalen Teils an den Rest des Körpers, nämlich einer absurden Ahnung zu folgen.

»Haben Sie was vergessen?«, fragte der Barmann, als Montalbano hereinschoss.

Er gab keine Antwort. Sie hatten umgeschaltet, man sah das Logo des Senders »Retelibera«, der einen Komikerauftritt brachte.

»Schalt sofort auf ›Televigàta‹ um. Sofort!«, sagte der Commissario mit einer so kalten, leisen Stimme, dass der Barmann ganz blass wurde und auf der Stelle umschaltete.

Er war rechtzeitig gekommen. Die Meldung war so unwichtig, dass nicht mal Bilder dazu gezeigt wurden. Carla Rosso berichtete, ein Bauer, der frühmorgens aufs Feld gegangen sei, habe einen kleinen schwarzen Jungen gefunden, der von einem Unbekannten überfahren worden sei. Der Bauer habe Alarm geschlagen, aber das Kind habe den Transport ins Krankenhaus Montechiaro nicht überlebt. Dann wünschte Carla Rosso mit einem Lächeln, das ihr Gesicht zerschnitt, allerseits guten Appetit und verschwand.

Es entspann sich eine Art Kampf zwischen den Beinen des Commissario, die es sehr eilig hatten, und seinem Hirn, das einen normalen, lässigen Gang verlangte. Sichtlich fanden sie einen Kompromiss, denn Montalbano bewegte sich wie eine Aufziehpuppe, deren Mechanismus schlapp macht, sodass sie ein paar Schritte rennt und dann wieder in Zeitlupe vor sich hin stakst. An der Tür zum Kommissariat blieb er stehen und schrie:

»Mimì! Mimì!«

»Steht heute die *Bohème* auf dem Programm?«, erkundigte sich Augello, als er erschien.

»Hör gut zu. Ich kann nicht zur Sitzung mit dem Questore. Geh du. Auf meinem Tisch liegen die Sachen, die du ihm zeigen musst.«

»Was ist denn passiert?«

»Nichts. Und entschuldige mich bei ihm. Sag ihm, meine Privatangelegenheit besprechen wir ein andermal.«

»Und mit welcher Ausrede soll ich kommen?«

»Dir fällt doch sonst auch immer was ein, wenn du nicht im Büro erscheinst.«

»Sagst du mir wenigstens, wo du hingehst?«

»Nein.«

Als Montalbano losfuhr, blieb Augello in der Tür stehen und sah ihm besorgt nach.

Falls die Reifen, längst glatt wie ein Babypopo, überhaupt noch Straßenhaftung hatten, falls der Tank nicht endgültig durchbrach, falls der Motor eine Geschwindigkeit von mehr als achtzig Stundenkilometern durchstand, falls wenig Verkehr herrschte, dann konnte Montalbano seiner Berechnung nach in anderthalb Stunden in Montechiaro am Krankenhaus sein.

Während er in einem Affentempo über die Straßen jagte und immer wieder gefährlich nahe dran war, gegen ein anderes Auto oder einen Baum zu knallen, denn ein guter Fahrer war er noch nie gewesen, kam er sich irgendwann furchtbar lächerlich vor. Was brachte ihn eigentlich zu dieser Unternehmung? In Sizilien gab es bestimmt Hunderte Immigrantenkinder, was rechtfertigte also seinen Verdacht, dass der überfahrene Junge ausgerechnet der war, den er vor ein paar Tagen am Hafenkai bei der Hand genommen hatte? Doch eines wusste er sicher: Um sein Gewissen zu beruhigen, musste er das Kind unbedingt sehen, weil ihn dieser quälende Verdacht sonst nicht mehr losließ. Und umso besser, wenn es doch nicht der Junge war.
Dann war die, wie Riguccio sagte, Familienzusammenführung gelungen.

Im Krankenhaus Montechiaro sprach er mit Dottor Quarantino, einem liebenswürdigen, höflichen jungen Mann.
»Commissario, der Junge war bereits tot, als er hier ankam. Ich glaube, dass er auf der Stelle gestorben ist. Der Aufprall muss extrem heftig gewesen sein. Das Rückgrat war gebrochen.«
Montalbano hatte ein Gefühl, als erfasste ihn ein kalter Windstoß.

»Sie meinen, er wurde von hinten überfahren?«

»Ganz sicher. Vielleicht stand der Junge am Straßenrand, und der Wagen, der mit hoher Geschwindigkeit von hinten kam, ist wohl ins Schleudern geraten«, vermutete Dottor Quarantino.

»Wissen Sie, wer ihn hergebracht hat?«

»Ja, einer unserer Ambulanzwagen, die Verkehrspolizei war sofort am Unfallort und hat angerufen.«

»Die Verkehrspolizei Montechiaro?«

»Ja.«

Und endlich rang er sich zu der Frage durch, die zu stellen er bislang nicht den Mut gefunden hatte.

»Ist der Junge noch hier?«

»Ja, im Kühlraum.«

»Könnte ... könnte ich ihn sehen?«

»Natürlich. Kommen Sie mit.«

Sie gingen einen Flur entlang, fuhren mit dem Aufzug in den Keller, bogen wieder in einen Flur ein, der noch trostloser war als der erste, und schließlich blieb der Doktor vor einer Tür stehen.

»Hier ist es.«

Ein kleines, eiskaltes Zimmer in fahlem Licht. Ein Tischchen, zwei Stühle, ein Metallregal. Ebenfalls aus Metall war eine Wand, die in Wirklichkeit aus einer Reihe von Kühlzellen-Schubladen bestand. Quarantino zog eine auf. Der kleine Körper war mit einem Laken zugedeckt. Der Doktor hob es behutsam hoch, und Montalbano sah als Erstes die großen Augen, dieselben Augen, mit denen ihn das Kind am Kai angefleht hatte, es laufen, es fliehen zu lassen. Es gab kcinen Zweifel.

»Danke«, flüsterte er kaum hörbar.

Er merkte an Quarantinos Blick, dass sich in seinem Gesicht etwas verändert haben musste.

»Kannten Sie ihn?«

»Ja.«

Quarantino schob die Schublade zu.

»Können wir wieder gehen?«

»Ja.«

Aber Montalbano rührte sich nicht. Seine Beine verweigerten den Dienst, sie waren wie zwei Holzklötze. Trotz der Kälte in dem kleinen Raum fühlte sich sein Hemd schweißnass an. Er nahm seine ganze Kraft zusammen, bis ihm schwindlig wurde, und setzte sich dann endlich in Bewegung.

Bei der Verkehrspolizei erklärte man ihm, wo der Unfall passiert war: vier Kilometer von Montechiaro entfernt, auf dem illegal ausgebauten und nicht asphaltierten Verbindungsweg zwischen Spigonella, einem illegal errichteten Dorf am Meer, und Tricase, ebenfalls am Meer und ohne Baugenehmigung hingestellt. Das Sträßchen verlief nicht gerade, sondern machte einen weiten Umweg landeinwärts und führte zu den ebenfalls schwarzgebauten Häusern von Leuten, die lieber in den Hügeln als am Meer wohnten. Ein zuvorkommender Inspektor fertigte sogar eine exakte Karte über den Verlauf des Weges an, damit der Signor Commissario auch die richtige Stelle fand.

Der Weg war nicht nur nicht asphaltiert, ihm war auch anzusehen, dass es sich um einen alten Karrenweg handelte, dessen unzählige Löcher schlecht und nur teilweise aufgefüllt waren. Wie konnte da ein Auto mit hoher Geschwindigkeit fahren, ohne eine Panne zu riskieren? War es vielleicht von einem anderen Auto verfolgt worden? Hinter einer Kurve wusste der Commissario, dass er angekommen war. Am Fuß eines Kieshaufens am rechten Wegrand lag ein kleiner Strauß Wiesenblumen. Montalbano hielt an und stieg aus, um sich die Stelle genau anzusehen. Der Haufen sah deformiert aus, als ob er gerammt worden wäre. Auf dem Kies waren große dunkle Flecken von getrocknetem Blut. Häuser waren von der Stelle aus nicht zu sehen, nur umgepflügte Äcker. Etwa hundert Meter unterhalb des Weges arbeitete ein Bauer mit der Hacke. Montalbano hatte Mühe, auf der weichen Erde zu ihm zu gelangen. Der Bauer war vielleicht sechzig Jahre alt, hager und gekrümmt und sah nicht mal auf.
»Guten Tag.«
»Guten Tag.«
»Ich bin Polizeikommissar.«
»Ich weiß.«
Woher wusste er das? Montalbano hakte lieber nicht nach.
»Haben Sie die Blumen an den Kieshaufen gelegt?«
»Ja.«
»Haben Sie das Kind gekannt?«
»Nein, Signuri.«
»Warum haben Sie dann Blumen hingelegt?«
»Es war doch ein Mensch und kein Tier.«

»Haben Sie gesehen, wie der Unfall passiert ist?«
»Ich hab's gesehen und nicht gesehen.«
»Wie meinen Sie das?«
»*Vinisse ccà* – kommen Sie mit.«
Montalbano folgte ihm. Nach zehn Schritten blieb der Bauer stehen.
»Heut Früh um sieben hab ich genau hier gearbeitet. Plötzlich hab ich was schreien gehört, ganz verzweifelt. Da hab ich einen Jungen gesehen, der ist um die Kurve gerannt. Er ist wie ein Hase gerannt und hat geschrien.«
»Haben Sie verstanden, was er geschrien hat?«
»Nein. Wie ich bei dem Johannisbrotbaum war, ist von der Kurve ein Auto gekommen, ganz schnell. Der Junge hat sich umgedreht, und dann wollte er von der Straße runter. Vielleicht wollte er zu mir. Aber dann hab ich ihn nicht mehr gesehen, weil er hinter dem Kieshaufen war. Dann ist das Auto auf das Kind zugefahren. Da hab ich nichts mehr gesehen. Ich hab was krachen gehört. Dann ist das Auto rückwärts wieder auf die Straße gefahren und hinter der nächsten Kurve verschwunden.«
Das war unmissverständlich, aber Montalbano wollte ganz sicher gehen.
»Kam hinter dem Auto noch ein zweites Auto?«
»Nein. Es war allein.«
»Und Sie meinen, dass der Fahrer absichtlich auf das Kind zugefahren ist?«
»Ich weiß nicht, ob er das absichtlich gemacht hat, aber er ist auf das Kind zugefahren.«

»Haben Sie das Kennzeichen gesehen?«
»Wie denn! Schauen Sie selber, man sieht doch hier kein Nummernschild!«
Das war wirklich unmöglich, der Höhenunterschied zwischen dem Acker und dem Weg war zu groß.
»Und was haben Sie dann gemacht?«
»Ich bin zu dem Kieshaufen gerannt. Und ich hab gleich gesehen, dass das Kind tot oder fast tot war. Da bin ich zu meinem Haus gerannt, das sieht man von hier nicht, und hab in Montechiaro angerufen.«
»Haben Sie der Polizei gesagt, was Sie mir jetzt gesagt haben?«
»Nein.«
»Warum nicht?«
»Weil mich keiner danach gefragt hat.«
Eiserne Logik: keine Frage, keine Antwort.
»Aber ich frage Sie jetzt ausdrücklich: Glauben Sie, dass es Absicht war?«
Darüber hatte der Bauer anscheinend lange nachgedacht. Er antwortete mit einer Frage:
»Kann es nicht sein, dass das Auto von selber ins Schleudern gekommen ist, weil da ein Stein war?«
»Kann sein. Aber was denken Sie in Ihrem Inneren?«
»Ich denk gar nichts, *signuri miu.* Ich will nicht mehr denken. Die Welt ist zu schlecht geworden.«
Der letzte Satz erklärte alles. Der Bauer hatte sich ein ganz bestimmtes Bild gemacht. Das Kind war absichtlich überfahren, aus einem unerklärlichen Grund getötet worden.

Aber der Bauer hatte dieses Bild gleich wieder auslöschen wollen. Zu schlecht war die Welt geworden. Besser nicht darüber nachdenken.

Montalbano schrieb die Nummer des Kommissariats auf einen Zettel, den er dem Bauern gab.

»Das ist die Telefonnummer meines Büros in Vigàta.«

»Und was mach ich damit?«

»Nichts. Heben Sie sie auf. Wenn zufällig die Mutter oder der Vater oder irgendein Verwandter von dem Kind kommt, fragen Sie, wo sie wohnen, und das sagen Sie mir dann.«

»Wie Sie wollen.«

»Auf Wiedersehen.«

»Auf Wiedersehen.«

Der Aufstieg zur Straße war noch mühsamer als der Abstieg. Montalbano keuchte. Als er endlich am Auto war, öffnete er die Tür und setzte sich ans Steuer; doch statt den Motor anzulassen, verharrte er reglos, die Hände am Lenkrad, den Kopf auf die Hände gelegt, die Augen fest geschlossen, um die Welt auszusperren, zu verleugnen. Wie der Bauer, der wieder die Erde hackte und weiterhacken würde, bis es dunkel wurde. Da durchzuckte ihn ein Gedanke, eine eisige Klinge, die seinen Kopf spaltete, hinabfuhr und mit verheerender Wucht mitten in der Brust stecken blieb: Der tüchtige, brillante Commissario Salvo Montalbano hatte diesen kleinen Jungen bei der Hand genommen und als williger Helfer seinem Mörder ausgeliefert.

Acht

Es war noch zu früh, um sich in Marinella zu verkriechen, aber er wollte nicht mehr ins Büro, sondern gleich nach Hause. Montalbano schäumte vor Wut und fühlte sich fiebrig. Diese Wut musste er allein austoben, er durfte sie nicht beim geringsten Anlass an seinen Leuten abreagieren. Das erste Opfer war eine Blumenvase, die ihm jemand geschenkt hatte und die er auf den Tod nicht ausstehen konnte. Er hob sie hoch und ließ sie mit Genugtuung und deftig fluchend auf den Boden krachen. Nach dem Knall musste Montalbano verwundert feststellen, dass die Vase nicht mal einen Kratzer bekommen hatte.

War das möglich? Er bückte sich, hob sie auf und schmiss sie mit aller Kraft noch mal auf den Boden. Ohne Erfolg. Und nicht nur das: Eine Fliese brach. Sollte er sein Haus ruinieren, nur um diese verfluchte Vase kaputtzukriegen? Er ging zum Auto, klappte das Handschuhfach auf, holte seine Pistole heraus, kehrte ins Haus zurück, nahm die Vase mit auf die Veranda, lief über den Strand ans Wasser, stellte die Vase in den Sand, trat zehn Schritte zurück, zückte die Waffe, zielte, schoss und traf nicht.

»Mörder!«

Es war eine Frauenstimme. Er blickte suchend umher. In der Ferne fuchtelten zwei Gestalten auf dem Balkon eines Hauses in seine Richtung.

»Mörder!«

Jetzt war es eine Männerstimme. Wer zum Teufel konnte das sein? Da fiel es ihm ein: Das Ehepaar Bausan aus Treviso! Das für seinen blamablen Nacktauftritt im Fernsehen gesorgt hatte. Er schickte die beiden im Geiste zum Teufel, zielte noch mal sorgfältig und schoss. Diesmal explodierte die Vase. Begleitet von einem immer ferneren Chor von »Mörder! Mörder!«, kehrte er befriedigt ins Haus zurück.

Er kleidete sich aus, stellte sich unter die Dusche, rasierte sich, zog sich um, als ob er aus dem Haus gehen und Leute treffen wollte. Dabei musste er nur sich selbst begegnen, doch da wollte er anständig auftreten. Er setzte sich auf die Veranda und dachte nach. Ganz sicher hatte er, wenn auch nicht mit Worten oder Gedanken, diesen großen Augen, die ihn aus der Kühlzelle ansahen, ein feierliches Versprechen gegeben. Er musste an einen Roman von Dürrenmatt denken, in dem ein Kommissar sein ganzes Leben damit zubringt, ein Versprechen einzulösen: Er hat den Eltern eines kleinen getöteten Mädchens versprochen, den Mörder zu finden … Einen Mörder, der inzwischen tot ist, aber das weiß der Kommissar nicht. Die Jagd nach einem Gespenst. Nur dass im Fall des kleinen Jungen auch das Opfer ein Gespenst war, er wusste nicht, woher das Kind kam, wie es hieß, nichts. Den Namen des Opfers in dem anderen Fall, mit dem er derzeit befasst war, wusste er übrigens auch nicht: ein etwa vierzigjähriger Unbekannter, der ertränkt worden war. Außerdem handelte es sich gar nicht um richtige Ermittlungen, es war keine Akte angelegt worden: Für den Unbekannten galt, um es bürokratisch auszudrücken, Tod durch Ertrinken; der kleine Junge war das x-te Opfer eines Unfallflüchtigen. Was gab es da offiziell zu ermitteln? Nichts, aber auch gar nichts. *Nada de nada.*

Um solche Fälle, überlegte der Commissario, könnte ich mich kümmern, wenn ich in Pension gehe. Wenn ich mich jetzt damit beschäftige, heißt das vielleicht, dass ich mich schon pensioniert fühle?

Eine tiefe Melancholie beschlich ihn. Der Commissario hatte zwei probate Mittel, mit solchen Zuständen fertig zu werden: Das erste bestand darin, ins Bett zu schlüpfen und sich die Decke über den Kopf zu ziehen; das zweite in einem Gelage. Er sah auf die Uhr, zum Schlafengehen war es zu früh, wenn er einschlief, würde er wahrscheinlich morgens um drei aufwachen und dann ziellos durchs Haus wandern und sich erst recht verrückt machen! So blieb nur das Gelage, zumal ihm einfiel, dass er mittags gar nicht zum Essen gekommen war. Er ging in die Küche und sah in den Kühlschrank. Aus unerfindlichen Gründen hatte Adelina *involtini di carne* gemacht. Das war nichts. Er setzte sich ins Auto und fuhr zur Trattoria Da Enzo. Beim ersten Gang, *spaghetti al nìvuro di siccia*, setzte die Melancholie zum Rückzug an. Am Ende des zweiten Ganges, knusprig gebratenen *calamaretti*, war sie Hals über Kopf geflohen und am Horizont verschwunden. Als Montalbano nach Marinella zurückkehrte, war das Räderwerk seines Gehirns geölt und lief wieder wie geschmiert. Er setzte sich auf die Veranda.

Zunächst mal musste er Livia Recht geben, der Junge hatte sich bei der Landung wirklich sehr seltsam benommen. Offensichtlich wollte er das allgemeine Durcheinander ausnutzen und verschwinden. Das war ihm nicht gelungen, weil er, der vortreffliche, hochintelligente Commissario Montalbano, ihn daran gehindert hatte. Angenommen, es handelte sich, wie Riguccio meinte, tatsächlich um eine mühsam errungene Familienzusammenführung – aus welchem Grund war das Kind dann so brutal ermordet worden? Weil es die schlechte Angewohnheit hatte, von überall abzuhauen? Aber wie viele Kinder aller Hautfarben, weiße, schwarze, gelbe, gibt es auf der Welt, die aus irgendeiner Laune heraus von zu Hause durchbrennen? Bestimmt Hunderttausende. Und werden sie deshalb mit dem Tod bestraft? Blödsinn. Was dann? Hatte dieses Kind sterben müssen, weil es zappelig war, freche Antworten gab, Papà nicht gehorchte oder seine Suppe nicht aß? Quatsch. Angesichts des Mordes erwies sich Riguccios These als lächerlich. Da musste es noch etwas geben, etwas ganz Wesentliches, was das Kind seit seiner Abreise mit sich herumgeschleppt hatte, aus welchem Land auch immer es gekommen war.

Am besten fing er ganz von vorn an und ließ kein Detail aus, auch wenn es auf den ersten Blick völlig belanglos erschien. Und zwar scheibchenweise, Abschnitt für Abschnitt, ohne allzu viele Informationen anzuhäufen. Also: An besagtem Abend sitzt er im Büro und wartet, dass es Zeit wird, zu Ciccio Albanese zu gehen, um sich die Meeresströmungen erklären zu lassen und, was absolut nicht zweitrangig ist, sich die Streifenbarben von Signora Albanese zu Gemüte zu führen. Da ruft der stellvertretende Questore Riguccio im Kommissariat an: Er steht am Hafen, um hundertfünfzig Flüchtlinge in Empfang zu nehmen, seine Brille ist kaputt, und er bittet um eine passende Ersatzbrille. Er, Montalbano, besorgt ihm eine und beschließt, sie ihm persönlich zu bringen. Als er am Kai ankommt, hat eines der beiden Patrouillenboote bereits die Gangway ausgefahren. Als Erstes steigt eine dicke Schwangere aus, die gleich zu einem Krankenwagen gebracht wird. Dann gehen vier Männer von Bord, die, als sie das Ende der Gangway fast erreicht haben, ins Wanken geraten, weil ein kleiner Junge zwischen ihren Beinen durchschlüpft. Das Kind entwischt den Polizisten und rennt auf das alte Silo zu. Er läuft sofort hinter ihm her, er weiß, dass sich der Junge nur in einer Sackgasse voller Unrat versteckt haben kann. Dem Jungen ist klar, dass er nirgendwohin mehr fliehen kann, und er ergibt sich, im wahrsten Sinn des Wortes. Montalbano nimmt seine Hand und bringt ihn zum Kai zurück, wo eine ziemlich junge Frau mit zwei kleinen Kindern am Rock verzweifelt schreit. Als die Frau den Kleinen an seiner Hand sieht, läuft sie auf ihn zu, sie muss die Mutter sein. Da sieht der Junge ihn an (dieses Detail übergehen wir lieber), die Mutter stolpert und stürzt. Die Polizisten wollen ihr aufhelfen, schaffen es aber nicht. Jemand ruft nach einem Krankenwagen …

Stopp. Moment. Darüber müssen wir einen Augenblick nachdenken. Nein, er hat eigentlich nicht gesehen, dass jemand den Krankenwagen gerufen hätte. Bist du sicher, Montalbano? Noch mal die Szene. Doch, ich bin sicher. Dann nehmen wir mal an: Jemand muss den Krankenwagen gerufen haben. Aus dem Wagen steigen zwei Sanitäter aus, und einer, der dünne mit dem Schnauzbart, berührt das Bein der Frau und sagt, es sei wahrscheinlich gebrochen. Die Frau und die drei Kinder werden in den Krankenwagen verfrachtet, der Wagen fährt Richtung Montelusa davon.

Sicherheitshalber noch mal von vorn. Brille. Kai. Schwangere steigt aus. Kind taucht zwischen den Beinen von vier Männern auf. Kind haut ab. Er hinterher. Kind ergibt sich. Sie gehen zur Landungsstelle zurück. Mutter sieht sie und rennt auf sie zu. Kind schaut ihn an. Mutter stolpert, fällt hin, kann nicht aufstehen. Krankenwagen kommt. Sanitäter mit Schnauzer sagt Bein gebrochen. Frau und Kinder im Krankenwagen. Wagen fährt los. Ende des ersten Abschnitts.

Schlussfolgerung: Fast sicher hat niemand nach den Sanitätern gerufen. Sie sind von selbst gekommen. Warum? Weil sie gesehen hatten, dass die Mutter hingefallen war? Schon möglich. Und dann: Der Sanitäter diagnostiziert ein gebrochenes Bein. Und diese Aussage rechtfertigt den Transport im Krankenwagen. Wenn der Sanitäter nichts gesagt hätte, dann hätte ein Polizist den Arzt gerufen, der wie immer vor Ort war. Warum wurde der Arzt nicht hinzugezogen? Er wurde nicht hinzugezogen, weil keine Zeit war: Der Krankenwagen, der so prompt zur Stelle war, und die Diagnose des Sanitäters sorgten dafür, dass die Dinge so liefen, wie der Regisseur es wünschte. Ganz genau: der Regisseur. Es war nämlich eine sehr klug arrangierte Theaterszene.

Er rief Fazio an, obwohl es schon so spät war.

»Ich bin's, Montalbano.«

»Dottore, es gibt nichts Neues, wenn ich was hätte, dann ...«

»Schon gut. Ich wollte dich was anderes fragen. Hattest du vor, morgen Früh mit deinen Nachforschungen weiterzumachen?«

»Ja.«

»Du musst vorher was für mich erledigen.«

»Was denn?«

»Im Krankenhaus San Gregorio gibt es einen Sanitäter, etwa fünfzig, sehr mager und mit Oberlippenbart. Ich will alles über ihn wissen, alles, was du nur rauskriegen kannst, verstehst du?«

»Ja, klar.«

Montalbano legte auf und rief im San Gregorio an.

»Ist Schwester Agata Militello da?«

»Augenblick. Ja, sie ist da.«

»Ich müsste mit ihr sprechen.«
»Sie ist im Dienst. Wir haben Anweisung …«
»Hören Sie zu, ich bin Commissario Montalbano. Es ist wichtig.«
»Warten Sie, ich sehe mal nach, wo sie ist.«
Als er die Hoffnung schon aufgeben wollte, meldete sich die Krankenschwester.
»Commissario, sind Sie das?«
»Ja. Bitte verzeihen Sie, wenn ich …«
»Das macht nichts. Was gibt es denn?«
»Ich müsste mit Ihnen reden. Möglichst bald.«
»Ich habe Nachtdienst und würde morgen Früh gern ausschlafen. Passt es Ihnen um elf?«
»Natürlich. Wo denn?«
»Wir könnten uns vor dem Krankenhaus treffen.«
Er wollte schon Ja sagen, besann sich dann aber. Was, wenn irgendein blöder Zufall es wollte, dass der Sanitäter von dem Ambulanzwagen sie zusammen sah?
»Bei Ihnen vor dem Haus wäre mir lieber.«
»In Ordnung. Via della Regione 28. Bis morgen.«

Er schlief wie ein unschuldiges Engelchen, das keine Sorgen und keine Probleme hat. Das geschah immer, wenn er zu Beginn einer Ermittlung das sichere Gefühl hatte, auf dem richtigen Weg zu sein. Als er ausgeruht und guter Dinge ins Büro kam, fand er auf seinem Schreibtisch einen an ihn adressierten Brief vor, den jemand gebracht haben musste. Der Absender stand nicht drauf.

»Catarella!«
»Jawohl, Dottori!«
»Wer hat den Brief gebracht?«
»Der Ponzio Pilato, Dottori. Gestern Abend.«
Montalbano steckte ihn in die Hosentasche, er würde ihn später lesen. Oder vielleicht auch nie. Kurz darauf kam Mimì Augello.
»Wie war's beim Questore?«
»Er wirkte niedergeschlagen und war nicht so überheblich wie sonst. Anscheinend haben sie ihn in Rom mit Seifenblasen abgespeist. Er hat gesagt, dass sich der Strom der illegalen Zuwanderer von der Adria ins südliche Mittelmeer verlagert hat und deshalb schwieriger einzudämmen sein wird. Aber vor dieser Tatsache verschließen die Behörden die Augen. So wie sie die Augen davor verschließen, dass Diebstahlsdelikte und Überfälle zunehmen ... Jedenfalls verkünden sie immer, sie hätten alles voll im Griff und wir können weitermachen wie bisher.«
»Hast du mich bei ihm entschuldigt?«
»Ja.«
»Und was hat er gesagt?«
»Salvo, was wolltest du denn? Dass er anfängt zu heulen? Er hat gesagt: Ist in Ordnung. Punkt. Und erzählst du mir jetzt vielleicht, was gestern los war?«
»Mir ist was dazwischengekommen.«
»Wen willst du eigentlich verarschen, Salvo? Erst sagst du, du gehst zum Questore und reichst deine Kündigung ein, und eine Viertelstunde später überlegst du es dir anders

und schickst mich hin. Was ist dir denn dazwischengekommen?«

»Wenn du's unbedingt wissen willst ...«

Er erzählte ihm die ganze Geschichte mit dem Jungen. Mimì schwieg nachdenklich.

»Ist dir irgendwas nicht klar?«, fragte Montalbano.

»Doch, mir ist alles klar, bis auf eines.«

»Nämlich?«

»Du setzt den Mord an dem kleinen Jungen in direkten Zusammenhang mit seinem Fluchtversuch beim Aussteigen. Und das könnte ein Irrtum sein.«

»Ach komm, Mimì! Wieso sollten sie ihn denn sonst umgebracht haben?«

»Jetzt erzähl ich dir was. Ein Freund von mir ist mit einem Amerikaner befreundet, den er vor vier Wochen in New York besucht hat. Eines Tages gehen sie zum Essen. Meinem Freund wird ein riesiges Steak mit Kartoffeln serviert. Er schafft es nicht ganz und lässt den Rest auf dem Teller liegen. Kurz danach bringt ihm der Kellner eine Tüte mit dem, was er übrig gelassen hat. Als sie das Restaurant verlassen, geht mein Freund zu ein paar Pennern, um ihnen die Tüte mit den Essensresten zu geben. Aber der Amerikaner erklärt ihm, dass sie das nicht nehmen würden. Wenn er ihnen unbedingt ein Almosen geben will, dann einen halben Dollar. ›Wieso nehmen die das halbe Steak nicht?‹, fragt mein Freund. Und der andere: ›Weil manche Leute ihnen vergiftetes Essen bringen, als ob sie streunende Hunde wären.‹ Verstehst du?«

»Nein.«
»Es könnte sein, dass der Junge zufällig die Straße entlanggelaufen und von so einem beschissenen Rowdy absichtlich überfahren worden ist, aus purem Vergnügen oder in einem Anfall von Rassismus. Von irgendjemand, der mit der Ankunft des Jungen hier überhaupt nichts zu tun hat.«
Montalbano stieß einen tiefen Seufzer aus.
»Schön wär's! Dann hätte ich weniger Schuldgefühle. Aber leider bin ich der Auffassung, dass die ganze Geschichte in sich logisch ist.«

Agata Militello war eine aufgetakelte Vierzigjährige mit ansprechender, aber zur Fülle neigender Figur. Sie redete wie ein Wasserfall und bestritt die Unterhaltung während der einen Stunde, die sie mit dem Commissario verbrachte, praktisch allein. Sie war sauer, weil ihr Sohn, ein Student (»Wissen Sie, Commissario, ich hab mich dummerweise mit siebzehn in so einen lumpigen Mistkerl verliebt, und als ich schwanger war, ist er auf und davon«), sich verloben wollte (»Aber ich sage, könnt ihr denn nicht warten? Wieso habt ihr's so eilig mit dem Heiraten? Ihr könnt doch erst mal ein lockeres Leben führen und dann sehen, wie's weitergeht«). Sie sagte auch, diese Scheißbande im Krankenhaus nutze sie aus, weil sie so gutmütig und jederzeit bereit sei, Überstunden zu machen.
»Da«, sagte sie plötzlich und blieb stehen.
Sie befanden sich an einer kurzen Straße ohne Haustüren oder Läden entlang der Rückseite zweier großer Gebäude.

»Aber hier gibt's ja gar keinen Eingang!«, sagte Montalbano.
»So ist es. Wir sind hinter dem Krankenhaus, das ist dieses Gebäude rechts. Ich gehe immer hier entlang in die Notaufnahme, das ist um die Ecke die erste Tür rechts.«
»Die Frau mit den drei Kindern ist also von der Notaufnahme aus links um die Ecke in diese Straße hier eingebogen, und dann ist das Auto gekommen.«
»Ganz genau.«
»Haben Sie gesehen, ob das Auto von der Notaufnahme oder von der anderen Seite kam?«
»Nein, hab ich nicht.«
»Haben Sie gesehen, wie viele Personen drinsaßen?«
»Bevor die Frau mit den Kindern eingestiegen ist?«
»Ja.«
»Nur der Fahrer.«
»Ist Ihnen irgendwas Besonderes an ihm aufgefallen?«
»*Commissario mio*, wie denn? Der ist doch im Auto sitzen geblieben! Schwarz war er aber bestimmt nicht.«
»Ach nein? Hat er ausgesehen wie wir?«
»Ja, Commissario. Aber können Sie einen Tunesier von einem Sizilianer unterscheiden? Ich hab mal erlebt, da ...«
»Wie viele Ambulanzwagen hat das Krankenhaus insgesamt?«, fiel ihr der Commissario ins Wort.
»Vier, aber die reichen nicht mehr. Und es ist kein Geld da, um wenigstens einen dazuzukaufen.«
»Wie viele Leute sitzen in einem Wagen, wenn er unterwegs ist?«

»Zwei. Das Personal ist knapp. Ein Sanitäter und einer am Steuer, der auch hilft.«

»Kennen Sie die?«

»Klar, Commissario.«

Er wollte sie nach dem hageren Sanitäter mit dem Oberlippenbart fragen, tat es aber doch nicht, die Frau redete zu viel. Womöglich rannte sie gleich zu dem Mann und erzählte ihm brühwarm, dass sich der Commissario nach ihm erkundigt hatte.

»Gehen wir einen Espresso trinken?«

»Gern, Commissario. Aber ich darf nicht zu viel Kaffee trinken. Denken Sie nur, ich hab mal vier Tassen hintereinander getrunken, und da …«

Im Kommissariat erwartete ihn Fazio, der endlich seine Nachforschungen über die Wasserleiche wieder aufnehmen wollte. Fazio war wie ein Hund, der, wenn er einmal Witterung aufgenommen hatte, nicht mehr lockerließ, bis er das Wild aufgestöbert hatte.

»Dottore, der Sanitäter heißt Gaetano Marzilla.«

Dann schwieg er.

»Ja und? Ist das alles?«, fragte Montalbano überrascht.

»Dottore, können wir was ausmachen?«

»Was denn?«

»Ich darf meinen Personalienfimmel, wie Sie das nennen, ein bisschen ausleben, und danach sag ich Ihnen, was ich über ihn weiß.«

»Abgemacht«, sagte der Commissario schicksalsergeben.

Fazio bekam glänzende Augen vor Freude. Er fischte einen Zettel aus der Tasche und fing an zu lesen.

»Marzilla Gaetano, geboren in Montelusa am 6. Oktober 1960, Sohn des verstorbenen Marzilla Stefano und von Diblasi Antonia, wohnhaft in Montelusa, Via Francesco Crispi 18. Verheiratet mit Cappuccino Elisabetta, geboren in Ribera am 14. Februar 1963, Tochter des verstorbenen Cappuccino Emanuele und von Ricottilli Eugenia, die ...«

»Schluss jetzt, sonst erschieß ich dich«, sagte Montalbano.

»Ist ja gut. Das hat schon gereicht«, sagte Fazio befriedigt und steckte den Zettel wieder ein.

»Können wir jetzt ernsthaft reden?«

»Klar. Dieser Marzilla arbeitet seit seinem Diplom als Krankenpfleger in der Klinik. Seine Frau hat als Mitgift von der Mutter ein bescheidenes Geschäft für Geschenkartikel bekommen, das vor drei Jahren ausgebrannt ist.«

»Brandstiftung?«

»Ja, aber das ist nicht bewiesen. Angeblich wurde der Laden in Brand gesteckt, weil Marzilla irgendwann keine Lust mehr hatte, Schutzgeld zu zahlen. Und wissen Sie, was Marzilla gemacht hat?«

»Fazio, solche Fragen bringen mich auf die Palme. Ich habe nicht die blasseste Ahnung, du sollst mir den Kram gefälligst erzählen!«

»Marzilla hat seine Lektion gelernt und bestimmt weiter gezahlt. Er fühlte sich sicher und hat ein an seinen Laden angrenzendes Geschäft gekauft, sich vergrößert und alles renoviert. Kurzum, er hat sich bis über die Ohren verschuldet, das Geschäft läuft schlecht, und böse Zungen behaupten, dass ihm die Wucherer im Nacken sitzen. Der arme Kerl ist ständig verzweifelt auf der Suche nach Geld.«

Montalbano schwieg eine Weile und sagte dann: »Ich muss unbedingt mit dem Mann reden. So bald wie möglich.«

»Wie denn? Wir können ihn doch nicht einfach verhaften!«, sagte Fazio.

»Wer redet denn von verhaften? Aber …«

»Aber?«

»Gesetzt den Fall, ihm kommt zu Ohren …«

»Was denn?«

»Nichts, war nur so eine Idee. Weißt du die Adresse des Ladens?«

»Klar, Dottore. Via Palermo 34.«

»Danke. Jetzt kannst du wieder losmarschieren.«

Neun

Als Fazio fort war, grübelte der Commissario eine Weile darüber nach, was er als Nächstes tun konnte; dann hatte er eine Idee. Er rief nach Galluzzo.

»Geh in die Druckerei Bulone, und lass ein paar Visitenkarten machen.«

»Von mir?!«, fragte Galluzzo verdattert.

»Gallù, fängst du jetzt auch schon an wie Catarella? Von mir natürlich.«

»Und was soll da draufstehen?«

»Das Wesentliche. Dott. Salvo Montalbano und darunter Polizeikommissariat Vigàta. Unten links unsere Telefonnummer. Ein Dutzend reicht mir.«

»Dottore, wenn die schon mal dabei sind …«

»Soll ich tausend solche Dinger drucken lassen und mir das Klo damit tapezieren? Ein Dutzend ist mehr als genug. Spätestens um vier will ich sie auf meinem Schreibtisch haben. Keine Widerrede. Lauf, bevor sie zumachen.«

Mittlerweile war Essenszeit, die Leute mussten zu Hause sein, einen Versuch war es allemal wert.

»Allu? Wer schbrreken?«, fragte eine Frau, die mindestens aus Burkina Faso stammte.

»Ich bin Commissario Montalbano. Ist Signora Ingrid da?«
»Du warrten.«
Das war längst Tradition: Wenn er Ingrid anrief, meldete sich immer ein Hausmädchen aus irgendeinem Land, das in keinem Atlas zu finden war.
»Ciao, Salvo. Was gibt's?«
»Ich wollte dich um einen kleinen Gefallen bitten. Hast du heute Nachmittag Zeit?«
»Ja, aber um sechs habe ich was vor.«
»Das reicht. Können wir uns um halb fünf in Montelusa vor der Bar della Vittoria treffen?«
»Alles klar. Bis später.«

Zu Hause in Marinella stand eine zarte und maliziöse *pasta 'ncasciata* im Backofen (ihm fielen nie passende Adjektive ein, und er wusste nicht, wie er sonst sagen sollte), die er sich zu Gemüte führte. Danach zog er sich um: grauer Zweireiher, hellblaues Hemd, rote Krawatte. Er wollte aussehen wie ein Mittelding zwischen Angestelltem und zwielichtigem Typ. Anschließend setzte er sich auf die Veranda, trank seinen Espresso und rauchte eine Zigarette.
Bevor er das Haus verließ, suchte er seinen grünlichen Hut, der ein bisschen nach Tirolerhut aussah und den er praktisch nie trug, und eine Brille mit Fensterglas, die er mal zu irgendwas gebraucht hatte, wozu, wusste er nicht mehr.
Als er um vier ins Büro kam, lag das Schächtelchen mit den Visitenkarten auf dem Schreibtisch. Drei Karten steckte er in sein Portemonnaie. Er ging zurück zum Auto, öffnete

den Kofferraum, holte seinen Bogart-Trenchcoat heraus, zog ihn an, setzte Hut und Brille auf und fuhr los.

Als Ingrid ihn in diesem Aufzug sah, bekam sie einen solchen Lachkrampf, dass sie erst heulen und sich dann in der Bar im Klo einschließen musste.

Doch als sie zurück war, prustete sie schon wieder los. Montalbano verzog keine Miene.

»Steig ein, ich habe nicht viel Zeit.«

Ingrid gehorchte und gab sich merklich die größte Mühe, das Lachen zu unterdrücken.

»Kennst du in der Via Palermo 34 einen Laden für Geschenkartikel?«

»Nein. Warum?«

»Da müssen wir hin.«

»Und was machen wir da?«

»Wir suchen ein Hochzeitsgeschenk für unsere Freundin aus. Und ich heiße Emilio.«

Ingrid schien buchstäblich zu platzen. Sie barg den Kopf in den Händen, und man wusste nicht, ob sie lachte oder weinte.

»Na gut, dann bringe ich dich eben wieder nach Hause«, brummte der Commissario.

»Nein, nein, ist ja gleich vorbei.«

Sie schneuzte sich zweimal und wischte sich die Tränen ab.

»Sag mir, was ich zu tun habe, Emilio.«

Montalbano erklärte es ihr.

Auf dem Ladenschild stand groß »Cappuccino« und darunter, in kleinerer Schrift, »Silber, Geschenke, Hochzeitslisten«. In den eigentlich eleganten Schaufenstern waren geschmacklose Glitzersachen ausgestellt. Montalbano wollte die Tür öffnen, aber sie war geschlossen. Die Leute befürchteten anscheinend, überfallen zu werden. Er drückte auf einen Knopf, und die Tür wurde von innen geöffnet. Im Laden stand eine zierliche Frau um die vierzig, gut gekleidet, aber irgendwie auf der Hut und sichtlich nervös.

»Guten Tag«, sagte sie und hieß die Kunden nicht mal mit dem üblichen Lächeln willkommen. »Sie wünschen?«

Montalbano war sicher, dass sie keine Verkäuferin, sondern Signora Cappuccino persönlich war.

»Guten Tag«, antwortete Ingrid. »Eine Freundin von uns heiratet, und Emilio und ich wollen ihr einen Silberteller schenken. Könnten Sie uns was zeigen?«

»Natürlich«, sagte Signora Cappuccino.

Sie holte Silberteller aus den Wandregalen, einer scheußlicher als der andere, und stellte sie auf den Ladentisch. Derweil sah sich Montalbano »auffallend verdächtig« um, wie es in Zeitungen und Polizeiberichten heißt. Schließlich rief Ingrid nach ihm.

»Kommst du mal, Emilio?«

Montalbano ging zu ihr, und Ingrid zeigte ihm zwei Teller.

»Ich kann mich nicht entscheiden. Welcher gefällt dir besser?«

Während er unentschlossen tat, stellte der Commissario fest, dass Signora Cappuccino ihn verstohlen musterte, wann immer es möglich war. Vielleicht hatte sie ihn, was er hoffte, erkannt.

»Los, Emilio, sag schon!«, ermunterte ihn Ingrid.

Montalbano entschied sich endlich. Während Signora Cappuccino den Teller einpackte, kam Ingrid mit einer Schnapsidee.

»Emilio, schau nur, wie schön dieser Becher ist! Der würde doch gut in unsere Wohnung passen!«

Montalbano durchbohrte sie mit einem Blick und murmelte irgendwas Unverständliches.

»Ach bitte, Emilio, kauf ihn mir. Er ist so schön!«, bettelte Ingrid mit vor Schadenfreude glitzernden Augen.

»Nehmen Sie ihn?«, fragte Signora Cappuccino.

»Ein andermal«, sagte der Commissario resolut.

Signora Cappuccino trat an die Kasse und tippte den Kassenzettel. Montalbano holte sein Portemonnaie aus der Gesäßtasche, aber es verhakte sich, und der ganze Inhalt fiel heraus. Der Commissario bückte sich und sammelte Geld, Karten und mehrere Ausweise ein.

Während er sich wieder aufrichtete, schob er mit dem Fuß eine der drei Visitenkarten, die er absichtlich hatte liegen lassen, an das Möbel, auf dem die Kasse stand. Der Auftritt war perfekt gelungen. Sie verließen den Laden.

»Du bist so gemein, dass du mir den Becher nicht gekauft hast, Emilio!«, maulte Ingrid, als sie wieder im Auto saßen. Und dann, mit veränderter Stimme:

»War ich gut?«

»Erstklassig.«

»Und was machen wir mit dem Teller?«

»Den behältst du.«

»O nein, so kommst du mir nicht davon. Wir gehen heute Abend essen. Ich weiß ein Restaurant, wo es hervorragenden Fisch gibt.«

Das war ungünstig. Montalbano rechnete fest damit, dass sein Theater zu einem unmittelbaren Ergebnis führte, und da saß er besser im Büro.

»Können wir das auch morgen machen?«

»Einverstanden.«

»Ah Dottori Dottori!«, jammerte Catarella, als Montalbano ins Kommissariat kam.

»Was ist?«

»Das ganze Archiv hab ich gemacht, Dottori. Ich seh schon gar nichts mehr, meine Augen sind schon ganz zerschwommen. Da sieht einfach echt keiner so aus wie der Schwimmtote. Bloß der Errera. Dottori, wär die Möglichkeit nicht möglich, dass es doch der Errera wär?«

»Catarè, die von Cosenza haben doch gesagt, dass Errera tot und begraben ist!«

»Ja, schon, Dottori, aber wär es nicht möglich, dass der Tote wieder lebendig geworden ist, und dann ist er wieder gestorben und ein Schwimmtoter geworden?«

»Catarè, willst du, dass ich Kopfschmerzen kriege?«

»Nie im Leben, Dottori! Was mach ich jetzt mit den Fotos da?«

»Leg sie auf meinen Tisch. Die bekommt Fazio.«

Nach zwei Stunden vergeblichen Wartens beschlich ihn ein unwiderstehliches Schlafbedürfnis. Er schob die Unterlagen weg, kreuzte die Arme auf dem Schreibtisch, legte den Kopf darauf und war im Handumdrehen eingeschlafen. So tief, dass er, als das Telefon klingelte und er die Augen aufschlug, für ein paar Sekunden nicht wusste, wo er war.

»Dottori, da ist einer, der will mit Ihnen persönlich selber reden.«

»Wer denn?«

»Das ist es eben, Dottori. Er sagt, dass er seinen Namen nicht sagen will.«

»Stell ihn durch.«

»Montalbano. Wer ist dran?«

»Commissario, Sie waren heute Nachmittag mit einer Signora bei meiner Frau im Geschäft.«

»Ich?«

»Jawohl, Sie.«

»Würden Sie mir bitte sagen, wer Sie sind?«

»Nein.«

»Na dann, auf Wiedersehen.«

Er legte auf. Das war riskant, womöglich hatte Marzilla jetzt allen Mut verloren und traute sich nicht, noch mal anzurufen. Aber anscheinend hatte er sich an Montalbanos Angelhaken so festgebissen, dass er gleich wieder anrief.

»Commissario, entschuldigen Sie wegen vorhin. Sie müssen mich verstehen. Meine Frau hat Sie sofort erkannt. Aber Sie waren verkleidet und nannten sich Emilio. Außerdem hat meine Frau die Visitenkarte gefunden, die Ihnen runtergefallen ist. Sie müssen mir schon zugestehen, dass mich das beunruhigt.«

»Warum?«

»Weil klar ist, dass Sie in irgendeiner Sache ermitteln, die mit mir zu tun hat.«

»Da brauchen Sie sich keine Sorgen zu machen. Die Voruntersuchungen sind abgeschlossen.«

»Sie meinen, ich bräuchte mir keine Sorgen zu machen?«

»Nein. Zumindest heute Nacht nicht.«

Montalbano hörte, dass Marzilla der Atem stockte.

»Was ... was heißt das?«

»Dass ich morgen Phase zwei einleite. Den operativen Teil.«

»Und ... was ...«

»Sie wissen doch, wie das läuft, oder? Verhaftungen, Festnahmen, Vernehmungen, Staatsanwalt, Journalisten ...«

»Aber ich hab doch mit der ganzen Geschichte nichts zu tun!«

»Mit welcher Geschichte?«

»A... a... aber ... ich weiß nicht ... die Geschichte, die ... Aber was wollten Sie denn dann im Laden?«

»Ach, das meinen Sie? Ich wollte ein Hochzeitsgeschenk kaufen.«

»Aber warum haben Sie sich mit Emilio anreden lassen?«

»Die Signora, die mich begleitet hat, nennt mich nun mal so. Hören Sie, Marzilla, es ist spät. Ich fahre jetzt nach Hause, nach Marinella. Wir sehen uns morgen.«

Er legte auf. Ganz schön link. Montalbano hätte seine Eier darauf verwettet, dass Marzilla in spätestens einer Stunde an seine Tür klopfte. Die Adresse konnte er leicht im Telefonbuch nachschlagen. Wie vermutet, steckte der Sanitäter bis zu den Ohren in der Geschichte drin, die bei der Landung passiert war. Jemand musste ihn angewiesen haben, dafür zu sorgen, dass die Frau mit den drei Kindern in den Ambulanzwagen geladen und dann vor der Notaufnahme abgesetzt wurde. Und er hatte gehorcht.

Montalbano stieg ins Auto und machte sich mit heruntergekurbelten Seitenfenstern auf den Weg. Er hatte das Bedürfnis, die gute, gesunde Nachtluft des Meeres im Gesicht zu spüren.

Wie vermutet, hielt eine Stunde später ein Auto vor dem Haus, eine Tür schlug, es klingelte. Montalbano öffnete. Da stand ein anderer Marzilla als der, den er auf dem Parkplatz der Klinik gesehen hatte. Er war unrasiert und wirkte kränklich.

»Entschuldigen Sie, wenn ich ...«

»Ich habe Sie erwartet. Kommen Sie herein.«

Montalbano hatte beschlossen, die Taktik zu ändern, und Marzilla schien sich über den freundlichen Empfang zu wundern. Verunsichert trat er ein und sank auf dem Stuhl, den ihm der Commissario anbot, regelrecht in sich zusammen.

»Ich rede«, sagte Montalbano. »Das kostet weniger Zeit.«

Der Mann nickte ergeben.
»Neulich abends am Hafen, da wussten Sie doch schon vorher, dass eine Afrikanerin mit drei Kindern am Kai einen Sturz und ein verletztes Bein vortäuschen würde. Sie sollten mit dem Krankenwagen bereitstehen und zusehen, dass Sie nicht woandershin gerufen wurden, dann zu der Frau laufen, ein gebrochenes Bein diagnostizieren, bevor der Arzt kommt, die Frau und die drei Kinder einladen und nach Montelusa fahren. Stimmt's? Antworten Sie nur mit Ja oder Nein.«
Marzilla musste schlucken und sich mit der Zunge über die Lippen fahren, bevor er eine Antwort herausbrachte.
»Ja.«
»Gut. Am San Gregorio sollten Sie die Frau und die Kinder am Eingang zur Notaufnahme absetzen und sie nicht reinbegleiten. Das haben Sie getan. Sie hatten auch das Glück, dass Sie dringend nach Scroglitti gerufen wurden, was Ihnen einen guten Grund für Ihr Vorgehen geliefert hat. Antworten Sie.«
»Ja.«
»Ist der Fahrer des Krankenwagens Ihr Komplize?«
»Ja. Er kriegt jedesmal hundert Euro von mir.«
»Wie oft haben Sie das schon gemacht?«
»Zweimal.«
»Und beide Male hatten die Erwachsenen Kinder dabei?«
Marzilla schuckte zwei- oder dreimal, bevor er antwortete.
»Ja.«
»Wo sitzen Sie bei diesen Fahrten?«

»Je nachdem. Neben dem Fahrer oder hinten bei den Leuten.«
»Und wo saßen Sie bei der Fahrt, um die es mir geht?«
»Eine Zeit lang vorn.«
»Und dann haben Sie sich nach hinten gesetzt?«
Marzilla schwitzte, er war in Bedrängnis.
»Ja.«
»Warum?«
»Kann ich einen Schluck Wasser haben?«
»Nein.«
Marzilla sah ihn erschrocken an.
»Wenn Sie es mir nicht sagen wollen, dann sage ich es Ihnen. Sie mussten nach hinten umsteigen, weil eines der Kinder, der sechsjährige Junge, der Älteste, um jeden Preis rauswollte, er wollte freigelassen werden. Stimmt's?«
Marzilla nickte.
»Und was haben Sie da gemacht?«
Der Sanitäter sagte etwas so leise, dass der Commissario es kaum hörte.
»Eine Spritze? Schlafmittel?«
»Nein. Beruhigungsmittel.«
»Und wer hat das Kind festgehalten?«
»Die Mutter. Oder wer das war.«
»Und die anderen Kinder?«
»Haben geweint.«
»Auch der Junge, dem Sie die Spritze gaben?«
»Nein, der nicht.«
»Was hat er gemacht?«

»Er hat sich die Lippen blutig gebissen.«

Montalbano spürte in beiden Beinen ein heftiges Kribbeln und stand langsam auf.

»Schauen Sie mich bitte an.«

Marzilla hob den Kopf und sah ihn an. Der erste Schlag, auf die linke Backe, war so gewaltig, dass sich sein Kopf fast ganz nach hinten drehte, der zweite erwischte Marzilla, als er sich wieder umwandte, und sorgte dafür, dass ihm das Blut aus der Nase schoss. Der Mann versuchte erst gar nicht, das Blut abzuwischen, sondern ließ es auf Hemd und Jacke tropfen. Montalbano setzte sich wieder.

»Sie versauen mir den Boden. Hinten rechts ist das Bad. Gehen Sie sich waschen. Die Küche ist gegenüber, im Kühlschrank müssten Eiswürfel sein. Sie sind ja nicht nur ein Kinderquäler, sondern auch Krankenpfleger und wissen, was Sie zu tun haben.«

Während sich der Mann in Bad und Küche zu schaffen machte, versuchte Montalbano die ganze Zeit, nicht an die Szene zu denken, von der Marzilla gesprochen hatte, an diese kondensierte Hölle in dem engen Krankenwagen, an die Angst der weit aufgerissenen Augen vor der rohen Gewalt ...

Und er selbst hatte dieses kleine Wesen bei der Hand genommen und dem Grauen zugeführt. Das konnte er sich nicht verzeihen, es war nutzlos, sich immer wieder zu sagen, dass er doch nur das Beste gewollt hatte ... Er durfte nicht daran denken, er durfte sich nicht von der Wut überwältigen lassen, wenn er den Mann weiter vernehmen wollte. Marzilla kam zurück. Er hatte aus seinem Taschentuch ein Säckchen für das Eis geknotet und drückte es, den Kopf leicht nach hinten geneigt, mit einer Hand gegen die Nase. Er setzte sich dem Commissario gegenüber und sagte keinen Ton.

»Und jetzt erzähle ich Ihnen, warum Sie über meinen Besuch im Laden so erschrocken sind. Du …«

Marzilla fuhr zusammen. Der abrupte Übergang zum Du wirkte wie ein Pistolenschuss auf ihn.

»… du hast erfahren, dass das Kind, dem du die Spritze gegeben hast, wie ein wildes Tier erlegt wurde. Stimmt's?«

»Ja.«

»Und da ist dir angst und bange geworden. Denn du bist zwar ein mieser kleiner Verbrecher, ein erbärmliches Stück Scheiße, aber an einem Mord beteiligt zu sein, das traust du dich nicht. Wie du erfahren hast, dass der Junge, mit dem du zu tun hattest, derselbe ist, den sie zusammengefahren haben, sagst du mir nachher. Jetzt rede du. Ein paar Sachen kannst du dir sparen, ich weiß nämlich, dass du bis zum Hals in Schulden steckst und Geld brauchst, und zwar viel, um die Wucherer zu bezahlen. Jetzt weiter.«

Marzilla fing an auszupacken. Von den beiden Ohrfeigen musste er ziemlich benommen sein, aber sie hatten ihn auch ein bisschen zur Besinnung gebracht, und ändern konnte er sowieso nichts mehr.

»Als mir die Banken keinen Kredit mehr gaben, habe ich herumgefragt, wer mir weiterhelfen könnte, damit ich nicht alles verliere. Man nannte mir einen Namen, und ich ging hin. Und so fing ein Ruin an, der schlimmer war als die Pleite. Der Herr hat mir Geld geliehen, aber zu einem Zins, für den ich mich schäme, den kann ich Ihnen nicht nennen. Eine Zeit lang ging es irgendwie weiter, aber dann konnte ich nicht mehr. Und vor etwa zwei Monaten hat mir der Herr einen Vorschlag gemacht.«

»Wie heißt er?«

Marzilla schüttelte den Kopf, den er immer noch im Nacken hielt.

»Ich hab Angst, Commissario. Dem traue ich zu, dass er meine Frau und mich umbringen lässt.«

»Schon gut, weiter jetzt. Was war das für ein Vorschlag?«

»Er sagte, dass er hier bei uns ein paar Immigrantenfamilien zusammenführen muss. Die Männer haben Arbeit gefunden, aber weil sie illegal hier sind, können sie Frau und Kinder nicht nachkommen lassen. Als Gegenleistung für meine Hilfe wollte er mir einen Teil der Zinsen erlassen.«

»Einen festen Prozentsatz?«

»Nein, Commissario. Der sollte jedes Mal neu ausgemacht werden.«

»Wie hat er dich benachrichtigt?«

»Am Tag vor der Landung hat er mich angerufen. Er erklärte mir, wer versuchen würde, in den Krankenwagen zu kommen. Beim ersten Mal ging alles glatt, das war eine alte Frau mit zwei Kindern. Aber beim zweiten Mal ist das passiert, was ich Ihnen erzählt habe, da hat sich der Junge gewehrt.«

Marzilla verstummte und seufzte tief.
»Sie müssen mir glauben, Commissario. Ich konnte nicht schlafen. Ich hab das immer vor mir gesehen, die Frau, die ihn festhält, ich mit der Spritze, die weinenden Kinder, das hat mir den Schlaf geraubt. Vorgestern bin ich gegen zehn Uhr zu dem Herrn gegangen, um auszumachen, wie viel Prozent er mir nachlässt. Er hat gesagt, dass er mir diesmal gar nichts abzieht, weil das Geschäft schief gegangen ist, die Ware wäre verdorben. Genau so hat er sich ausgedrückt. Und dann hat er noch gesagt, dass ich das bald wieder wettmachen könnte, weil eine neue Lieferung ansteht. Ich fuhr nach Hause, völlig fertig. Dann hörte ich in den Nachrichten, dass ein schwarzer Junge überfahren worden und der Fahrer abgehauen ist. Da begriff ich, was der Herr mit der verdorbenen Ware gemeint hat. Dann kamen Sie in den Laden, und im Krankenhaus hatten Sie auch schon nach mir gefragt ... Jedenfalls wollte ich unbedingt aus der Sache raus, egal, was passiert.«
Montalbano stand auf und trat auf die Veranda. Das Meer war ganz leise, wie der Atem eines Kindes. Er blieb eine Weile draußen, dann ging er wieder hinein und setzte sich.
»Den Namen dieses so genannten Herrn willst du mir also nicht verraten ...«
»Mit wollen hat das nichts zu tun, ich kann nicht!«, schrie Marzilla fast.
»Schon gut, ganz ruhig, reg dich nicht auf, sonst kriegst du wieder Nasenbluten. Dann machen wir was aus.«

»Was denn?«

»Dir ist doch klar, dass ich dich hinter Gitter bringen kann?«

»Ja.«

»Und das wäre dein Ruin. Du verlierst die Stelle im Krankenhaus, und deine Frau muss den Laden verkaufen.«

»Ich verstehe.«

»Wenn du also noch einen kleinen Rest Hirn im Kopf hast, brauchst du nur eines zu tun. Mir sofort Bescheid geben, wenn der Typ dich anruft. Mehr nicht. Um alles Weitere kümmern wir uns.«

»Und mich halten Sie da raus?«

»Das kann ich nicht versprechen. Aber ich kann den Schaden begrenzen. Und jetzt verpiss dich.«

»Danke«, sagte Marzilla, stand auf und schlich zur Tür, die Beine weich wie Ricotta.

»Keine Ursache«, erwiderte Montalbano.

Er ging nicht gleich ins Bett. Er fand eine halbe Flasche Whisky und setzte sich damit auf die Veranda. Bevor er zu einem Schluck ansetzte, hob er jedes Mal die Flasche: ein Prosit auf einen kleinen Krieger, der bis zum Letzten gekämpft und es dann doch nicht geschafft hatte.

Zehn

Ein stürmischer, scheußlicher Morgen, die Sonne blass und oft hinter schnellen dunkelgrauen Wolken versteckt: Das reichte vollauf, um der sowieso schon üblen Laune des Commissario noch eins draufzusetzen. Er ging in die Küche, kochte Kaffee, trank ein erstes Tässchen, rauchte eine Zigarette, machte, was er machen musste, duschte, rasierte sich, zog die Sachen an, die er schon seit zwei Tagen trug. Bevor er losfuhr, wollte er noch einen Espresso trinken, aber er goss nur eine halbe Tasse ein, die andere Hälfte kippte er sich über die Hose. Seine Hand hatte eigenmächtig einen Schlenker gemacht. Ob das ein weiteres Anzeichen des nahen Alters war? Er fluchte wie ein Kesselflicker, zog die Hose aus und legte sie für Adelina zum Waschen und Bügeln über einen Stuhl. Als er die Taschen leerte, um alles in eine frische Hose zu stecken, entdeckte er in dem kleinen Haufen einen verschlossenen Umschlag. Er sah ihn ratlos an. Wo kam der her? Dann fiel es ihm wieder ein: Es war der Brief, den Catarella ihm mit den Worten gegeben hatte, er sei von dem Journalisten Ponzio Pilato. Er wollte ihn schon wegwerfen, beschloss aber aus irgendeinem Grund, ihn doch zu lesen, er musste ihn ja nicht beantworten. Sein Blick fiel auf die Unterschrift: Sozio Melato, das war nach Catarella-Sprache leicht in Ponzio Pilato zu übersetzen. Der Brief war sehr kurz, und das bedeutete von vornherein einen Pluspunkt für den Schreiberling.

Lieber Commissario Montalbano,
ich bin Journalist, bin jedoch nicht bei einem der großen Blätter angestellt, sondern arbeite für verschiedene Tageszeitungen und Zeitschriften.
Ein so genannter Freelance also. Ich habe wichtige Berichte über die Mafia in der Brenta-Region und den Waffenschmuggel aus dem Osten geschrieben und beschäftige mich seit einiger Zeit unter einem bestimmten Aspekt mit der illegalen Zuwanderung über die Adria und das südliche Mittelmeer.
Neulich abends habe ich Sie am Hafen gesehen, als wieder einmal Flüchtlinge an Land gebracht wurden. Ich kenne Sie vom Namen her und dachte, ein Meinungsaustausch könnte für uns beide von Nutzen sein (ich mache natürlich kein Interview: Ich weiß, dass Sie Interviews verabscheuen).
Unten steht meine Handynummer.
Ich bin noch zwei Tage in Sizilien.
Mit freundlichen Grüßen, Ihr Sozio Melato.

Der trockene Ton, der aus den Zeilen sprach, gefiel ihm. Montalbano beschloss, den Journalisten vom Büro aus gleich anzurufen und sich mit ihm zu verabreden, falls er noch im Lande war. Er suchte sich eine frische Hose heraus.

Im Kommissariat rief er sofort Catarella und Augello zu sich.

»Catarella, hör mir jetzt ganz genau zu. Nachher ruft ein gewisser Marzilla an. Wenn er anruft ...«

»Tschuldigung, Dottori«, unterbrach ihn Catarella. »Wie heißt dieser Marzilla? Cardilla?«

Montalbano war beruhigt. Wenn Catarella wieder so blöd war und Namen falsch wiederholte, dann ging die Welt noch lange nicht unter.

»Herrgott noch mal, wieso soll er Cardilla heißen, wenn du doch selber gerade Marzilla gesagt hast!«

»Echt?«, fragte Catarella bestürzt. »Aber wie heißt denn jetzt der verflixte Kerl?«

Der Commissario nahm ein Blatt, schrieb mit rotem Stift in Riesenbuchstaben MARZILLA darauf und reichte es Catarella.

»Lies.«

Catarella las richtig.

»Sehr gut«, sagte Montalbano. »Den Zettel hängst du dir neben das Telefon. Wenn er anruft, musst du ihn mit mir verbinden, egal, ob ich hier oder in Afghanistan bin. Kapiert?«

»Jawohl, Dottori. Gehen Sie ruhig nach Agfastan, ich stell ihn schon durch.«

»Wieso sollte ich bei dieser Showeinlage dabei sein?«, fragte Augello, als Catarella gegangen war.

»Weil du Catarella dreimal am Vormittag und dreimal am Nachmittag fragen musst, ob Marzilla angerufen hat.«

»Wer ist denn dieser Marzilla?«

»Ich erzähl's dir, wenn du ein lieber Junge bist und brav deine Hausaufgaben machst.«

Der Rest des Vormittags verlief vollkommen ruhig. Beziehungsweise ohne nennenswerte Vorkommnisse: ein Einsatz wegen eines heftigen Familienstreits, der in Aggression gegen Gallo und Galluzzo umschlug, als die gesamte Familie auf den polizeilichen Schlichtungsversuch hin plötzlich wieder ein Herz und eine Seele war; die Anzeige des totenbleichen zweiten Bürgermeisters, dem man ein Kaninchen mit durchgeschnittener Kehle an die Haustür gehängt hatte; aus einem fahrenden Auto Schüsse auf einen Mann an einer Tankstelle, der unversehrt blieb, in sein Auto sprang und auf Nimmerwiedersehen verschwand, ohne dass sich der Tankwart das Kennzeichen hätte notieren können; der fast alltägliche Überfall auf einen Supermarkt. Und das Handy des Journalisten Melato blieb hartnäckig ausgeschaltet. Montalbano war jedenfalls ziemlich bedient. Er entschädigte sich in der Trattoria Da Enzo.

Gegen vier meldete sich Fazio. Er rief mit dem Handy aus Spigonella an.

»Dottore? Ich hab was.«

»Erzähl.«

»Hier glauben mindestens zwei Leute, sie hätten Ihren Toten gesehen, sie haben ihn auf dem Foto mit dem Schnauzer erkannt.«

»Wissen sie, wie er heißt?«

»Nein.«

»Hat er dort gewohnt?«

»Das wissen sie nicht.«

»Wissen sie, was er da wollte?«

»Nein.«

»Scheiße, was wissen die denn dann?«

Fazio zog es vor, nicht direkt zu antworten.

»Könnten Sie herkommen, Dottore? Dann machen Sie sich selbst ein Bild von der Lage. Sie können entweder die Küstenstraße fahren, aber da ist immer viel Verkehr, oder über Montechiaro auf der ...«

»Ich kenne die Straße.«

Die Straße führte zu der Stelle, wo der kleine Junge umgebracht worden war. Er rief Ingrid an, mit der er zum Abendessen verabredet war. Sie entschuldigte sich sofort: Sie könnten sich nicht treffen, weil ihr Mann ohne ihr Wissen Freunde eingeladen habe und sie Hausherrin spielen müsse. Sie vereinbarten, dass sie am folgenden Abend gegen halb neun ins Kommissariat käme. Sollte er nicht da sein, würde sie warten. Er versuchte noch mal, Sozio Melato zu erreichen, und diesmal hatte er Glück.

»Commissario! Ich dachte schon, Sie würden nicht mehr anrufen!«

»Können wir uns treffen?«
»Wann?«
»Jetzt gleich, wenn Sie wollen.«
»Das wird kaum gehen. Ich musste kurzfristig nach Triest, den ganzen Tag habe ich damit verbracht, auf Flughäfen herumzusitzen und auf verspätete Maschinen zu warten. Meiner Mutter geht es gottlob doch nicht so schlecht, wie meine Schwester mir einreden wollte.«
»Freut mich. Wann dann?«
»Wenn alles klappt, fliege ich morgen nach Rom und von dort aus weiter. Ich melde mich bei Ihnen.«

Hinter Montechiaro nahm er die Straße nach Spigonella, und irgendwann stand er an der Abzweigung nach Tricase. Ganz kurz zögerte er, dann gab er sich einen Ruck: Das würde ihn höchstens zehn Minuten kosten. Er fuhr um die Kurve herum. Der Bauer arbeitete nicht auf seinem Feld, nicht mal das Bellen eines Hundes durchbrach die Stille. Die Wiesenblumen am Fuß des Kieshaufens waren verwelkt.
Er musste seine ganzen dürftigen Fahrkünste aufbieten, um auf dem ramponierten ehemaligen Karrenweg zu wenden und Richtung Spigonella zurückzufahren. Fazio stand neben seinem Auto, das er vor einem weißrot getünchten und offensichtlich unbewohnten zweistöckigen Haus geparkt hatte. Deutlich war das aufgewühlte Meer zu hören.
»Bei dem Haus hier fängt Spigonella an«, sagte Fazio. »Sie fahren am besten bei mir mit.«

Montalbano stieg ein, und Fazio ließ den Motor an und spielte Fremdenführer.

»Spigonella liegt auf einem Felsplateau, wenn man ans Meer will, muss man in den Stein gehauene Stufen runtergehen, da ist man im Sommer reif für einen Herzinfarkt. Man kann aber auch mit dem Auto ans Meer, wenn man die Straße nimmt, auf der Sie hergekommen sind, dann nach Tricase abbiegt und von dort hierher zurückfährt. Verstehen Sie?«

»Ja.«

»Tricase liegt direkt am Wasser, aber es ist ganz anders.«

»Wie anders?«

»Hier in Spigonella haben sich Leute mit Geld Villen hingestellt, Anwälte, Ärzte, Geschäftsleute, in Tricase steht ein Häuschen neben dem anderen, da wohnen kleine Leute.«

»Aber sowohl die Villen als auch die kleinen Häuser sind Schwarzbauten, oder?«

»Genau, Dottore. Ich wollte nur sagen, dass hier jede Villa für sich steht, sehen Sie? Riesige Umfassungsmauern, Zäune mit dichtem Buschwerk dahinter ... Von außen ist kaum zu sehen, was drinnen vor sich geht. Anders als in Tricase, da stehen die Häuser traulich beieinander, es ist, als würden sie miteinander reden.«

»Bist du unter die Dichter gegangen?«, fragte Montalbano.

Fazio wurde rot.

»Manchmal kommt's mich so an«, gestand er.

Jetzt hatten sie den Rand des Plateaus erreicht. Sie stiegen aus. Unterhalb des Steilhangs schäumte das Meer weiß gegen eine Felsgruppe, weiter vorn hatte es einen Strand komplett verschlungen. Ein ungewöhnlicher Strand, streckenweise mit Felsen übersät, dann wieder sandig und flach. Eine einzelne Villa stand an der äußersten Spitze einer kleinen felsigen Landzunge. Die riesige Terrasse hing fast über dem Meer. Der Uferstreifen darunter bestand aus einer Ansammlung hoher Felsen, ähnlich den Faraglioni, und war, natürlich illegal, als Privatstrand abgezäunt. Sonst gab es nichts zu sehen. Sie setzten sich wieder ins Auto.

»Jetzt fahren wir zu jemand, der Ihnen ...«

»Nein«, sagte der Commissario. »Nicht nötig, erzähl du mir, was die Leute gesagt haben. Wir fahren zurück.«

Weder auf dem Hinweg noch auf dem Rückweg begegnete ihnen ein Auto. Es war auch nirgendwo eines abgestellt. Vor einer ausgesprochen luxuriösen Villa saß ein Mann auf einem Holzstuhl und rauchte eine Zigarre.

»Das«, sagte Fazio, »ist einer der beiden, die den Mann von dem Foto schon mal gesehen haben. Er ist Wächter. Er hat erzählt, dass er vor drei Monaten auch mal so dasaß wie jetzt, und da kam von links ein Auto angeholpert. Es hielt vor ihm, und ein Mann stieg aus, der von dem Foto. Das Benzin war ihm ausgegangen. Der Wächter hat ihm angeboten, einen Kanister voll bei der Tankstelle unterhalb von Montechiaro zu holen. Der Mann hat ihm hundert Euro Trinkgeld gegeben.«

»Woher er kam, weiß er also nicht.«

»Nein. Und er hat ihn auch noch nie vorher gesehen. Mit

dem anderen Mann, der ihn erkannt hat, konnte ich nur kurz sprechen. Er ist Fischer und war auf dem Weg nach Montechiaro, um eine Kiste Fisch zu verkaufen. Und der hat den Mann von dem Foto vor drei, vier Monaten am Strand gesehen.«

»Vor drei oder vier Monaten? Das war doch mitten im Winter! Was wollte der da?«

»Das hat sich der Fischer auch gefragt. Er hatte gerade das Boot an Land gezogen, da sah er auf einem Felsen in der Nähe den Mann von dem Foto.«

»Auf einem Felsen?«

»So ist es. Auf einem dieser Felsen unterhalb der Villa mit der großen Terrasse.«

»Und was hat er da gemacht?«

»Nichts. Er hat aufs Meer geschaut und telefoniert. Der Fischer hat den Mann genau gesehen, denn der hat sich plötzlich zu ihm umgedreht und ihn angeschaut. Er hatte den Eindruck, dass der Mann ihm mit den Augen etwas sagen wollte.«

»Was denn?«

»›Verpiss dich auf der Stelle.‹ Und was soll ich jetzt machen?«

»Ich verstehe nicht. Was meinst du?«

»Soll ich noch weiterforschen?«

»Ach, ich weiß nicht, ich glaube, das ist reine Zeitverschwendung. Fahr zurück nach Vigàta.«

Fazio seufzte erleichtert. Diese Nachforscherei war ihm von Anfang an auf den Wecker gegangen.

»Und Sie kommen nicht mit?«

»Ich fahre hinter dir her, aber ich muss dann nach Montechiaro.«

Das war schlichtweg gelogen, er hatte in Montechiaro überhaupt nichts zu tun. Eine Weile fuhr er hinter Fazio her, doch als er den Wagen aus den Augen verlor, wendete er scharf und fuhr zurück. Spigonella hatte ihm zugesetzt. War es möglich, dass es in der ganzen Siedlung, auch wenn nicht Saison war, kein Lebewesen gab außer dem Zigarre rauchenden Wächter? Er hatte nicht mal einen streunenden Hund oder eine Katze gesehen. Der ideale Ort, wenn man ungestört sein wollte, um beispielsweise heimlich mit einer Frau zusammen zu sein, ein Glücksspiel, eine kleine Orgie oder eine Koksparty zu veranstalten. Man musste nur die Fensterläden gut verschließen, sodass kein Lichtschimmer nach außen drang und niemand darauf kam, was drinnen vor sich ging. Jede Villa hatte ringsum so viel Gelände, dass sicherlich alle Autos innerhalb der Zäune oder Mauern Platz fanden. War das Tor einmal geschlossen, sah es aus, als wäre nie ein Auto gekommen. Während der Fahrt hatte er plötzlich eine Idee. Er hielt an, stieg aus und schlenderte, hin und wieder nach einem weißen Steinchen kickend, gedankenversunken den Weg entlang.

Die lange Flucht des Jungen hatte im Hafen von Vigàta begonnen und in der Nähe von Spigonella geendet. Und mit ziemlicher Gewissheit war er, als er von dem Auto zu Tode gefahren wurde, aus Spigonella geflüchtet.

Der namenlose Tote, den er beim Schwimmen gefunden hatte, war in Spigonella gesehen worden. Und in Spigonella war er höchstwahrscheinlich auch umgebracht worden. Es sah aus, als verliefen die beiden Fälle parallel. Montalbano dachte an die berühmten »konvergierenden Parallelen« eines von den Roten Brigaden ermordeten Politikers. Liefen die Parallelen etwa im Geisterdorf Spigonella zusammen? Tja, warum nicht?

Aber wo anfangen? Die Namen der Villenbesitzer herausfinden? Ein solches Unterfangen erschien ihm sofort unmöglich. Da die Häuser ausnahmslos schwarz gebaut waren, brachte es nichts, sich im Katasteramt oder im Rathaus zu erkundigen. Entmutigt lehnte er sich an einen Strommast. Als sein Rücken den hölzernen Mast berührte, zuckte er zurück, als ob er einen Schlag bekommen hätte. Klar, der Strom! Alle Villen mussten mit Elektrizität ausgestattet sein, die Eigentümer hatten also einen Antrag auf Stromanschluss gestellt! Die Begeisterung währte nicht lange. Er wusste jetzt schon die Antwort der Stromgesellschaft: Da es in Spigonella keine Straßennamen und Hausnummern und letztlich nicht mal Spigonella selbst gebe, würden die Rechnungen für Spigonella an die Hauptadressen der Eigentümer geschickt. Diese Eigentümer aufzutun dauere natürlich lange und sei mühsam. Und wenn Montalbano auch noch fragen würde, wie lange, wäre die Antwort von einer fast poetischen Unbestimmtheit. Und wenn er sich bei der Telefongesellschaft erkundigte? Sehr witzig.

Abgesehen davon, dass die Antwort der Telefongesellschaft viel mit der Antwort des Elektrizitätswerkes gemein hätte – wie wurde das mit den Handys geregelt? Und hatte einer der Zeugen, der Fischer, nicht berichtet, dass der Mann mit einem Handy telefonierte? Nein, wohin Montalbano sich auch wandte, stieß er gegen eine Mauer. Da kam ihm ein Gedanke. Er setzte sich ins Auto, ließ den Motor an und fuhr los. Es war gar nicht so einfach, die Straße zu finden, zwei- oder dreimal fuhr er an derselben Villa vorbei, dann sah er in der Ferne endlich, was er suchte. Der Wächter saß immer noch auf seinem Stuhl, die erloschene Zigarre im Mund. Montalbano hielt an, stieg aus und trat zu ihm.

»Guten Tag.«

»Wenn Sie ihn gut finden … guten Tag.«

»Ich bin Polizeikommissar.«

»Das hab ich mir schon gedacht. Sie sind vorhin mit dem anderen Polizisten vorbeigefahren, der mir das Foto gezeigt hat.«

Er hatte ein scharfes Auge, der Herr Wächter.

»Ich wollte Sie was fragen.«

»Fragen Sie.«

»Sieht man hier manchmal Einwanderer?«

Der Wächter sah ihn verwundert an.

»Einwanderer? Guter Mann, hier gibt's weder Einwanderer noch Auswanderer. Bloß die, die hier wohnen, wenn sie mal kommen. Einwanderer! Quatsch.«

»Aber warum finden Sie das so abwegig?«

»Hier fährt alle zwei Stunden der private Wachschutz

durch. Und wenn die einen Einwanderer sichten würden, würden sie ihn mit einem Arschtritt in sein Land zurückbefördern!«

»Und warum ist von dem Wachschutz heute niemand unterwegs?«

»Weil sie einen halben Tag streiken.«

»Danke.«

»Nein, ich hab zu danken, weil Sie mir die Zeit ein bisschen vertrieben haben.«

Montalbano fuhr wieder los. Doch bei dem weißroten Haus, vor dem er sich mit Fazio getroffen hatte, kehrte er wieder um. Er wusste, dass es dort nichts zu finden gab, aber irgendetwas zog ihn an diesen Ort. Am Rand des Steilhangs blieb er stehen. Es dämmerte. Im Gegenlicht wirkte die Villa mit der Riesenterrasse gespenstisch. Trotz der luxuriösen Bauten, der akkurat geschnittenen Bäume, die über die Einfriedungen hinausragten, trotz des vielen Grüns überall war Spigonella ein wüstes Land, um mit Eliot zu sprechen. Zwar sind alle Ortschaften am Meer, vor allem wenn sie von Urlaubern leben, außerhalb der Saison wie tot. Aber Spigonella musste schon tot gewesen sein, bevor es geboren wurde. In seinem Anfang war sein Ende, noch mal frei nach Eliot. Als Montalbano sich jetzt wieder ins Auto setzte, fuhr er wirklich zurück nach Vigàta.

»Catarè, hat Marzilla sich gemeldet?«

»Nein, Dottori. Der hat nicht angerufen, aber der Ponzio Pilato hat angerufen.«

»Und was hat er gesagt?«

»Er hat gesagt, dass er morgen kein Flugzeug mehr kriegt, aber übermorgen, also nämlich übermorgen am Nachmittag, da kommt er.«

Montalbano ging in sein Zimmer und griff, noch ehe er sich setzte, zum Telefon. Er wollte etwas Bestimmtes überprüfen, was ihm, als er vor dem Kommissariat parkte, durch den Kopf gegangen war.

»Signora Albanese? Guten Abend, wie geht es Ihnen? Commissario Montalbano hier. Wann kommt denn Ihr Mann vom Fischen zurück? Ah, er ist heute nicht rausgefahren? Er ist zu Hause? Könnte ich ihn mal sprechen? Ciccio, wieso bist du zu Hause? Grippe? Und wie geht's dir jetzt? Wieder gut? Das freut mich. Hör mal, ich wollte dich was fragen ... Wie? Ich soll zum Abendessen kommen, damit wir in Ruhe reden können? Also, ich will mich aber nicht einladen, deiner Frau Umstände machen ... Was sagst du? Pasta mit frischer Ricotta? Und dann kleine gebratene Fische? In spätestens einer halben Stunde bin ich da.«

Das ganze Abendessen über gab er keinen Ton von sich. Hin und wieder erkundigte sich Ciccio Albanese vorsichtig:

»Was wollten Sie mich denn fragen, Commissario?«

Aber Montalbano antwortete nicht, er wedelte nur mit dem linken Zeigefinger, um ihm zu bedeuten: nachher, nachher. Denn er hatte entweder den Mund voll oder er wollte ihn nicht öffnen, weil er fürchtete, die eindringende Luft

könnte den zwischen Zunge und Gaumen eifersüchtig gehüteten Geschmack forttragen.
Als der Espresso kam, beschloss er, über sein Anliegen zu sprechen, allerdings erst, nachdem er Albaneses Frau Komplimente zu ihren Kochkünsten gemacht hatte.
»Du hattest Recht, Ciccio. Der Mann wurde vor drei Monaten in Spigonella gesehen. Es muss so gewesen sein, wie du gesagt hast: Er wurde umgebracht und dann in Spigonella oder Umgebung ins Meer geworfen. Du bist wirklich gut, das sagen ja auch alle.«
Ciccio Albanese steckte das Lob wortlos ein, als sei es selbstverständlich, und fragte bloß:
»Und was kann ich noch für Sie tun?«
Montalbano sagte es ihm. Albanese dachte eine Weile nach und wandte sich dann seiner Frau zu.
»Weißt du, ob Tanino in Montelusa oder in Palermo ist?«
»Heute Morgen hat meine Schwester gesagt, dass er hier ist.«
Albanese fühlte sich zu einer Erklärung verpflichtet, bevor er in Montelusa anrief.
»Tanino ist ein Neffe von meiner Frau. Er studiert Jura in Palermo. Sein Vater hat ein kleines Haus in Tricase, und da ist Tanino oft. Er hat ein Schlauchboot, und er taucht gern.«
Das Telefonat dauerte höchstens fünf Minuten.
»Tanino erwartet Sie morgen Früh um acht. Jetzt erklär ich Ihnen, wie Sie da hinkommen.«

»Fazio? Entschuldige, wenn ich so spät noch störe. Ich meine, ich hätte neulich mal einen Kollegen mit einer kleinen Videokamera gesehen, die ...«
»Das war Torrisi, Dottore. Die hat Torretta ihm vor kurzem verkauft.«
Logisch! Torretta musste den Basar von Sansibar ins Kommissariat von Vigàta verlagert haben!
»Schick Torrisi sofort zu mir nach Marinella, er soll die Kamera mitbringen und alles, was man zum Filmen braucht.«

Elf

Als er die Fensterläden aufklappte, wurde ihm froh ums Herz. Der Morgen war sehr mit sich zufrieden, voller Licht und leuchtender Farben. Unter der Dusche versuchte Montalbano sogar zu singen, was er selten tat, doch da er ziemlich schlecht sang, brummte er die Melodie nur vor sich hin. Er war nicht spät dran, merkte aber, dass er alles rasch erledigte, er konnte es gar nicht erwarten, nach Tricase zu fahren. Unterwegs ertappte er sich auch dabei, dass er zu schnell fuhr. An der Abzweigung Spigonella-Tricase hielt er sich links, und nach der Kurve, die er ja schon kannte, kam er an dem Kieshaufen vorbei. Der Strauß Wiesenblumen lag nicht mehr da, ein Arbeiter schaufelte Kies in einen Schubkarren. Weiter vorn waren zwei weitere Straßenarbeiter zugange. Das Wenige, was an das Leben und den Tod des Kindes erinnerte, war verschwunden, der kleine Körper lag wohl schon auf dem Friedhof von Montechiaro, in einem namenlosen Grab. In Tricase folgte er genau Albaneses Wegbeschreibung, und dann tauchte, ganz nah am Strand, ein kleines gelbes Häuschen auf. In der Tür stand ein Zwanzigjähriger in kurzen Hosen, barfuß und mit sympathischem Gesicht. Unweit schaukelte ein Schlauchboot auf dem Wasser. Sie gaben sich die Hand. Neugierig sah Tanino den Commissario an, der erst jetzt merkte, dass er wie ein richtiger Tourist ausstaffiert war: Er hatte nicht nur eine Videokamera in der Hand, sondern auch ein Fernglas umgehängt.

»Können wir fahren?«, fragte der junge Mann.

»Ja. Aber ich muss mich noch umziehen.«

»Bitte, kommen Sie herein.«

Montalbano ging ins Haus und zog die Badehose an. Tanino schloss die Tür ab, und sie stiegen ins Schlauchboot. Erst jetzt fragte Tanino:

»Wo soll's denn hingehen?«

»Hat dein Onkel dir nichts erklärt?«

»Er hat nur gesagt, dass Sie mich brauchen.«

»Ich will die Küste vor Spigonella filmen. Aber es darf uns niemand sehen.«

»Wer soll uns hier schon sehen, Commissario? In Spigonella ist jetzt kein Mensch!«

»Tu bitte, was ich dir sage.«

Nach einer knappen halbe Stunde verringerte Tanino die Fahrt.

»Da vorn sind die ersten Häuser von Spigonella. Ist die Geschwindigkeit so in Ordnung?«

»Perfekt.«

»Soll ich näher ran?«

»Nein.«

Montalbano nahm die Kamera zur Hand und stellte mit Schrecken fest, dass er sie nicht bedienen konnte. Torrisis

Erklärungen vom vorigen Abend saßen wie ein Klumpen Brei in seinem Hirn.
»*Matre santa!* Ich hab alles vergessen!«, stöhnte er.
»Soll ich das machen? Ich hab genau so eine, ich weiß, wie sie funktioniert.«
Sie tauschten die Plätze, der Commissario setzte sich ans Steuerruder. Mit einer Hand lenkte er, mit der anderen hielt er sich das Fernglas an die Augen.
»Und hier hört Spigonella auf«, sagte Tanino irgendwann und drehte sich zu Montalbano um.
Der Commissario schien seinen Gedanken nachzuhängen und gab keine Antwort. Das Fernglas baumelte vor seiner Brust.
»Commissario?«
»Hm?«
»Was machen wir jetzt?«
»Wir fahren zurück. Wenn's geht, ein bisschen näher dran und langsamer.«
»Natürlich geht das.«
»Noch was: Kannst du, wenn wir auf der Höhe der Villa mit der großen Terrasse sind, mit dem Zoom diese Faraglioni heranholen?«
Sie machten kehrt und fuhren an Spigonella vorbei.
»Und jetzt?«
»Bist du sicher, dass die Aufnahme geklappt hat?«
»Hundertprozentig.«
»Gut, dann sind wir fertig. Weißt du, wem die Villa mit der Terrasse gehört?«

»Die hat sich ein Amerikaner bauen lassen, als ich noch gar nicht geboren war.«

»Ein Amerikaner?!«

»Also der Sohn von Emigranten aus Montechiaro. Anfangs kam er noch hin und wieder, zumindest habe ich das so gehört. Dann hat man ihn nie mehr gesehen. Angeblich sitzt er im Knast.«

»Bei uns?«

»Nein, in Amerika. Wegen Schmuggel.«

»Drogen?«

»Und Zigaretten. Der Amerikaner soll eine Zeit lang von hier aus den gesamten Handel im südlichen Mittelmeer gesteuert haben.«

»Hast du die Klippen schon mal aus der Nähe gesehen?«

»Commissario, hier kümmert sich keiner um den anderen.«

»Hat in letzter Zeit jemand in der Villa gewohnt?«

»In letzter Zeit nicht. Aber vergangenes Jahr.«

»Dann wird sie also vermietet?«

»Anscheinend.«

»Kümmert sich eine Agentur darum?«

»Keine Ahnung, Commissario. Wenn Sie wollen, kann ich mich erkundigen.«

»Nein, vielen Dank, du hast dir meinetwegen schon zu viele Umstände gemacht.«

Als er in Montechiaro auf der Piazza ankam, schlug die Rathausuhr halb zwölf. Er hielt an, stieg aus und ging zu einer

Glastür, über der IMMOBILIENAGENTUR stand. Drinnen war nur ein hübsches nettes Mädchen.

»Nein, wir kümmern uns nicht um die Vermietung der Villa.«

»Wissen Sie, wer da zuständig ist?«

»Nein. Und die Eigentümer dieser Luxusvillen wenden sich, zumindest in unserer Gegend, wohl nicht an Agenturen.«

»Wie machen sie das dann?«

»Die sind reich, sie kennen sich doch alle … Das spricht sich in ihren Kreisen herum …«

In Verbrecherkreisen spricht sich auch so manches Geschäft herum, dachte der Commissario.

Das Mädchen musterte erst ihn und dann das Fernglas und die Kamera.

»Sind Sie Tourist?«

»Wie haben Sie das erraten?«, fragte Montalbano.

Der Ausflug auf dem Meer hatte dem Commissario einen unbezwingbaren Hunger beschert, der ihn innerlich wie ein Hochwasser führender Fluss überschwemmte. Die Trattoria Da Enzo ins Auge zu fassen hieße auf Nummer Sicher gehen, doch würde es wohl auf einen Blick in den Kühlschrank oder den Backofen hinauslaufen, denn er wollte sofort das Filmmaterial sichten. Zu Hause entdeckte er mit einer gewissen Rührung, was Adelina in einer ihrer Anwandlungen für ihn gekocht hatte: Im Ofen lag ein ebenso unerwartetes wie heiß ersehntes *coniglio*

alla cacciatora. Er stellte es zum Aufwärmen auf den Herd und setzte sich ans Telefon.
»Torrisi? Ich bin's, Montalbano.«
»Hat alles geklappt, Dottore?«
»Ich glaube schon. Kannst du in einer Stunde bei mir vorbeischauen?«
Wenn man allein isst, erlaubt man sich so manches, was man sich in Gesellschaft nie trauen würde. Der eine setzt sich in Unterhosen an den Tisch, der andere fläzt sich zum Essen vor die Glotze. Der Commissario aß oft und gern mit den Fingern. Und das tat er auch mit dem Kaninchen. Anschließend musste er seine Hände eine halbe Stunde unter fließendem Wasser von dem schmierigen Fett säubern. Es klingelte. Draußen stand Torrisi.
»Zeig mir, was auf dem Band ist.«
»Schauen Sie, Commissario, man macht das so. Man zieht das Scart-Kabel und dann ...«
Er redete und machte alles, und Montalbano hörte nicht mal zu. Für solche Sachen hatte er überhaupt kein Talent. Auf dem Bildschirm erschienen die ersten Aufnahmen, die Tanino gedreht hatte.
»Commissario«, rief Torrisi bewundernd, »das sind wirklich schöne Aufnahmen! Toll gemacht! Eine Stunde Theorie gestern Abend hat genügt und schon ...«
»Na ja«, meinte Montalbano bescheiden, »das war doch nicht schwierig ...«
Bei der auf dem Hinweg aufgenommenen Sequenz waren die Felsen unterhalb der Villa wie eine unregelmäßige

untere Zahnreihe angeordnet, einer stand weiter vorn, ein anderer weiter hinten, einer war klein, der nächste höher, einer stand quer, einer wieder gerade. Auf dem Rückweg mit Zoom aufgenommen, wiesen die Felszähne eine Lücke auf, eine zwar nicht sehr breite, aber immerhin ausreichende Passage für ein Schlauchboot oder ein kleines Motorboot.

»Stopp mal.«

Montalbano sah sich das Standbild aufmerksam an. Irgendetwas an dieser Durchfahrt stimmte nicht, es war, als ob das Wasser ganz kurz zögerte, bevor es hineinfloss. Stellenweise sah es aus, als wollte es zurückfließen.

»Kannst du das vergößern?«

»Nein, Dottore.«

Danach hatte Tanino ohne Zoom gefilmt, und man sah die steile Felsentreppe, die von der Villa zu dem winzigen natürlichen Hafen führte.

»Spul bitte mal zurück.«

Jetzt sah Montalbano, dass ein hoher Metallzaun mit Eisenpfosten, die in den Felsen verankert waren, es unmöglich machte, vom Strand aus so weit hinaufzuklettern, dass man das Geschehen im Inneren des Hafens beobachten konnte. Dann war nicht nur die Villa schwarz gebaut, auch der Küstenstreifen war illegal unterbrochen worden: Man konnte, auch wenn man über die Felsen kletterte, zu Fuß nicht das ganze Ufer entlanglaufen, irgendwann stand man vor einer unüberwindlichen Barriere aus Metallzäunen. Aber Montalbano konnte sich immer noch keinen Reim darauf machen, warum sich das Meer vor der Zahnlücke so merkwürdig benahm.

»Ist gut, danke, Torrisi. Du kannst die Kamera wieder mitnehmen.«

»Man könnte das Bild, das Sie interessiert, grundsätzlich schon vergrößern, Dottore. Ich drucke die Szene aus, gebe das Bild Catarella, und der kann am Computer …«

»Gut, gut, mach nur«, unterbrach ihn Montalbano.

»Und ich gratuliere noch mal zu den tollen Aufnahmen«, sagte Torrisi, als er ging.

»Danke.«

Und dreist, wie er manchmal sein konnte, wurde der mit fremden Federn geschmückte Montalbano nicht mal rot.

»Catarè, hat Marzilla sich gemeldet?«

»Nein, Dottori. Ah, ich wollte Ihnen sagen, dass heute Früh ein Schnellbrief für Sie persönlich selber gekommen ist.«

Es war ein ganz normaler Umschlag, ohne Absender. Der Commissario öffnete ihn und nahm einen Zeitungsausschnitt heraus. Er sah noch mal in den Umschlag, aber da war sonst nichts. Ein kurzer Artikel, datiert vom 11. März in Cosenza. Die Überschrift lautete *Leiche des flüchtigen Errera gefunden.* Und darunter stand Folgendes:

Als der Schäfer Antonio Jacopino gestern gegen sechs Uhr morgens seine Herde auf die Weide führte, machte er bei der Überquerung der Eisenbahnschienen bei Paganello einen grausigen Fund: Entlang dem Gleis lagen menschliche Überreste verstreut. Nach den ersten Untersuchungen der Polizei, die sofort zur Stelle war, handelte es sich eindeutig um einen Unfall: Nach den Regenfällen war die Böschung glitschig, und der Mann musste abgerutscht sein, als der 23-Uhr-Schnellzug nach Cosenza auftauchte. Die Lokführer sagten aus, sie hätten nichts bemerkt. Identifiziert wurde das Unfallopfer anhand der Ausweise im Portemonnaie und des Eherings. Es handelt sich um Ernesto Errera, der vom Gericht Cosenza wegen bewaffneten Raubüberfalls verurteilt und seit längerer Zeit untergetaucht war. Gerüchten zufolge soll er zuletzt in Brindisi aktiv gewesen sein; er hatte sich seit einiger Zeit in engem Kontakt mit albanischen Kriminellenkreisen für die illegale Zuwanderung interessiert.

Das war alles. Keine Unterschrift, keine erklärende Zeile. Er besah sich den Poststempel: Cosenza. Was zum Teufel hatte das zu bedeuten? Eine Erklärung gab es vielleicht doch: ein interner Racheakt. Wahrscheinlich hatte Kollege Vattiato von Montalbanos Blamage erzählt, als der ihm mitteilte, er habe einen Mann gefunden, der längst tot und begraben war. Und jemand, der das mitbekommen hatte und Vattiato anscheinend eins auswischen wollte, hatte Montalbano heimlich den Zeitungsausschnitt geschickt. Denn richtig gelesen, konnten diese Zeilen an Vattiatos Selbstbewusstsein kratzen. Doch der anonyme Absender stellte in Wirklichkeit nur eine einzige, sehr simple Frage:

Wenn der von dem Zug zerrissene Tote anhand der Ausweise und eines Traurings als Ernesto Errera identifiziert wurde, woher weiß man dann hundertprozentig, dass es sich wirklich um Erreras Überreste handelt? Und folglich: Könnte es nicht sein, dass Errera einen Mann, der ihm entfernt ähnlich sah, selbst umgebracht, ihm das Portemonnaie in die Tasche und den Ring an den Finger gesteckt und ihn so auf die Gleise gelegt hat, dass ihn der darüber fahrende Zug möglichst unkenntlich zurichtete? Und warum hätte er das tun sollen? Doch hier lag die Antwort auf der Hand: damit Polizei und Carabinieri die Suche nach ihm einstellten und er in Brindisi ungestört arbeiten konnte. Aber diese Überlegungen schienen Montalbano dann doch zu romanhaft.

Er rief nach Augello. Mimì sah schlecht aus.

»Ist dir nicht gut?«

»Ach, lass mich in Ruhe, Salvo. Ich musste Beba beistehen und war die ganze Nacht wach. Ihre Schwangerschaft ist wirklich schwierig. Was wolltest du denn?«

»Einen Rat. Aber erst noch was anderes. Catarella!«

»Jawohl, Dottori!«

»Catarè, wiederhol Dottor Augello deine Vermutung über Errera, die du mir schon gesagt hast.«

Catarella machte ein wichtiges Gesicht.

»Ich hab dem Signori Dottori gesagt, dass es ganz vielleicht möglich ist, dass der Tote wieder lebendig geworden ist, und dann ist er wieder gestorben und ein Schwimmtoter geworden.«

»Danke, Catarè. Du kannst gehen.«

Mimì starrte ihn mit offenem Mund an.

»Na?«, ermunterte Montalbano ihn.

»Jetzt hör mal zu, Salvo. Bis eben dachte ich, deine Kündigung wäre für uns alle eine Tragödie, aber angesichts deines Geisteszustands glaube ich: Je früher du gehst, desto besser. Was soll das? Jetzt hörst du dir den Scheiß an, den Catarella sich ausdenkt? Ein lebendig gestorbener Schwimmtoter?«

Montalbano reichte ihm wortlos den Zeitungsausschnitt. Mimì las ihn zweimal. Dann legte er ihn auf den Schreibtisch.

»Was bedeutet das deiner Meinung nach?«, fragte er.

»Jemand wollte mich auf die – zugegebenermaßen winzige – Möglichkeit hinweisen, dass der in Cosenza bestattete Leichnam nicht der von Ernesto Errera ist«, sagte Montalbano.

»Der Artikel«, sagte Mimì, »wurde zwei oder drei Tage nach dem Leichenfund geschrieben. Ob unsere Kollegen in Cosenza weitergehende Untersuchungen vorgenommen haben, um die Leiche eindeutig zu identifizieren, steht nicht drin. Das haben sie bestimmt getan. Und wenn du was unternimmst und mehr über die Geschichte rauszufinden versuchst, stolperst du möglicherweise über den Fallstrick, den man dir gespannt hat.«

»Wie bitte?«

»Hast du eine Ahnung, wer dir den Artikel geschickt haben könnte?«

»Vielleicht jemand von der Questura Cosenza, der mitgekriegt hat, dass Vattiato sich über mich lustig macht, und mir ...«

»Salvo, kennst du Vattiato?«

»Nicht gut. Er ist ein Griesgram und ...«

»Ich hab mit ihm zusammengearbeitet, bevor ich hierher kam. Der ist ein fieser Hund.«

»Aber warum hätte er mir den Artikel schicken sollen?«

»Um deine Neugier anzuspitzen und dir Lust auf weitere Fragen zu Errera zu machen. Dann kann sich die ganze Questura Cosenza hinter deinem Rücken über dich mokieren.«

Montalbano stand halb auf und kramte aus den Papieren, die wie Kraut und Rüben über den Tisch verstreut lagen, den Strafregisterauszug und die Fotos von Errera heraus.

»Schau sie dir noch mal an, Mimì.«

Augello hielt mit der Linken den Auszug mit den Fotos und nahm mit der Rechten nacheinander die rekonstruierten Gesichter des Toten und verglich sie sorgfältig. Dann schüttelte er den Kopf.

»Tut mir Leid, Salvo. Ich bleibe dabei: Die beiden ähneln sich zwar sehr, aber es sind zwei verschiedene Personen. Hast du mir sonst noch was zu sagen?«

»Nein«, sagte der Commissario unwirsch.

Augello ärgerte sich.

»Salvo, es reicht, ich bin sowieso schon genervt.«

»Was meinst du?«

»Du bist sauer, weil ich bei meiner Meinung bleibe, dass

dein Toter nicht Errera ist. Wofür hältst du dich? Muss ich sagen, ja, das ist ein und dieselbe Person, damit du dich freust?«
Er ging und schlug die Tür hinter sich zu.

Selbige Tür flog keine fünf Minuten später auf, krachte gegen die Wand und knallte durch den Rückschlag wieder zu.
»Tschuldigung, Dottori«, rief Catarella hinter der Tür.
Darauf ging die Tür ganz langsam so weit wieder auf, dass Catarella sich durch den Spalt zwängen konnte.
»Dottori, ich tu Ihnen was bringen, was der Torrisi mir gesagt hat, was Sie persönlich selber brauchen.«
Es war ein stark vergrößertes Detail der Klippen unterhalb der Villa in Spigonella.
»Besser als wie so kriegt man es nicht hin, Dottori.«
»Danke, das hast du toll gemacht.«
Montalbano sah auf den ersten Blick, dass er sich nicht getäuscht hatte.
Zwischen den beiden hohen Felsen, die die schmale Einmündung in den winzigen natürlichen Hafen bildeten, verlief höchstens drei Zentimeter über der Wasseroberfläche eine gerade dunkle Linie, an der sich die Wellen brachen. Wahrscheinlich eine Eisenstange, die von der Villa aus zu bedienen war und Fremden die Zufahrt zum Hafen, egal, mit welchem Wasserfahrzeug, verwehrte.
Das war noch nicht verdächtig und bedeutete möglicherweise nur, dass Überraschungsbesuche vom Meer her

unerwünscht waren. Als Montalbano die Felsen genauer betrachtete, fiel ihm ein Meter über dem Wasser noch etwas anderes auf. Er sah immer wieder hin, bis das Bild vor seinen Augen ganz verschwommen war.

»Catarella!«

»Jawohl, Dottori!«

»Geh zu Torretta und leih dir ein Vergrößerungsglas.«

»Sofort, Dottori.«

Volltreffer: Catarella kehrte mit einem Vergrößerungsglas zurück, das er dem Commissario reichte.

»Danke, du kannst gehen. Und mach die Tür zu.«

Er wollte sich nicht von Mimì oder Fazio erwischen lassen, wenn er Sherlock Holmes spielte.

Mit der Lupe erkannte er, worum es sich handelte: Es waren zwei kleine Leuchttürme, die, bei Dunkelheit oder schlechter Sicht eingeschaltet, präzise die Einmündung markierten, sodass man, wenn man in den Hafen hineinmanövrierte, nicht Gefahr lief, gegen die Felsen zu stoßen. Installiert hatte sie sicher der erste Besitzer der Villa, der amerikanische Schmuggler, dem diese ganze Vorrichtung bestimmt sehr nützlich gewesen war; doch auch die späteren Mieter hatten sie instand gehalten. Montalbano grübelte lange nach. Langsam formte sich in seinem Kopf der Gedanke, dass er sich die Sache vielleicht mal näher ansehen sollte, möglicherweise vom Meer aus. Und vor allem heimlich, ohne jemandem etwas zu sagen.

Er sah auf die Uhr, Ingrid musste gleich kommen. Er holte seine Geldbörse aus der Tasche und sah nach, ob er für das

Abendessen genug Geld einstecken hatte. Da tauchte Catarella in der Tür auf und keuchte:
»Ah Dottori! Draußen ist Signorina Ingirigid und wartet!«

Ingrid wollte, dass der Commissario bei ihr mitfuhr.
»Mit deiner Kiste kommen wir nie an, und es ist ziemlich weit.«
»Wo bringst du mich denn hin?«
»Du wirst schon sehen. Du könntest ja mal ein bisschen Abwechslung in deine ewigen Fischessen bringen, oder?«
Ingrid redete die ganze Zeit, das Auto flitzte dahin, und so hatte Montalbano gar nicht das Gefühl, sie seien besonders weit gefahren, als sie vor einem Gehöft auf dem Land hielten. War das wirklich ein Restaurant, oder hatte Ingrid sich verfahren? Ein Dutzend geparkte Autos beruhigten ihn. Als sie das Lokal betraten, grüßte Ingrid in die Runde und alle Leute grüßten sie, sie war hier wie zu Hause. Der Wirt eilte herbei.
»Salvo, willst du das Gleiche essen wie ich?«
So führte sich der Commissario mit Schafskäse und schwarzem Pfeffer gewürzte *ditalini cu 'a ricotta* zu Gemüte; die Ricotta war frisch und genau richtig gesalzen. Ein Gericht, das dringend nach Wein verlangte, und die Bitte wurde ausgiebig erfüllt. Als zweiten Gang aß er *costi 'mbriachi*. Als es ans Bezahlen ging, wurde der Commissario blass: Er hatte sein Portemonnaie auf dem Schreibtisch liegen lassen. Ingrid zahlte. Auf der Rückfahrt drehte der Wagen ab und zu ein paar Walzerrunden. Vor dem Kom-

missariat bat Montalbano Ingrid anzuhalten, er wollte sein Portemonnaie holen.

»Ich komme mit«, sagte Ingrid, »ich habe noch nie gesehen, wo du arbeitest.«

Sie betraten das Büro. Der Commissario ging zum Schreibtisch, Ingrid ebenfalls. Montalbano nahm den Geldbeutel, Ingrid sah sich die Fotos auf dem Tisch an und nahm eines in die Hand.

»Wie kommen denn die Fotos von Ninì auf deinen Tisch?«, fragte sie.

Zwölf

Für einen Moment blieb alles stehen, sogar die konfuse Geräuschkulisse der Welt verstummte. Selbst eine Fliege, die zielstrebig auf Montalbanos Nase zusteuerte, blieb wie gelähmt mit ausgebreiteten Flügeln in der Luft hängen. Als Ingrid keine Antwort bekam, blickte sie auf. Montalbano stand, den Geldbeutel halb in die Hosentasche gesteckt, wie versteinert da und starrte sie mit offenem Mund an.

»Was machst du denn mit den Fotos von Ninì?«, fragte Ingrid noch mal und nahm auch die anderen Fotos in die Hand.

Eine Art Südweststurm brauste in irrem Tempo durch die Gehirnwindungen des Commissario, der sich gar nicht wieder fangen konnte. Wie bitte?! Da suchen sie überall, rufen in Cosenza an, ackern das Archiv durch, befragen potenzielle Zeugen, kundschaften via Land und Meer Spigonella aus, um dem Toten einen Namen geben zu können, und jetzt kommt Ingrid daher und nennt ihn souverän sogar bei seinem Spitznamen?

»Lo… co… co…«

Montalbano stammelte eine als Ausruf gedachte Frage, *lo conosci?* – was, den kennst du?, doch Ingrid missverstand und unterbrach ihn.

»Lococo, genau«, sagte sie. »Ich habe dir doch von ihm erzählt, oder?«

Das stimmte. An dem Abend, als sie auf der Veranda saßen und eine Flasche Whisky leerten, hatte sie von ihm erzählt. Sie hatte mit diesem Lococo eine Affäre gehabt, aber sie hatten sich getrennt, weil …

»Warum habt ihr euch getrennt?«

»Ich habe ihn verlassen. Da war etwas an ihm, was mich beunruhigte, ich war immer auf der Hut … Ich konnte mich nie richtig entspannen … obwohl er mir gar keinen Anlass dazu gab …«

»Hatte er … spezielle Wünsche?«

»Im Bett?«

»Ja.«

Ingrid hob die Schultern.

»Keine spezielleren als andere Männer auch.«

Was sollte dieser blödsinnige Eifersuchtsstich?

»Was war es dann?«

»Salvo, ich kann dieses Gefühl wirklich nicht in Worte fassen …«

»Was hat er beruflich noch mal gemacht?«

»Er war Kapitän auf einem Öltanker … und dann hat er geerbt … Eigentlich hat er gar nichts gemacht.«

»Wie habt ihr euch kennen gelernt?«

Ingrid lachte.

»Ganz zufällig. An einer Tankstelle. Wir mussten anstehen und kamen ins Gespräch.«

»Wo habt ihr euch getroffen?«

»In Spigonella. Weißt du, wo das ist?«
»Ich kenne es.«
»Sag mal, Salvo, ist das eine Vernehmung?«
»Ich würde sagen, ja.«
»Warum?«
»Ich erklär's dir nachher.«
»Können wir nicht irgendwo anders weitermachen?«
»Gefällt's dir hier nicht?«
»Nein. Wenn du mir hier in deinem Büro diese Fragen stellst, bist du irgendwie anders.«
»Wie, anders?«
»Fremd, wie jemand, den ich nicht kenne. Können wir zu dir fahren?«
»Wie du willst. Aber kein Whisky. Zumindest nicht, bevor wir fertig sind.«
»Zu Befehl, Signor Commissario.«

Jeder fuhr mit seinem eigenen Wagen nach Marinella, und Ingrid war natürlich lange vor ihm da.
Montalbano öffnete die Glastür zur Veranda.
Die Nacht war wunderbar mild, vielleicht zu mild. Sie duftete nach einer Mischung aus Salz und Bergminze. Der Commissario atmete tief durch, und seine Lunge freute sich.
»Setzen wir uns raus?«, schlug Ingrid vor.
»Nein, wir bleiben lieber drin.«
Sie setzten sich einander gegenüber an den Esstisch. Ingrid sah ihn an, sie schien verunsichert. Der Commissario legte

den Umschlag mit Lococos Fotos, den er aus dem Kommissariat mitgenommen hatte, neben sich auf den Tisch.

»Dürfte ich erfahren, warum du dich so für Ninì interessierst?«

»Nein.«

Ingrid war betroffen, und Montalbano merkte es.

»Wenn ich es dir sage, beeinflusst das wahrscheinlich deine Antworten. Er heißt also Ninì. Kurzform von Antonio?«

»Nein. Ernesto.«

War das Zufall? Wer seinen Namen änderte, behielt für gewöhnlich den Anfangsbuchstaben bei. Wenn nun beide, Lococo wie Errera, Ernesto hießen – bedeutete das vielleicht, dass sie ein und dieselbe Person waren?

»Sizilianer?«

»Er hat mir nicht gesagt, woher er stammt. Er hat nur mal erzählt, dass er ein Mädchen aus Catanzaro geheiratet hat und seine Frau zwei Jahre nach der Hochzeit gestorben ist.«

»Hat er wirklich Catanzaro gesagt?«

Ingrid schien zu zögern und schob ihre Zungenspitze vor.

»Oder vielleicht Cosenza?«

Bezaubernde Falten erschienen auf ihrer Stirn.

»Stimmt. Er hat Cosenza gesagt.«

Zwei zu null! Der verstorbene Signor Ernesto Lococo wurde dem ebenfalls verstorbenen Signor Ernesto Errera immer ähnlicher. Montalbano sprang vom Stuhl auf und küsste Ingrid auf den Mundwinkel. Sie musterte ihn spöttisch.

»Machst du das immer, wenn die Leute bei ihrer Vernehmung die gewünschte Antwort geben?«

»Ja, vor allem bei Männern. Sag mal, hat dein Ninì gehinkt?«

»Nicht immer. Bei schlechtem Wetter. Aber man merkte es kaum.«

Dottor Pasquano hatte Recht. Bloß wusste man nicht, ob Errera auch gehinkt hatte.

»Wie lange hat eure Geschichte gedauert?«

»Sehr kurz, gute sechs Wochen. Aber …«

»Aber?«

»Sie war sehr intensiv.«

Zack! Noch ein unmotivierter Eifersuchtsstich.

»Und wann war es aus?«

»Vor knapp zwei Monaten.«

Also kurz bevor er umgebracht wurde.

»Erzähl mal genauer, wie du dich von ihm getrennt hast.«

»Ich rief ihn morgens auf dem Handy an, dass ich abends nach Spigonella kommen würde.«

»Habt ihr euch immer am Abend getroffen?«

»Spätabends, ja.«

»Seid ihr nie in ein Restaurant oder so gegangen?«

»Nein. Wir haben uns immer nur in Spigonella in der Villa getroffen. Als wollte er nirgends gesehen werden, weder mit mir noch ohne mich. Und das war auch so etwas, was mich gestört hat.«

»Erzähl weiter.«

»Ich rief ihn also an und sagte, ich käme an dem Abend.

Aber er antwortete, dass wir uns nicht sehen könnten. Es sei jemand gekommen, mit dem er reden müsse. Das war schon zweimal vorgekommen. Wir verabredeten uns für den nächsten Abend. Aber da bin ich dann nicht hingegangen. Ich wollte nicht.«

»Ingrid, ich verstehe ehrlich gesagt nicht, wieso du Knall auf Fall ...«

»Ich will versuchen, es dir zu erklären, Salvo. Ich kam mit dem Auto an. Das erste Tor stand offen. Ich fuhr den Privatweg entlang, der zur Villa führt. Das zweite Tor stand ebenfalls offen. Ich stellte den Wagen in die Garage, während Ninì im Dunkeln die Tore schloss. Dann gingen wir zusammen die Treppe rauf ...«

»Welche Treppe?«

»Die Villa besteht doch aus Erdgeschoss und erstem Stock. In das Obergeschoss, das Ninì gemietet hat, gelangt man seitlich über eine Außentreppe.«

»Warte mal. Hatte er denn nicht die ganze Villa gemietet?«

»Nein, nur den ersten Stock.«

»Und es gibt zwischen erstem Stock und Erdgeschoss keine Verbindung?«

»Doch. Es gibt, zumindest sagte Ninì das, eine Tür, die zu einer Innentreppe führt. Aber den Schlüssel zu dieser Tür hatte der Hausbesitzer.«

»Dann kennst du von dieser Villa nur das Obergeschoss?«

»Genau. Wir gingen also die Treppe hinauf und direkt ins Schlafzimmer. Ninì war zwanghaft: Wenn wir in einem Zimmer das Licht einschalteten, versicherte er sich jedes

Mal, dass es auch nicht nach außen drang. Nicht nur die Fensterläden waren geschlossen, vor jedem Fenster hing auch noch ein schwerer Vorhang.«

»Erzähl weiter.«

»Wir zogen uns aus und liebten uns. Lange.«

Wumm. Das war kein Stich mehr, sondern ein regelrechter Dolchstoß.

»Als ich mich dann nicht mit ihm treffen konnte, begann ich über diese Geschichte nachzudenken. Als Erstes fiel mir auf, dass ich nie Lust hatte, bei ihm zu schlafen, eine ganze Nacht bei ihm zu bleiben. Wenn wir unsere Zigarette danach rauchten, sah ich an die Decke, er ebenfalls. Wir redeten nicht, wir hatten uns nichts zu sagen. Diese Fenstergitter …«

»Die Fenster waren vergittert?«

»Alle. Auch im Erdgeschoss. Mit diesen Gittern, die ich trotz der Vorhänge immer vor Augen hatte, fühlte ich mich wie im Gefängnis … Manchmal stand er auf und sprach an seinem Funk …«

»Wie bitte? An welchem Funk denn?«

»Er war Amateurfunker, zumindest sagte er das. Er sagte, der Funk hätte ihm auf See oft Gesellschaft geleistet, und seitdem … Er hatte eine große Anlage im Salon …«

»Hast du ihn da sprechen gehört?«

»Ja, aber ich habe nichts verstanden … Er sprach oft arabisch oder so was. Nach einer Weile zog ich mich an und ging. Ich begann mir also Fragen zu stellen und kam zu dem Schluss, dass die Geschichte sinnlos war und sowieso schon zu lange gedauert hatte. Ich bin dann ich nicht mehr hingefahren.«

»Hatte er deine Handynummer?«

»Ja.«

»Hat er dich manchmal angerufen?«

»Ja, klar. Wenn ich später oder früher als vereinbart kommen sollte.«

»Und du hast dich nicht darüber gewundert, dass er sich nicht mehr gemeldet hat, nachdem du nicht zu der Verabredung gekommen warst?«

»Doch, eigentlich schon. Aber als er nicht anrief, dachte ich, besser so.«

»Jetzt versuch dich mal genau zu erinnern. Hast du sonst wo im Haus nie Geräusche gehört?«

»Was heißt ›sonst wo im Haus‹? Meinst du, in den anderen Zimmern?«

»Nein, im Erdgeschoss.«

»Was für Geräusche meinst du?«

»Keine Ahnung, Stimmen, Laute … vorfahrende Autos …«

»Nein. Im Erdgeschoss wohnte niemand.«

»Wurde er oft angerufen?«

»Wenn wir zusammen waren, schaltete er die Handys aus.«

»Wie viele hatte er denn?«

»Zwei. Eins war ein Satellitentelefon. Wenn er sie wieder einschaltete, kam fast sofort ein Anruf.«

»Sprach er immer arabisch oder was das auch war?«

»Nein, manchmal auch italienisch. Aber dann ging er aus

dem Zimmer. Es interessierte mich auch nicht besonders, was er redete.«

»Und welche Erklärung hatte er für dich?«

»Wofür?«

»Für diese ganzen Anrufe.«

»Warum hätte er mir irgendwas erklären sollen?«

Auch wieder wahr.

»Weißt du, ob er Freunde in der Gegend hatte?«

»Ich habe nie jemanden gesehen. Ich glaube nicht. Keine Freunde zu haben kam ihm entgegen.«

»Wieso?«

»Als er ausnahmsweise mal über sich sprach, erzählte er, dass sein Tanker auf der letzten Fahrt einen schweren Umweltschaden verursacht hatte. Ein Prozess wurde geführt, und die Reederei hatte ihm geraten, für eine Weile zu verschwinden. Und das erklärte alles – dass er nie das Haus verließ, die einsame Villa und so weiter.«

Angenommen, er hat Ingrid die Wahrheit erzählt – überlegte der Commissario –, dann ist trotzdem nicht zu verstehen, warum Lococo-Errera ein solches Ende gefunden hat. Hat vielleicht sein Reeder ihn umbringen lassen, damit er nicht aussagen kann? Quatsch! Dieser Mord hat sicher einen obskuren Hintergrund, und nach Ingrids Beschreibung war der Mann nicht unbedingt jemand, der nichts zu verbergen gehabt hätte; das Motiv aber war woanders zu suchen.

»Ich finde, ich habe einen Schluck Whisky verdient, Signor Commissario«, sagte Ingrid unversehens.

Montalbano erhob sich und ging an den Hängeschrank. Da stand eine ganze Flasche, Adelina hatte zum Glück für Nachschub gesorgt. Er holte zwei Gläser aus der Küche, kehrte zurück, setzte sich, füllte die Gläser zur Hälfte. Beide tranken den Whisky pur. Ingrid hob ihr Glas und sah den Commissario fest an.

»Er ist tot, nicht wahr?«

»Ja.«

»Umgebracht. Sonst würdest du dich nicht mit ihm beschäftigen.«

Montalbano nickte.

»Wann?«

»Ich glaube, als du nicht kamst, hat er dich nicht angerufen, weil er nicht mehr anrufen konnte.«

»War er da schon tot?«

»Ich weiß nicht, ob er sofort umgebracht oder längere Zeit gefangen gehalten wurde.«

»Und wie …«

»Er wurde ertränkt.«

»Wie hast du das rausbekommen?«

»Dafür hat er selbst gesorgt.«

»Ich verstehe nicht.«

»Du hast doch gesagt, du hättest mich nackt im Fernsehen gesehen.«

»Ja.«

»Der Tote, den ich da gefunden habe, war er.«

Erst jetzt führte Ingrid das Glas an die Lippen, und sie setzte es erst ab, als sie es bis auf den letzten Tropfen

Whisky geleert hatte. Dann stand sie auf und trat auf die Veranda. Montalbano trank den ersten Schluck und steckte sich eine Zigarette an. Ingrid kam wieder herein und ging ins Bad. Als sie zurückkam, hatte sie ihr Gesicht gewaschen; sie nahm wieder Platz und schenkte sich nach.

»Gibt's sonst noch Fragen?«

»Ein paar schon. Hast du was in der Villa in Spigonella?«

»Was meinst du?«

»Hast du Sachen dagelassen?«

»Was hätte ich denn dalassen sollen?«

»Was weiß denn ich? Wäsche zum Wechseln ...«

»Slips?«

»Na ja ...«

»Nein, da ist nichts von mir. Ich sagte ja, dass ich nie Lust hatte, eine ganze Nacht bei ihm zu verbringen. Warum fragst du?«

»Weil wir die Villa früher oder später durchsuchen müssen.«

»Keine Sorge. Sonst noch Fragen? Ich bin ein bisschen müde.«

Montalbano nahm die Fotos aus dem Umschlag und reichte sie Ingrid.

»Welches sieht ihm am ähnlichsten?«

»Sind das nicht alles Fotos von ihm?«

»Es sind Computerrekonstruktionen. Das Gesicht des Leichnams war übel zugerichtet und unkenntlich.«

Ingrid sah sich die Bilder an. Dann entschied sie sich für das mit dem Schnauzer.

»Das. Aber …«
»Aber?«
»Zwei Sachen stimmen nicht. Der Schnurrbart war viel länger, er hatte eine andere Form, so eine Art Tatarenschnauzer …«
»Und was noch?«
»Die Nase. Die Nasenlöcher waren größer.«
Montalbano holte den Strafregisterauszug aus dem Umschlag.
»Wie auf dem hier?«
»Genau so hat er ausgesehen«, sagte Ingrid, »auch ohne Schnauzer.«
Es gab keinen Zweifel mehr: Lococo und Errera waren dieselbe Person. Catarellas irrwitzige Theorie hatte sich als konkrete Wahrheit entpuppt.
Montalbano erhob sich, reichte Ingrid die Hand und zog sie hoch. Als sie aufrecht stand, umarmte er sie.
»Danke.«
Ingrid sah ihn an.
»Ist das alles?«
»Lass uns Gläser und Flasche mit raus auf die Veranda nehmen«, sagte der Commissario. »Jetzt kommt der gemütliche Teil des Abends.«

Sie setzten sich ganz nah nebeneinander auf die Bank. Jetzt duftete die Nacht nach Salz, Bergminze, Whisky und sogar Aprikosen, denn nach Letzteren duftete Ingrids Haut. Eine solche Mischung hätte nicht mal ein erstklassiger Parfümeur erfinden können. Sie sprachen nicht, sie waren zufrieden, so beieinander zu sitzen. Das dritte Glas ließ Ingrid halb voll stehen.

»Darf ich mich ein bisschen auf dein Bett legen?«, murmelte sie plötzlich.

»Willst du nicht nach Hause?«

»Ich mag nicht mehr fahren.«

»Ich bringe dich mit meinem Auto. Und morgen ...«

»Ich mag nicht nach Hause. Aber wenn du gar nicht willst, dass ich hier bleibe, leg ich mich nur ein paar Minuten hin. Dann gehe ich. Einverstanden?«

»Einverstanden.«

Ingrid stand auf, küsste ihn auf die Stirn und ging ins Haus. *Ich mag nicht nach Hause* – hatte sie gesagt. Was bedeutete für Ingrid das Zuhause, wo sie mit ihrem Mann lebte? Vielleicht ein noch fremderes Bett als das, in das sie sich gerade legte? Und wenn sie ein Kind gehabt hätte, wäre ihr das Haus dann nicht anders erschienen, wärmer, einladender? Arme Ingrid. Wie viel Melancholie, wie viel Einsamkeit vermochte sie hinter ihrer scheinbar oberflächlichen Lebensfreude zu verbergen? Montalbano empfand mit einem Mal ein neues Gefühl für Ingrid, ein Gefühl verzehrender Zärtlichkeit. Er trank noch ein paar Schluck Whisky und ging dann, weil ihn leicht fröstelte, mit der Flasche und den Gläsern hinein. Er warf einen Blick ins Schlafzimmer. Ingrid schlief in Kleidern, nur die Schuhe hatte sie abgestreift. Er wollte sie noch zehn Minuten schlafen lassen und setzte sich wieder an den Esstisch.

Dann wollen wir mal zusammenfassen, sagte er sich.
Ernesto Errera ist ein Gewohnheitsverbrecher, der vielleicht aus Cosenza stammt, auf jeden Fall aber in der Gegend aktiv ist. Er hat eine hübsche Vita, die vom Einbruchsdiebstahl bis zum bewaffneten Raubüberfall reicht. Die Polizei fahndet nach ihm, er taucht unter. Bis dahin unterscheidet ihn nichts von Hunderten und Aberhunderten ähnlichen Kriminellen. Irgendwann kreuzt Errera in Brindisi auf.
Anscheinend hat er beste Kontakte zur albanischen Unterwelt geknüpft und ist jetzt mit der illegalen Einwanderung beschäftigt. Aber wie? Als was? Das ist nicht bekannt.
Vergangenes Jahr findet am Morgen des 11. März ein Schäfer aus der Gegend von Cosenza den zerrissenen Körper eines Mannes auf einem Eisenbahngleis. Ein Unfall, der arme Kerl ist abgerutscht und konnte dem heranfahrenden Zug nicht ausweichen. Er ist so schlimm zugerichtet, dass er nur anhand der Ausweise in seiner Brieftasche und eines Eherings identifiziert werden kann. Seine Frau lässt ihn auf dem Friedhof Cosenza beerdigen. Ein paar Monate später taucht Errera in Sizilien auf, in Spigonella. Allerdings nennt er sich Ernesto Lococo und gibt sich als Witwer und ehemaliger Tankerkapitän aus. Er führt ein scheinbar einsames Leben, obwohl er häufig telefoniert, sogar über eine Sendestation. Eines schlimmen Tages ertränkt ihn jemand und lässt ihn verfaulen. Dann schickt er ihn aufs Meer hinaus. Und die Leiche treibt im Wasser herum und schwimmt ausgerechnet ihm, Montalbano, über den Weg.

Frage Nummer eins: Was zum Teufel wollte Signor Errera in Spigonella, nachdem er sich offiziell für tot ausgegeben hatte? Frage Nummer zwei: Wer hat ihn nicht offiziell, sondern konkret zur Leiche gemacht und warum?
Es war Zeit, Ingrid zu wecken. Er ging ins Schlafzimmer. Ingrid hatte sich ausgezogen und war unter die Bettdecke geschlüpft. Sie schlief wie ein Kind. Montalbano brachte es nicht übers Herz, sie zu wecken. Er ging ins Bad und schlüpfte dann ebenfalls ganz vorsichtig unter die Bettdecke. Sofort wehte ihn der Aprikosenduft von Ingrids Haut so intensiv an, dass ihm leicht schwindlig wurde. Er schloss die Augen. Ingrid bewegte sich im Schlaf, streckte ein Bein aus und legte ihren Unterschenkel auf Montalbanos Unterschenkel. Nach einer Weile legte sie sich bequemer zurecht: Jetzt lag ihr ganzes Bein auf ihm und hielt ihn gefangen. Da fiel ihm ein Satz ein, ein Satz, den er als Heranwachsender in einem Laienspiel gesprochen hatte: *Es gibt ... gerade sehr gute Aprikosen ... Man spaltet sie mit zwei Fingern in zwei Hälften ... wie zwei saftige Lippen ...*
Schweißgebadet zählte der Commissario bis zehn, dann befreite er sich mit ganz sachten Bewegungen, verließ das Bett und legte sich fluchend aufs Sofa.
Zum Kuckuck! Das hätte nicht mal der heilige Antonius geschafft!

Dreizehn

Als er aufwachte, tat ihm alles weh, auf dem Sofa zu schlafen bedeutete seit einiger Zeit, dass er sich am nächsten Morgen wie gerädert fühlte. Im Esszimmer lag ein Zettel von Ingrid auf dem Tisch.

Du schläfst wie ein Engelchen, ich fahre zum Duschen nach Hause, damit du nicht aufwachst. Ich küsse dich, Ingrid. Ruf an.

Montalbano wollte gerade ins Bad gehen, als das Telefon klingelte. Er sah auf die Uhr: Es war knapp acht.

»Dottore, ich muss Sie sprechen.«

Er erkannte die Stimme nicht.

»Wer bist du denn?«

»Marzilla, Dottore.«

»Dann komm ins Kommissariat.«

»Nein, nicht ins Kommissariat. Könnte sein, dass die mich sehen. Ich komme zu Ihnen, Sie sind ja jetzt allein.«

Und woher wusste Marzilla, dass er erst in Gesellschaft gewesen und jetzt allein war? Lauerte er in der Nähe?

»Wo bist du denn?«

»In Marinella, Dottore. Praktisch vor Ihrer Tür. Ich habe die Frau rausgehen sehen und dann angerufen.«

»Ich lasse dich in einer Minute rein.«

Er wusch sich rasch das Gesicht und öffnete die Haustür. Marzilla drängte sich an die Tür, als müsste er sich vor einem Regen unterstellen, den es gar nicht gab, und schob den Commissario beiseite, als er eintrat. Der Gestank von ranzigem Schweiß stieg Montalbano in die Nase. Jetzt stand Marzilla im Zimmer und keuchte wie nach einem langen Lauf, mit zerzausten Haaren, das Gesicht noch blasser, die Augen weit aufgerissen.

»Ich bin halb tot vor Angst, Dottore.«

»Soll ein Boot ankommen?«

»Mehrere, gleichzeitig.«

»Wann?«

»Übermorgen Nacht.«

»Wo?«

»Das hat man mir nicht gesagt. Jedenfalls soll es eine große Sache sein, die aber nicht mich betrifft.«

»Na ja, wovor hast du dann Angst, wenn du nichts damit zu tun hast?«

»Der Mann, der mich wegen der Landung angerufen hat, Sie wissen schon, hat gesagt, dass ich mich heute krankmelden muss, ich muss ihm zur Verfügung stehen.«

»Hat er dir erklärt, wozu er dich braucht?«

»Ja, sie stellen mir ein schnelles Auto vor die Tür, und damit soll ich heute Abend um halb elf in die Nähe von Capo Russello fahren, Leute abholen und an einen Ort bringen, der mir von denen gesagt wird.«

»Du weißt also noch nicht, wo du sie hinbringen sollst.«

»Nein, das erfahre ich, wenn sie einsteigen.«
»Um wie viel Uhr hast du den Anruf bekommen?«
»Heute Früh, kurz vor sechs. Dottore, glauben Sie mir, ich hab versucht, mich zu weigern. Ich hab dem erklärt, solange es um Transporte mit dem Krankenwagen geht … Aber da war nichts zu machen. Er hat immer wieder gesagt, dass er mich umbringen lässt, wenn ich nicht tue, was er sagt, oder wenn die Sache schief läuft.«
Er fing an zu heulen und sackte auf einen Stuhl. Montalbano fand das Geheule obszön, unerträglich. Der Mann war ein Stück Scheiße. Ein wie Pudding zitterndes Stück Scheiße. Am liebsten hätte er sich auf ihn gestürzt und sein Gesicht in eine blutige Masse aus Haut, Fleisch und Knochen verwandelt.
»Was soll ich machen, Dottore? Was soll ich nur machen?«
Er kreischte vor Angst wie ein strangulierter Gockel.
»Was sie dir aufgetragen haben. Aber sobald das Auto vor deiner Tür steht, gibst du mir Marke, Farbe und möglichst auch das Kennzeichen durch. Und jetzt verpiss dich. Je mehr du heulst, desto größere Lust bekomme ich, dir die Fresse zu polieren.«
Niemals, nicht mal wenn er vor seinen Augen im Sterben läge, würde er Marzilla die Spritze verzeihen, die er dem Jungen im Ambulanzwagen gegeben hatte. Der Mann sprang erschrocken auf und rannte zur Tür.
»Warte. Erklär mir noch genau, wo ihr euch trefft.«
Marzilla erklärte es ihm. Montalbano konnte es sich nicht

recht vorstellen, aber er erinnerte sich, dass ein Bruder von Catarella in der Gegend wohnte, und beschloss, ihn zu fragen. Dann sagte Marzilla:

»Und was haben Sie jetzt vor?«

»Ich? Was soll ich schon vorhaben? Wenn du heute Nacht fertig bist, rufst du mich an und sagst mir, wo du diese Leute hingebracht hast und wie sie aussehen.«

Beim Rasieren beschloss er, keinen seiner Kollegen darüber zu informieren, was er von Marzilla erfahren hatte. Im Grunde waren die Ermittlungen im Mordfall des Kindes seine ganz und gar private Angelegenheit, eine offene Rechnung, die er, davon war er überzeugt, kaum würde begleichen können. Aber ein bisschen Unterstützung brauchte er schon. Marzilla sollte ein schneller Wagen vor die Haustür gestellt werden. Und das war nichts für Montalbano. Bei seinem nicht sehr ausgeprägten Fahrtalent würde er mit Marzilla, der sicher aufs Gas drückte, nicht mithalten können. Da kam ihm eine Idee, die er aber verwarf. Hartnäckig meldete sie sich wieder, und er verwarf sie ebenso hartnäckig abermals. Zum dritten Mal tauchte die Idee auf, als er seinen letzten Espresso trank, bevor er das Haus verlassen wollte. Und diesmal gab er nach.

»Allu? Wer schbrreken?«

»Ich bin Commissario Montalbano. Ist die Signora da?«

»Du warrten, ik schauen.«

»Salvo! Was gibt's?«

»Ich brauch dich noch mal.«

»Du bist ja unersättlich! Hat dir die letzte Nacht nicht gereicht?«, fragte Ingrid neckisch.

»Nein.«

»Na gut, wenn du's wirklich nicht aushältst, dann komme ich jetzt gleich.«

»Nein, das ist nicht nötig. Könntest du, falls du sonst nichts zu tun hast, heute Abend gegen neun bei mir in Marinella sein?«

»Ja.«

»Sag mal, hast du noch ein anderes Auto?«

»Ich kann das von meinem Mann nehmen. Wieso?«

»Deines fällt zu sehr auf. Ist der Wagen deines Mannes schnell?«

»Ja.«

»Dann bis heute Abend. Danke.«

»Warte. Als was denn?«

»Ich verstehe nicht.«

»Gestern Abend war ich als Zeugin bei dir. Und heute Abend?«

»Als Hilfssheriff. Du kriegst einen Stern.«

»Dottori, der Marzilla hat nicht angerufen!«, rief Catarella und sprang auf.

»Danke, Catarè. Aber pass weiterhin gut auf! Schickst du Dottor Augello und Fazio zu mir?«

Er wollte mit ihnen nur über die Neuigkeiten im Fall der Wasserleiche reden. Mimì kam als Erster.

»Wie geht's Beba?«

»Besser. Heute Nacht konnten wir endlich ein bisschen schlafen.«

Dann erschien Fazio.

»Ich wollte euch sagen«, fing der Commissario an, »dass ich die Wasserleiche identifiziert habe, ganz zufällig. Fazio, du hast rausgefunden, dass der Mann zuletzt in Spigonella gesehen wurde, das hast du gut gemacht. Er wohnte dort. Er hatte die Villa mit der großen Terrasse über dem Meer gemietet. Erinnerst du dich?«

»Ja, klar.«

»Er gab sich als Tankerkapitän aus und nannte sich Ernesto Lococo, für die Freunde Ninì.«

»Warum, wie hieß er denn wirklich?«, fragte Augello.

»Ernesto Errera.«

»Madunnuzza santa!«, rief Fazio.

»Wie der aus Cosenza?«, fragte wieder Augello.

»Genau. Sie waren ein und dieselbe Person. Tut mir Leid, Mimì, aber Catarella hatte Recht.«

»Ich wüsste ja gern, wie du zu diesem Schluss gekommen bist«, hakte Augello reserviert nach.

Die Sache wurmte ihn anscheinend.

»Ich bin nicht selbst draufgekommen. Das war meine Freundin Ingrid.«

Er erzählte ihnen die ganze Geschichte. Als er fertig war, legte Mimì den Kopf in die Hände und schüttelte ihn immer wieder.

»Heiliger Himmel«, murmelte er.

»Was erstaunt dich denn so, Mimì?«

»Nicht die Sache an sich, sondern dass wir uns hier den Kopf zerbrechen, während Catarella schon längst zu diesem Ergebnis gekommen ist.«

»Aber dann hast du immer noch nicht begriffen, was Catarella ist!«, sagte der Commissario.

»Nein, was denn?«

»Catarella ist ein Kind im Körper eines Erwachsenen. Er denkt also höchstens wie ein Siebenjähriger.«

»Ja und?«

»Ich will damit sagen, dass Catarella so phantasievoll, intuitiv und erfinderisch ist wie ein Kind. Und weil er ein Kind ist, sagt er auch, was er denkt, ohne sich zu genieren. Und oft trifft er ins Schwarze. Weil ein Kind die Realität mit ganz anderen Augen sieht als wir.«

»Und wie geht's jetzt weiter?«, mischte sich Fazio ein.

»Das frage ich euch«, erwiderte Montalbano.

»Dottore, ich würde gern was sagen, wenn Dottor Augello es gestattet. Die Geschichte ist nicht so einfach. Dieses Mordopfer – Lococo oder Errera, egal – ist bislang nirgends als Mordopfer registriert, weder im Polizeipräsidium noch bei der Staatsanwaltschaft. Der Mann gilt als Unfallopfer, ertrunken. Daher frage ich mich: Mit welcher Begründung legen wir eine Akte an und ermitteln weiter?«

Der Commissario dachte eine Weile nach.

»Der anonyme Anruf«, sagte er schließlich.

Augello und Fazio sahen ihn fragend an.

»Der funktioniert immer. Keine Sorge, ich hab das schon öfter gemacht.«

Er nahm das Foto von Errera mit Schnauzbart aus dem Umschlag und reichte es Fazio.

»Fahr mit dem Bild sofort zu ›Retelibera‹ und gib es Nicolò Zito persönlich. Sag ihm in meinem Namen, dass er heute Vormittag in den Nachrichten eine dringende Suchmeldung durchgeben muss. Er soll sagen, dass Ernesto Lococos Familie verzweifelt ist, weil sie seit zwei Monaten nicht weiß, wo er steckt. Zisch ab!«

Fazio stand wortlos auf und war im Handumdrehen verschwunden. Montalbano blickte Mimì aufmerksam an, als hätte er erst jetzt gemerkt, dass Augello vor ihm saß. Mimì kannte diesen Blick und rutschte unbehaglich auf dem Stuhl hin und her.

»Ist was?«

»Wie geht's Beba?«

Mimì sah ihn befremdet an.

»Das hast du mich schon gefragt. Besser.«

»Sie kann also einen Anruf tätigen.«

»Ja, klar. Wen soll sie denn anrufen?«

»Den Staatsanwalt, Dottor Tommaseo.«

»Und was soll sie sagen?«

»Sie muss eine Show abziehen. Eine halbe Stunde nachdem Zito das Foto gesendet hat, muss Beba mit hysterischer Stimme anonym bei Dottor Tommaseo anrufen und sagen, dass sie den Mann gesehen hat, sie hat ihn genau erkannt und täuscht sich nicht.«

»Wie? Wo denn?«, fragte Mimì gereizt, dem es gar nicht passte, dass Beba in die Sache hineingezogen werden sollte.

»Sie muss erzählen, dass sie vor etwa zwei Monaten mit dem Auto in Spigonella war und gesehen hat, dass dieser Mann von zwei Typen zusammengeschlagen wurde. Dann habe sich der Mann befreit und sei auf das Auto zugelaufen, in dem Beba saß, aber die beiden hätten ihn sich wieder geschnappt und weggebracht.«

»Und was hat Beba in dem Auto gemacht?«

»Unanständige Sachen mit einem Mann.«

»So ein Quatsch! Das wird Beba nie sagen! Und mir passt das auch nicht!«

»Aber es ist entscheidend! Du kennst Tommaseo doch, oder? Der weidet sich an solchen Sexgeschichten. Das ist der richtige Köder für ihn, er beißt bestimmt an. Genau, Beba könnte sich doch noch ein paar kitzlige Details einfallen lassen ...«

»Du spinnst total!«

»Was ganz Kleines ...«

»Salvo, du bist echt krank im Hirn!«

»Wieso regst du dich denn so auf? Ich meine irgendwas Harmloses, dass sie zum Beispiel beide nackt waren und deshalb nicht ...«

»Schon gut, schon gut. Und dann?«

»Wenn Tommaseo dich dann anruft ...«

»Wieso soll er mich anrufen und nicht dich?«

»Weil ich heute Nachmittag nicht da bin. Du musst ihm sagen, dass wir eine Spur verfolgen, weil uns die Vermisstenmeldung bereits vorlag, und wir einen Blankobeschluss für eine Hausdurchsuchung brauchen.«

»Einen Blankobeschluss?!«

»Jawohl. Weil ich zwar weiß, wo diese Villa in Spigonella steht, aber nicht, wem sie gehört und ob noch jemand darin wohnt. Alles klar?«

»Vollkommen«, sagte Mimì missgelaunt.

»Ah, noch was: Tommaseo soll auch das Telefon von Gaetano Marzilla überwachen lassen. Er wohnt in Montelusa in der Via Francesco Crispi 18. Je eher sie ihn abhören, desto besser.«

»Und was hat dieser Marzilla damit zu tun?«

»Mit diesem Fall gar nichts, Mimì. Ich habe etwas Bestimmtes im Kopf, und dafür brauche ich ihn. Aber ich antworte dir mit einem Gemeinplatz, der dich sicher freut: Ich versuche, zwei Fliegen mit einer Klappe zu schlagen.«

»Aber ...«

»Mimì, hör auf, sonst nehme ich die Fliegenklappe und hau dir den ...«

»Schon gut, alles klar.«

Keine Stunde später war Fazio zurück.

»Alles erledigt. Zito bringt die Fotos und die Suchmeldung in den Vierzehn-Uhr-Nachrichten. Schönen Gruß.«

Er wollte wieder gehen.

»Warte.«

Fazio glaubte, der Commissario wolle ihm noch etwas sagen, und blieb stehen. Aber Montalbano sagte nichts. Er musterte ihn nur eindringlich. Fazio, der ihn kannte, setzte sich wieder. Der Commissario musterte ihn weiterhin. Doch Fazio wusste genau, dass er ihn gar nicht ansah: Er hielt den Blick auf ihn gerichtet, sah aber wahrscheinlich durch ihn hindurch, weil er in Gedanken sonst wo war. In der Tat fragte sich Montalbano, ob es nicht besser war, sich von Fazio helfen zu lassen. Aber wie würde Fazio die Geschichte mit dem kleinen Jungen aufnehmen, wenn er sie ihm erzählte? Würde er nicht antworten, seines Erachtens sei das alles nur Einbildung und entbehre jeder Grundlage? Aber er könnte ihm ja nur die halbe Wahrheit erzählen, dann käme er vielleicht an ein paar Informationen, ohne sich zu weit aus dem Fenster zu lehnen.

»Sag mal, Fazio, weißt du, ob es hier in der Gegend illegale Einwanderer gibt, die schwarzarbeiten?«

Fazio schien sich über die Frage nicht zu wundern.

»Das machen viele, Dottore. Aber direkt hier in der Gegend nicht.«

»Wo denn dann?«

»Wo es Gewächshäuser, Weinberge, Tomatenfelder, Orangenplantagen gibt. Im Norden werden sie in der Industrie eingesetzt, hier bei uns, wo es keine Industrie gibt, arbeiten sie in der Landwirtschaft.«

Das Gespräch war zu allgemein. Montalbano beschloss, das Terrain etwas einzugrenzen.

»In welchen Teilen unserer Provinz haben Illegale denn diese Möglichkeit?«

»Eine vollständige Liste kann ich Ihnen leider nicht liefern, Dottore. Warum interessiert Sie das?«

Diese Frage hatte er am meisten gefürchtet.
»Ach, keine Ahnung … nur so …«
Fazio stand auf, schloss die Tür und setzte sich wieder.
»Dottore«, sagte er, »hätten Sie vielleicht die Güte, mir alles zu erzählen?«
Montalbano ergab sich und berichtete haarklein alles, angefangen von dem verfluchten Abend am Hafen bis hin zur letzten Begegnung mit Marzilla.
»In Montechiaro gibt es Gewächshäuser, dort arbeiten über hundert Illegale. Vielleicht ist der Kleine von dort abgehauen. Die Stelle, an der er von dem Auto zusammengefahren wurde, ist etwa fünf Kilometer entfernt.«
»Könntest du dich vielleicht informieren?«, fragte der Commissario vorsichtig. »Aber kein Wort darüber hier im Kommissariat.«
»Ich kann's versuchen«, sagte Fazio.
»Hast du irgendeine Idee?«
»Hm … Ich könnte eventuell eine Liste der Leute zusammenstellen, die Wohnungen an die Illegalen vermieten … Wohnungen! … Von wegen Wohnungen! … Das sind Ställe, Kabuffs unter Treppen, Drecklöcher! Zu zehnt werden sie in eine fensterlose Kammer gepfercht! Schwarz und für einen Haufen Geld. Aber vielleicht kriege ich das hin. Wenn ich die Liste erst mal habe, erkundige ich mich, ob kürzlich die Frau eines Immigranten nachgekommen ist … Das wird aber nicht einfach sein, das sage ich Ihnen gleich.«
»Ich weiß. Und ich bin dir dankbar.«

Doch Fazio blieb sitzen.

»Und heute Abend?«, fragte er.

Der Commissario begriff im Nu und schaute drein wie ein Unschuldslamm.

»Was meinst du?«

»Wo soll Marzilla um halb elf diesen Mann abholen?«

Montalbano sagte es ihm.

»Und was machen Sie?«

»Ich? Was soll ich schon machen? Nichts.«

»Dottore, Sie kommen mir doch nicht auf irgendwelche Schnapsideen?«

»Aber nein, keine Sorge!«

»Na ja«, meinte Fazio und stand auf.

An der Tür blieb er stehen und wandte sich um.

»Dottore, wenn Sie wollen, ich hätte heute Abend Zeit und könnte …«

»Mensch, du nervst! Du bildest dir nur was ein!«

»Ich kenn Sie doch«, murmelte Fazio, als er die Tür öffnete und ging.

»Schalt sofort den Fernseher an!«, befahl er Enzo, als er in die Trattoria kam.

Der sah ihn erstaunt an.

»Wie bitte! Wenn Sie sonst reinkommen und der Fernseher ist an, soll er aus sein, und jetzt, wo er aus ist, soll er an sein?«

»Du kannst den Ton wegnehmen«, gestand Montalbano ihm zu.

Nicolò Zito hielt Wort. In den Nachrichten (zwei Lastzüge waren aufeinander geprallt, ein Haus war eingestürzt, ein Mann hatte einen eingeschlagenen Schädel, ohne dass man recht verstand, wie das zugegangen sein sollte, ein Auto war in Flammen aufgegangen, ein Kinderwagen auf der Straße umgekippt, eine Frau raufte sich die Haare, ein Arbeiter war vom Gerüst gestürzt, ein Typ in einer Bar erschossen worden) erschien irgendwann das Foto von Errera mit Schnauzbart. Und damit hatte Beba grünes Licht für ihren Auftritt. Allerdings war Montalbano nach all diesen Bildern der Appetit vergangen. Bevor er ins Büro zurückfuhr, machte er einen Trostspaziergang bis zum Leuchtturm.

Die Tür knallte an die Wand, der Putz bröselte herunter, Montalbano zuckte zusammen, Catarella erschien. Ritual abgespult.

»Scheiße noch mal! Irgendwann bricht noch das ganze Haus zusammen!«

»Ich bitte für Verständnis und Verzeihung, Dottori, aber wenn ich bei Ihnen vor der Tür steh, dann bin ich immer so aufgeregt und dann rutscht mir die Hand aus.«

»Aber was regt dich denn so auf?«

»Alles, was mit Ihnen was zu tun hat, Dottori.«

»Was wolltest du denn?«

»Ponzio Pilato ist da.«

»Lass ihn rein. Und keine Anrufe!«

»Auch nicht vom Signori Questori?«

»Auch nicht.«

»Auch nicht von Signorina Livia?«

»Catarè, ich bin für niemanden zu sprechen, hast du das jetzt begriffen, oder brauchst du Nachhilfe?«

»Ich hab's begriffen, Dottori.«

Vierzehn

Montalbano wollte aufstehen, um den Journalisten zu empfangen, verharrte aber erstaunt auf halber Höhe. Denn in der Tür war etwas erschienen, was er im ersten Moment für einen wandelnden Strauß Schwertlilien hielt. Doch es handelte sich um einen etwa fünfzigjährigen Mann, der von Kopf bis Fuß in Blau und Violett gekleidet war, eine Art Mops, rundes Gesicht, rundes Bäuchlein, runde Brille, rundes Grinsen. Nur der Mund war nicht rund, die Lippen waren so dick und rot, dass sie künstlich wirkten, wie gemalt. In einem Zirkus hätte er als Clown bestimmt großen Erfolg gehabt. Er sauste herein wie ein Brummkreisel und reichte Montalbano die Hand. Der musste sich, um sie zu drücken, mit dem Bauch über den Schreibtisch lehnen.

»Setzen Sie sich.«

Der Schwertlilienstrauß setzte sich. Montalbano glaubte seiner Nase nicht zu trauen: Der Mann roch sogar nach Schwertlilien. Im Stillen fluchend, machte sich der Commissario darauf gefasst, eine ganze Stunde zu verlieren. Oder auch nicht, ihm würde schon irgendeine Ausrede einfallen, um ihn wieder loszuwerden. Ja, am besten leitete er das sofort in die Wege.

»Sie müssen entschuldigen, Signor Pilato …«

»Melato.«

Dieser verfluchte Catarella!

»… Melato, aber heute ist es wirklich sehr ungünstig. Ich habe überhaupt keine Zeit für …«

Der Journalist hob sein Händchen, und der Commissario wunderte sich, dass es nicht violett, sondern rosa war.

»Ja, natürlich. Ich bin auch gleich wieder weg. Ich wollte mit einer Frage beginnen …«

»Nein, gestatten Sie, dass ich diese Frage stelle: Warum und worüber wollen Sie mit mir sprechen?«

»Nun, Commissario, neulich abends war ich unten am Kai, als zwei Patrouillenboote der Marine Leute an Land brachten … Und dort habe ich Sie gesehen.«

»Ah, darum geht es.«

»Ja. Und ich habe mich gefragt, ob jemand wie Sie, ein berühmter Ermittler, zufällig …«

Das war ein Eigentor. Wenn man Montalbano lobte, ihm ein Kompliment machte, war er auf der Hut, dann rollte er sich ein wie ein Igel und verwandelte sich in eine stachlige Kugel.

»Ja, ich war zufällig da. Wegen einer Brille.«

»Wegen einer Brille?«, fragte der andere verwundert.

Gleich darauf grinste er schlau.

»Ich verstehe. Sie wollen mich auf die falsche Fährte bringen!«

Montalbano stand auf.

»Ich habe Ihnen die Wahrheit gesagt, und Sie haben mir

nicht geglaubt. Wenn wir so weitermachen, vertun wir nur beide unsere Zeit. Auf Wiedersehen.«

Der Schwertlilienstrauß stand auf und wirkte mit einem Mal verwelkt. Sein Händchen nahm die Hand, die ihm der Commissario hinstreckte.

»Auf Wiedersehen«, hauchte er und schlich zur Tür.

Plötzlich tat er Montalbano Leid.

»Wenn Sie das Problem der Immigranten interessiert, können Sie mit einem Kollegen reden, der ...«

»Dottor Riguccio? Danke, ich habe bereits mit ihm gesprochen. Aber er sieht nur das große Problem mit den hier ankommenden Illegalen und weiter nichts.«

»Wieso? Kann man denn in so einem großen Problem noch ein kleineres sehen?«

»Man könnte.«

»Und das wäre?«

»Der Handel mit Ausländerkindern«, sagte Sozio Melato, öffnete die Tür und ging hinaus.

Ganz wie in einem Zeichentrickfilm erstarrten zwei Wörter, die der Journalist gerade gesagt hatte – Handel und Kinder –, und saßen schwarz gedruckt in der Luft, denn das Zimmer war nicht mehr da, jeder Gegenstand war von einem milchigen Licht verschluckt, nach einer Millionstel Sekunde kamen die beiden Wörter in Bewegung, verflochten sich ineinander, waren jetzt zwei miteinander ringende Schlangen, verschmolzen, verfärbten sich, wurden zu einer strahlenden Lichtkugel, und aus ihr löste sich eine Art Blitz und fuhr Montalbano zwischen die Augen.

»Madonna!«, flehte er und klammerte sich am Schreibtisch fest.

In weniger als einer Sekunde flogen alle losen Puzzleteilchen, die in seinem Kopf herumgeisterten, an den richtigen Platz und fügten sich perfekt ineinander. Dann kehrte alles in den Normalzustand zurück, jeder Gegenstand nahm wieder seine Form und seine Farbe an, doch wer nicht wieder normal wurde, war er selbst, Montalbano, denn er konnte sich nicht rühren und sein Mund weigerte sich hartnäckig aufzugehen und den Mann zurückzurufen. Schließlich schaffte es der Commissario, nach dem Telefonhörer zu greifen.

»Halt den Journalisten fest!«, befahl er Catarella mit heiserer Stimme.

Während er auf den Stuhl sank und sich den Schweiß von der Stirn wischte, brach draußen ein Spektakel los. Jemand (anscheinend Catarella) schrie:

»Stehen bleiben, Ponzio Pilato!«

Jemand anderes (anscheinend der Journalist) rief:

»Was habe ich denn getan? Lassen Sie mich los!«

Ein Dritter (eindeutig ein blöder Passant) ergriff die Gelegenheit beim Schopf:

»Nieder mit der Polizei!«

Schließlich flog krachend die Tür auf, und der Journalist, der sich widerstrebend von Catarella vorwärts schieben ließ, zuckte auf der Schwelle zusammen.

»Ich hab ihn, Dottori!«

»Was soll das? Ich verstehe nicht, warum …«

»Entschuldigen Sie, Signor Melato. Ein unerfreuliches Missverständnis, bitte kommen Sie herein.«

Und während Melato, immer noch reichlich verwirrt, näher trat, herrschte der Commissario Catarella an:

»Geh raus, und mach die Tür zu!«

Der Schwertlilienstrauß saß, zusehends welk geworden, entkräftet auf dem Stuhl, und Montalbano hätte ihn am liebsten mit ein bisschen Wasser besprüht, um ihn wieder zu beleben. Aber vielleicht ließ er ihn am besten sofort über sein Thema reden, als ob nichts geschehen wäre.

»Sie sprachen von einem gewissen Handel ...«

Heri dicebamus. Es funktionierte perfekt. Melato fiel im Traum nicht ein, eine Erklärung für die absonderliche Behandlung zu verlangen, die ihm widerfahren war. Er blühte wieder auf.

»Wissen Sie denn gar nichts, Commissario?«

»Nein, wirklich nicht. Und ich wäre Ihnen dankbar, wenn Sie ...«

»Allein letztes Jahr, und ich spreche von offiziellen Zahlen, wurden in Italien knapp fünfzehntausend Minderjährige aufgefunden, die nicht in Begleitung eines Verwandten waren.«

»Wollen Sie damit sagen, dass sie allein hergekommen sind?«

»Sollte man meinen. Von diesen Minderjährigen können wir mindestens die Hälfte beiseite lassen.«

»Warum?«

»Weil sie inzwischen volljährig sind. Gut, fast viertausend – ein hübscher Anteil, nicht wahr – kamen aus Albanien, die anderen aus Rumänien, Jugoslawien, Moldawien. Auch die eintausendfünfhundert Minderjährigen aus Marokko gehören dazu und die aus Algerien, der Türkei, dem Irak, aus Bangladesh und anderen Ländern. Ist die Situation klar?«

»Vollkommen. Alter?«

»Sofort.«

Er zog einen Zettel aus der Tasche, überflog ihn und steckte ihn wieder ein.

»200 zwischen null und sechs Jahren, 1316 zwischen sieben und vierzehn, 995 Fünfzehnjährige, 2018 Sechzehn- und 3924 Siebzehnjährige«, trug er vor.

Er sah den Commissario an und seufzte.

»Aber das sind nur die Daten, die wir kennen. Wir wissen mit Sicherheit, dass Hunderte dieser Kinder verschwinden, wenn sie erst mal im Land sind.«

»Und was wird aus ihnen?«

»Commissario, sie werden von kriminellen Banden eingeschleust. Diese Kinder sind sehr viel wert. Auch als Exportware.«

»Wofür?«

Sozio Melato schien erstaunt.

»Das fragen ausgerechnet Sie? Ein Staatsanwalt aus Triest hat kürzlich eine Unmenge abgehörter Telefongespräche erfasst, in denen vom Ein- und Verkauf von Ausländerkindern zur Organentnahme die Rede war. Es gibt sehr viele Anfragen für Transplantationen, und sie nehmen ständig zu. Andere Minderjährige werden Pädophilen zur Verfügung gestellt. Sie müssen bedenken, dass mit einem solchen Kind, das allein ist, das hier keine Verwandten und auch sonst niemanden hat, gegen sehr hohe Summen eine extreme Art von Pädophilie ausgeübt werden kann.«

»Was heißt das?«, fragte Montalbano mit trockenem Mund.

»Da bedeuten Qualen und der gewaltsame Tod des Opfers einen Lustgewinn für den Pädophilen.«

»Ah.«

»Und dann gibt es noch das organisierte Betteln. Wissen Sie, die Ausbeuter dieser Kinder, die zum Betteln gezwungen werden, sind sehr einfallsreich. Ich habe mit einem kleinen Albaner gesprochen, der geraubt worden war und von seinem Vater zurückgeholt werden konnte. Damit er hinkt, haben sie ihn am Knie schwer verletzt und die Wunde extra infiziert. So erregte er größeres Mitleid bei den Passanten. Einem anderen haben sie die Hand abgeschlagen, einem haben sie ...«

»Entschuldigen Sie mich einen Augenblick. Mir fällt gerade etwas ein, was ich vergessen hatte«, sagte der Commissario und stand auf.

Als die Tür hinter ihm zu war, rannte er los. Wie ein Hundertmeterläufer sprintete er, die Ellbogen auf Brusthöhe, mit langen, resoluten Schritten an dem völlig verdatterten Catarella vorbei. Montalbano rannte in die nahe Bar, in der gerade kein Gast war, und lehnte sich an die Theke.

»Gib mir einen dreifachen Whisky pur.«

Wortlos bediente ihn der Barmann. Der Commissario kippte den Whisky in zwei Schlucken, zahlte und ging.

Catarella stand stocksteif vor Montalbanos Büro.

»Was tust du da?«

»Dottori, ich tu den da bewachen«, antwortete Catarella und wies mit dem Kopf zur Tür. »Falls wenn der noch mal abhaut.«

»Schon gut, du kannst jetzt gehen.«

Er betrat sein Zimmer. Der Journalist hatte sich nicht vom Fleck gerührt. Montalbano setzte sich hinter den Schreibtisch. Er fühlte sich besser, jetzt hatte er die Kraft, sich weitere Horrorgeschichten anzuhören.

»Ich hatte Sie gefragt, ob sich diese Kinder allein einschiffen oder ...«

»Commissario, dahinter steckt wie gesagt eine mächtige Schlepperbande. Einige, aber das ist eine Minderheit, kommen allein her. Die anderen werden begleitet.«

»Von wem?«

»Von Leuten, die sich als ihre Eltern ausgeben.«

»Komplizen?«

»Na ja, so direkt möchte ich das nicht sagen. Wissen Sie, ein Platz auf dem Boot kostet sehr viel. Die Flüchtlinge bringen enorme Opfer für die Überfahrt. Nun kann dieser Preis halbiert werden, wenn man neben den eigenen Kindern einen Minderjährigen mitnimmt, der nicht zur Familie gehört. Aber außer solchen gewissermaßen zufälligen Begleitern gibt es noch Begleitpersonen, die das regelmäßig und aus Profitgier machen. Diese Leute sind fest in die breit angelegte Schleuserorganisation eingebunden. Und nicht alle Minderjährigen werden zusammen mit einer Flüchtlingsgruppe eingeschleust. Es gibt andere Wege. Ein Beispiel. Vor ein paar Monaten legt in Ancona die Fähre aus Durazzo an, die Waren und Personen transportiert. Giulietta Petalli, eine Albanerin Anfang dreißig, geht von Bord. Ihrer regulären Aufenthaltsgenehmigung beigefügt ist das Foto eines Kindes, ihres Sohnes, den sie an der Hand hält. Die Signora fährt nach Pescara, wo sie arbeitet, aber sie ist allein, das Kind ist verschwunden. Ich mache es kurz: Die Kripo Pescara hat festgestellt, dass die liebe Giulietta, ihr Mann und ein Komplize sechsundfünfzig Kinder nach Italien geschleust haben. Alle im Nichts verschwunden. Was haben Sie, Commissario, ist Ihnen nicht gut?«

Ein Flashback. Mit verkrampftem Magen sah Montalbano ganz kurz sich selbst, als er den kleinen Jungen an seiner Hand der Frau übergab, die er für die Mutter hielt ... Diesen Blick, diese großen Augen würde er sein Lebtag nicht vergessen.

»Warum?«, fragte er gespielt gleichgültig.

»Sie sind blass geworden.«

»Das kommt ab und zu vor, es ist der Kreislauf, keine Sorge. Aber sagen Sie eines: Was tun Sie hier bei uns, wenn dieser schmutzige Handel in der Adria stattfindet?«

»Ganz einfach. Die Sklavenhändler waren aus irgendeinem Grund gezwungen, den Kurs zu ändern. Die jahrelang befahrene Route ist mittlerweile zu bekannt, die Schraube wurde fester angezogen, die Boote können jetzt viel leichter aufgebracht werden. Vergessen Sie nicht, dass bereits letztes Jahr wie gesagt tausenddreihundertachtundfünfzig Minderjährige aus Marokko hier ankamen. Es ging also darum, die bereits existierenden Routen im südlichen Mittelmeer zu erweitern. Und das geschieht, seit der Tunesier Baddar Gafsa der unangefochtene Chef der Organisation ist.«

»Entschuldigung, ich habe nicht verstanden. Wie sagten Sie?«

»Baddar Gafsa, ein Typ wie aus einem Roman, glauben Sie mir. Man nennt ihn den Narbigen, stellen Sie sich vor. Etwas vornehmer könnte man ihn als echtes Herz der Finsternis bezeichnen. Ein Hüne, der sich mit Vorliebe mit Ringen, Ketten und Armbändern behängt und immer Lederjacken trägt. Mit etwas über dreißig befiehlt er ein regelrechtes Mörderheer, das von seinen drei Statthaltern Samir, Jamil und Ouled angeführt wird, und eine Fischereiflotte, mit der er natürlich nicht fischt und die in den Buchten vor Cap Bon versteckt liegt. Das Kommando haben Ghamun und Ridha, zwei erfahrene Kapitäne, die die Straße von Sizilien wie ihre Westentasche kennen. Nach Baddar Gafsa wird schon lange gefahndet. In seinen Geheimverstecken sollen die Leichen von Feinden, die er ermordet hat, zu Dutzenden ausgestellt sein. Gafsa stellt sie eine Zeit lang zur Schau, um mögliche Verräter abzuschrecken und zugleich seine Unbesiegbarkeit zu zelebrieren. Jagdtrophäen, verstehen Sie? Er reist auch viel, um Streitfragen zwischen seinen Mitarbeitern auf seine Art zu lösen oder Leute, die seine Befehle nicht ausführen, exemplarisch zu bestrafen. Auf diese Weise sammeln sich die Trophäen an.«

Montalbano kam es vor, als ob Melato ihm einen allzu phantastischen Abenteuerfilm erzählte, von der Sorte, die man früher als typisch amerikanisch bezeichnete.

»Aber woher wissen Sie das alles? Sie scheinen ja gut informiert zu sein.«

»Bevor ich nach Vigàta kam, bin ich fast einen Monat durch Tunesien gereist, von Sfax bis Sousse und hinauf bis El Haouaria. Ich hatte mir die richtigen Kontakte verschafft. Und ich habe genug Erfahrung, um Großstadtlegenden von der Wahrheit zu unterscheiden.«

»Aber Sie haben mir immer noch nicht erklärt, wie Sie ausgerechnet auf Vigàta gekommen sind. Sind Sie in Tunesien auf etwas gestoßen, was Sie zu uns geführt hat?«

Sozio Melatos großer Mund vervierfachte sich in einem Grinsen.

»Sie sind wirklich so intelligent, wie man Sie mir beschrieben hat, Commissario. Ich fand heraus – wie, erkläre ich jetzt nicht, weil es zu kompliziert wäre, aber ich versichere Ihnen, dass die Quelle absolut zuverlässig ist –, dass Baddar Gafsa auf dem Rückweg von Vigàta auf Lampedusa gesehen wurde.«

»Wann?«

»Vor etwas über zwei Monaten.«

»Hat man Ihnen auch gesagt, was er hier wollte?«

»Man hat es mir angedeutet. Vor allem sollten Sie wissen, dass Gafsa hier einen großen Verteilerstützpunkt betreibt.«

»In Vigàta?«

»Oder Umgebung.«

»Was bedeutet Verteilerstützpunkt?«

»Eine Sammelstelle für bestimmte Illegale, die viel wert sind, oder wichtige ...«

»Was?«

»Minderjährige eben, oder Terroristen oder einzuschleusende Informanten oder für unerwünscht erklärte Personen. Er behält sie dort, bevor er sie an ihren endgültigen Bestimmungsort schickt.«

»Ich verstehe.«

»Bevor Gafsa Chef der Organisation wurde, hat diesen Verteilerstützpunkt ein Italiener kontrolliert. Der Tunesier hat ihm die Leitung des Stützpunkts eine Zeit lang überlassen, bis der Italiener die Fäden selbst in die Hand genommen hat. Daraufhin ist Gafsa gekommen und hat ihn umgebracht.«

»Wissen Sie, durch wen er ihn ersetzt hat?«

»Wie es aussieht, durch niemanden.«

»Dann ist der Stützpunkt also aufgelöst?«

»Ganz im Gegenteil. Sagen wir, es gibt keinen ständigen Vertreter, dafür aber Bereichsverantwortliche, die zu gegebener Zeit von der bevorstehenden Ankunft eines Bootes verständigt werden. Wenn eine größere Aktion ansteht, wird Jamil Zarzis, einer der drei Statthalter, persönlich aktiv. Er ist ständig zwischen Sizilien und der Lagune von

Korba in Tunesien unterwegs, wo Gafsa sein Hauptquartier hat.«

»Sie haben viele Tunesier namentlich genannt, aber den Namen des von Gafsa ermordeten Italieners haben Sie nicht erwähnt.«

»Ich weiß ihn nicht, ich konnte ihn nicht feststellen. Ich weiß aber, wie ihn Gafsas Leute nannten. Ein Spitzname ohne jede Bedeutung.«

»Nämlich?«

»Der Tote. So nannten sie ihn zu Lebzeiten. Ist das nicht absurd?«

Absurd?! Montalbano sprang auf, warf den Kopf nach hinten und wieherte. Er wieherte ziemlich laut, ganz wie ein Pferd, dem etwas auf die Nerven geht. Bloß dass dem Commissario nichts auf die Nerven ging, im Gegenteil. Jetzt war ihm alles klar, die Parallelen liefen endlich in einem Punkt zusammen. Der Schwertlilienstrauß war derweil erschrocken vom Stuhl gerutscht und auf dem Weg zur Tür. Montalbano lief zu ihm und beschwichtigte ihn.

»Wo wollen Sie hin?«

»Ich hole jemanden, Ihnen geht es nicht gut«, stammelten die Schwertlilien.

Der Commissario grinste breit und beruhigend.

»Aber nein, es ist nichts, das sind nur kleine Beschwerden wie die Blässe vorhin ... Das habe ich schon lange, es ist nicht schlimm.«

»Können wir vielleicht die Tür aufmachen? Ich brauche frische Luft.«

Das war ein Vorwand, der Journalist wollte sich nur einen Fluchtweg freihalten.

»Na gut.«

Sozio Melato setzte sich wieder hin, nicht mehr ganz so skeptisch. Aber nervös war er immer noch. Er hatte sich auf die Stuhlkante gesetzt, um jederzeit Reißaus nehmen zu können. Wahrscheinlich fragte er sich, ob dies das Kommissariat von Vigàta oder das letzte übrig gebliebene Irrenhaus der Provinz war. Und am meisten beunruhigte ihn vielleicht das liebenswürdige Lächeln, mit dem Montalbano ihn bedachte. Der Commissario empfand nämlich tiefe Dankbarkeit für diesen Mann, der wie ein Clown wirkte, aber keiner war. Wie konnte er sich revanchieren?

»Signor Melato, Sie sind ja viel unterwegs, aber eines habe ich nicht ganz verstanden. Sind Sie extra nach Vigàta gekommen, um mit mir zu sprechen?«

»Ja. Nur muss ich leider sofort zurück nach Triest. Mamma geht es nicht gut, und sie vermisst mich. Wir … wir hängen sehr aneinander.«

»Könnten Sie noch zwei, höchstens drei Tage bleiben?«

»Warum?«

»Ich glaube, ich kann Ihnen interessante Informationen aus erster Hand geben.«

Sozio Melato sah ihn lange an, seine Äuglein waren fast hinter den halb geschlossenen Lidern verschwunden. Dann gab er sich einen Ruck.

»Sie sagten zu Beginn unseres Gesprächs, Sie wüssten nichts von dieser Geschichte.«

»Das stimmt auch.«

»Aber wenn Sie nichts wussten, wie können Sie dann behaupten, mir innerhalb kürzester Zeit …«

»Das war nicht gelogen, glauben Sie mir. Sie haben von Dingen berichtet, von denen ich bisher nichts wusste, aber ich habe das Gefühl, dass dadurch bestimmte Ermittlungen, mit denen ich derzeit befasst bin, in die richtige Bahn gelangen.«

»Nun gut … Ich wohne im Regina di Montelusa. Zwei Tage kann ich vielleicht doch noch bleiben.«

»Sehr gut. Könnten Sie mir diesen Statthalter von Gafsa beschreiben, der oft hier ist … Wie heißt er noch mal?«

»Jamil Zarzis. Er ist um die vierzig, klein, untersetzt … so hat man es mir zumindest gesagt … Ach ja, er hat fast keine Zähne mehr.«

»Hoffentlich hat er sich inzwischen nicht von einem Zahnarzt bequatschen lassen, sonst sind wir aufgeschmissen«, meinte der Commissario.

Sozio Melato breitete die Ärmchen aus, zum Zeichen, dass er weiter nichts über Jamil Zarzis wusste.

»Sie sagten doch, dass Gafsa seine Gegner persönlich ausschaltet. Stimmt das?«

»Das stimmt.«

»Eine Garbe aus der Kalaschnikow und das war's, oder …?«

»Nein, er ist ein Sadist. Ihm fällt immer was Neues ein. Ich habe gehört, dass er einen mit dem Kopf nach unten hat hängen lassen, bis er tot war, einen anderen hat er buchstäblich gegrillt, einen Dritten an Hand- und Fußgelenken mit einem Draht gefesselt und dann in der Lagune absaufen lassen, einen Vierten …«

Der Commissario stand auf, und Sozio Melato verstummte besorgt.

»Was ist?«, fragte er und war kurz davor, aufzuspringen und sich aus dem Staub zu machen.

»Sie gestatten, dass ich noch mal wiehere?«, fragte Montalbano ausgesucht höflich.

Fünfzehn

»Was ist denn das für ein Typ?«, fragte Mimì und blickte Sozio Melato nach, der durch den Flur hinausging.

»Ein Engel«, antwortete Montalbano.

»Quatsch! In solchen Klamotten?«

»Warum? Müssen Engel deiner Meinung nach immer so angezogen sein wie bei Melozzo da Forlì? Kennst du diesen Film von Frank Capra ... wie heißt der noch mal ... warte ...«

»Vergiss es«, sagte Mimì, sichtlich genervt. »Tommaseo hat angerufen, ich habe gesagt, dass wir uns um die Angelegenheit kümmern würden, aber er genehmigt die Durchsuchung der Villa nicht, und Marzillas Telefon will er auch nicht überwachen lassen. Die ganze Show, die du organisiert hast, war also für die Katz.«

»Egal, wir machen das allein. Wieso bist du eigentlich so schlecht gelaunt?«

»Dreimal darfst du raten«, fuhr Augello ihn an. »Weil ich das Gespräch zwischen Beba und Staatsanwalt Tommaseo mitgehört habe, und die Fragen, die diese Sau ihr gestellt hat. Ich habe mein Ohr an Bebas Ohr gehalten. Als sie fertig war mit Erzählen, fragte er: ›Waren Sie allein im Auto?‹

Und Beba, ein bisschen verlegen: ›Nein, mit meinem Freund.‹ Und er: ›Was haben Sie gemacht?‹ Und Beba tut noch verlegener: ›Na ja, wissen Sie …‹ Und das Schwein: ›Waren Sie intim?‹ Beba mit dünner Stimme: ›Ja …‹ Und er: ›Geschlechtsverkehr vollzogen?‹ Da zögert Beba einen Augenblick, und der Saukerl erklärt ihr, dass er diese Angaben braucht, um sich ein klares Bild von der Situation zu machen. Da ist der Gaul mit ihr durchgegangen. Sie ist richtig auf den Geschmack gekommen. Wenn du wüsstest, was sie alles an Details gebracht hat! Und je mehr sie sagte, umso wilder ist diese Sau geworden! Er wollte, dass Beba persönlich in die Staatsanwaltschaft kommt! Er wollte wissen, wie sie heißt und wie sie aussieht. Um es kurz zu machen – als sie aufgelegt hat, haben wir uns in die Wolle gekriegt. Ich möchte nur mal wissen, wo sie so bestimmte Sachen herhat!«

»Komm, Mimì, sei doch nicht kindisch! Sag bloß, du bist eifersüchtig!«

Mimì sah ihn lange an.

»Ja«, sagte er.

Und ging.

»Schick Catarella rein!«, brüllte ihm der Commissario hinterher.

Catarella erschien augenblicklich. »Jawohl, Dottori!«

»Ich meine mich zu erinnern, dass du öfters deinen Bruder besuchst, der bei Capo Russello wohnt.«

»Jawohl, Dottori. In der Contrata Lampisa.«

»Gut. Kannst du mir erklären, wie man da hinkommt?«

»Dottori, das muss ich Ihnen nicht erklären können, ich komm persönlich selber mit!«

»Danke, aber diese Angelegenheit muss ich allein erledigen, sei mir nicht böse. Erklärst du's mir jetzt?«

»Jawohl. Sie fahren auf der Straße nach Montereale und fahren immer da entlang. Sie fahren so ungefähr drei Kilometer, und dann ist da auf der linken Seite ein Pfeil, da steht Capo Russello drauf.«

»Und dort biege ich ab?«

»Nein. Sie fahren weiter. Wieder links sehen Sie wieder einen Pfeil, da steht Punta rossa drauf.«

»Und da biege ich ab?«

»Nein. Sie fahren weiter. Dann kommt ein Pfeil, wo Lampisa draufsteht. Da biegen Sie ab.«

»Gut, danke.«

»Dottori, der Pfeil, wo Lampisa draufsteht, da steht nur so Lampisa drauf. Sie kommen nie im Leben nach Lampisa, wenn Sie nur dem Pfeil nachfahren.«

»Wie dann?«

»Wenn Sie auf der Straße nach Lampisa sind, dann fahren Sie noch fünfhundert Meter, und dann wären Sie rechts vor einem großen Eisentor, was da mal war und jetzt nicht mehr da ist.«

»Und wie soll ich ein Tor sehen, das es gar nicht gibt?«

»Ganz einfach, Dottori. Weil da, wo das Tor war, fangen zwei Reihen mit Eichen an. Das hat mal dem Barone Vella gehört, jetzt gehört's niemand mehr. Wenn Sie ganz am Ende von der Allee ankommen, wo die verfallene Villa vom

Barone Vella ist, dann fahren Sie ganz nah an der letzten Eiche nach links. Und dann noch mal knapp dreihundert Meter, und dann sind Sie in der Contrata Lampisa.«

»Ist das die einzige Möglichkeit hinzukommen?«

»Kommt drauf an.«

»Worauf denn?«

»Ob Sie zu Fuß oder mit dem Auto hingehen.«

»Mit dem Auto.«

»Dann geht's nur so, Dottori.«

»Wie weit ist das Meer entfernt?«

»Keine hundert Meter, Dottori.«

Essen oder nicht essen? Das war das Problem: War es klüger, den hinterhältig stechenden Hunger zu ertragen oder sich bei Enzo einfach den Bauch voll zu schlagen? Das shakespearesche Dilemma stellte sich ihm, als er bei einem Blick auf die Uhr feststellte, dass es fast acht war. Wenn er dem Hunger nachgab, konnte er dem Essen nur ein knappes Stündchen widmen: In dem Fall musste er seine Kaubewegungen mit einem Rhythmus à la Chaplin in *Moderne Zeiten* erledigen. Allerdings war eines klar, nämlich dass hastig essen nichts mit essen zu tun hatte, höchstens mit Nahrungsaufnahme. Ein grundlegender Unterschied, denn er verspürte kein Bedürfnis, sich wie ein Tier oder ein Baum zu ernähren. Er hatte Lust, zu essen und dabei Bissen für Bissen zu genießen und alle Zeit der Welt zu haben. Nein, das war nichts. Um nicht in Versuchung zu geraten, öffnete er zu Hause weder Ofen noch Kühlschrank. Er zog sich aus und stellte sich unter die Dusche. Anschließend zog er Jeans und ein kanadisches Bärenjägerhemd an. Er wusste nicht, was auf ihn zukam, und war unsicher: Waffe mitnehmen oder nicht mitnehmen? Vielleicht sollte er die Pistole doch besser dabeihaben. Er wählte eine braune Lederjacke mit ziemlich großer Innentasche und schlüpfte hinein. Montalbano wollte nicht, dass Ingrid sich Sorgen machte, wenn sie die Waffe sah, also steckte er sie lieber gleich ein. Er ging zum Auto, öffnete das Handschuhfach, holte die Pistole heraus, schob sie in die Jackentasche und beugte sich vor, um das Handschuhfach wieder zu schließen, die Waffe rutschte aus der Tasche und fiel auf den Boden, Montalbano fluchte, kniete sich hin, weil die Pistole unterm Sitz gelandet war, fischte sie heraus, warf die Tür zu und ging zurück ins Haus. Die Jacke war zu warm, er zog sie aus und legte sie auf den kleinen Tisch im Esszimmer. Er fand, dass ihm ein Anruf bei Livia gut tun würde. Er nahm den Hörer ab, wählte, und beim ersten Klingelton schellte es an der Tür. Öffnen oder nicht öffnen? Er legte wieder auf und ging an die Tür. Es war Ingrid, ein bisschen zu früh. Und noch schöner als sonst, falls das überhaupt möglich war. Sie küssen oder nicht küssen? Ingrid löste das Dilemma mit einem Kuss.

»Wie geht's?«

»Ich fühle mich ein bisschen hamletisch.«

»Wie bitte?«

»Vergiss es. Bist du mit dem Auto deines Mannes gekommen?«

»Ja.«

»Was ist es für eins?«
Rein rhetorische Frage: Montalbano hatte keinen blassen Schimmer von Automarken. Und von Motoren auch nicht.
»Ein BMW 320.«
»Welche Farbe?«
Diese Antwort dagegen war ihm wichtig: Ingrids saublödem Mann war es zuzutrauen, dass er sich die Karosserie mit rot-grün-gelben Streifen und blauen Punkten hatte bepinseln lassen.
»Dunkelgrau.«
Gott sei Dank: Sie hatten eine gewisse Chance, nicht sofort entdeckt und abgeknallt zu werden.
»Hast du schon gegessen?«, fragte Ingrid.
»Nein. Und du?«
»Auch nicht. Wenn nachher noch Zeit ist, könnten wir … Apropos, was müssen wir eigentlich machen?«
»Das erklär ich dir unterwegs.«
Das Telefon klingelte. Es war Marzilla.
»Commissario, der Wagen, den sie mir hingestellt haben, ist ein Jaguar. Ich gehe in fünf Minuten aus dem Haus«, teilte er mit zitternder Stimme mit.
Und legte auf.
»Von mir aus können wir jetzt fahren«, sagte Montalbano. Lässig schnappte er sich die Jacke und merkte gar nicht, dass er sie am falschen Ende erwischt hatte. Natürlich rutschte die Pistole aus der Tasche und landete auf dem Boden. Erschrocken wich Ingrid einen Schritt zurück.
»Hast du ernsthafte Absichten?«, fragte sie.

Sie folgten Catarellas Wegbeschreibung und verfuhren sich kein einziges Mal. Eine halbe Stunde, nachdem sie in Marinella losgefahren waren – in dieser halben Stunde konnte Montalbano Ingrid alles erklären –, erreichten sie die Eichenallee, an deren Ende im Scheinwerferlicht die Ruine eines großen Landhauses auftauchte.

»Jetzt geradeaus, fahr nicht den Weg weiter und bieg nicht links ab. Wir verstecken das Auto hinter der Villa.«

Ingrid tat, was Montalbano sagte. Hinter der Villa erstreckte sich das offene Land. Ingrid schaltete das Licht ab, und sie stiegen aus. Der Mond schien taghell, und es war beängstigend still, nicht einmal ein Hund bellte.

»Und jetzt?«, fragte Ingrid.

»Wir lassen das Auto hier stehen und gehen an eine Stelle, von wo aus man die Allee überblickt. Da können wir sehen, welche Autos vorbeifahren.«

»Was für Autos denn?«, fragte Ingrid, »hier kommt doch nicht mal eine Grille vorbei.«

Sie gingen los.

»Wir können es ja wie im Film machen«, sagte Ingrid.

»Und wie geht das?«

»Komm, Salvo, das weißt du doch! Wenn zwei Polizisten, Männlein und Weiblein, auf der Lauer liegen, spielen sie Liebespaar. Sie umarmen und küssen sich und observieren dabei.«

Jetzt waren sie an der Ruine angekommen, etwa dreißig Meter von der Eiche entfernt, wo der Weg nach Lampisa abzweigte. Sie setzten sich auf einen Mauerrest, und

Montalbano steckte sich eine Zigarette an. Aber er kam nicht dazu, sie fertig zu rauchen. Ein Auto war in die Allee eingebogen und fuhr langsam weiter, vielleicht kannte der Fahrer den Weg nicht. Plötzlich sprang Ingrid auf, packte Montalbano an der Hand, zog ihn hoch und umarmte ihn stürmisch. Das Auto näherte sich im Schneckentempo. Montalbano kam sich vor, als säße er in einem Aprikosenbaum, der Duft machte ihn ganz benommen und brachte in Wallung, was es in Wallung zu bringen gab. Ingrid hielt ihn ganz fest. Irgendwann flüsterte sie ihm ins Ohr:

»Da rührt sich ja was.«

»Wo?«, fragte Montalbano, das Kinn an ihren Hals gelegt, die Nase in ihrem Haar vergraben.

»Zwischen uns, bisschen weiter unten«, sagte Ingrid.

Montalbano wurde rot und versuchte, sein Becken zurückzuziehen, aber Ingrid schmiegte sich an ihn.

»Sei doch nicht blöd.«

Ganz kurz wurden sie von den Scheinwerfern des Wagens erfasst, dann bogen die Lichter an der letzten Eiche links ab und verschwanden.

»Das war dein Jaguar«, sagte Ingrid.

Montalbano dankte dem Herrgott, dass Marzilla rechtzeitig gekommen war. Er hätte keine Minute länger ausgehalten. Schwer atmend löste er sich von Ingrid.

Es war keine Verfolgung, weil Marzilla und die beiden anderen, die in dem Jaguar saßen, sich anscheinend nicht verfolgt fühlten. Ingrid war eine exzellente Fahrerin und fuhr bis zur Überlandstraße Richtung Vigàta ohne Licht, der Mond schien hell genug. Erst dann schaltete sie die Scheinwerfer wieder ein, weil der Wagen im Verkehr nicht weiter auffiel. Marzilla fuhr zügig, nicht sehr schnell, was die Observation erleichterte. Sie folgten ihm praktisch auf dem Fuße, wenn auch motorisierterweise. Der Jaguar bog in die Straße nach Montelusa ein.

»Ich komme mir vor wie auf einem langweiligen Spaziergang«, sagte Ingrid.

Montalbano gab keine Antwort.

Ingrid ließ nicht locker. »Wozu hast du die Pistole mitgenommen? Du wirst sie kaum brauchen.«

»Bist du enttäuscht?«

»Ja, ich hatte mir etwas Aufregenderes erhofft.«

»Keine Sorge, ist ja nicht gesagt, dass nicht noch was passiert.«

Hinter Montelusa bog der Jaguar nach Montechiaro ab.

Ingrid gähnte.

»Uff. Vielleicht sollte ich denen zeigen, dass wir ihnen folgen.«

»Wozu denn?«

»Um ein bisschen Schwung in die Sache zu bringen.«

»Mach bloß keinen Scheiß!«

Der Jaguar fuhr an Montechiaro vorbei und weiter Richtung Küste.

»Fahr du ein bisschen«, sagte Ingrid. »Ich hab keine Lust mehr.«

»Nein.«

»Warum nicht?«

»Vor allem weil auf der Straße bald keine anderen Autos mehr sind und du dann die Scheinwerfer wieder ausschalten musst, damit wir nicht auffallen. Und ich kann nicht im Mondlicht fahren.«

»Und zweitens?«

»Zweitens kennst du die Strecke, vor allem nachts, viel besser als ich.«

Ingrid sah ihn kurz an.

»Weißt du denn, wo sie hinfahren?«

»Ja.«

»Wohin?«

»Zur Villa deines Exfreundes Ninì Lococo, wie er sich nannte.«

Der BMW geriet ins Schleudern und kam beinahe von der Straße ab, aber Ingrid hatte den Wagen sofort wieder im Griff. Sie sagte nichts. In Spigonella nahm sie nicht die Straße, die der Commissario kannte, sondern bog rechts ab.

»Das ist …«

»Ich weiß«, sagte Ingrid. »Aber hier können wir nicht hinter dem Jaguar herfahren. Es gibt nur einen Weg, der zu der kleinen Landzunge und damit zum Haus führt. Sie würden uns sicher entdecken.«

»Und jetzt?«

»Ich bringe dich zu einer Stelle, von der aus man die Villa von vorn sehen kann. Außerdem kommen wir kurz vor ihnen an.«

Ingrid hielt direkt am Rand des Steilhangs, hinter einer Art Bungalow im maurischen Stil.
»Komm, wir steigen aus. Hier sehen sie unseren Wagen nicht, aber wir können sie genau beobachten.«
Sie gingen um den Bungalow herum. Linker Hand war deutlich die Landzunge mit dem Privatweg zu erkennen, der zur Villa führte. Keine Minute später kam der Jaguar und hielt vor der geschlossenen Einfahrt. Sie hörten zwei kurze und einen längeren Hupton. Daraufhin öffnete sich die Tür im Erdgeschoss, und im Gegenlicht waren die Umrisse eines Mannes zu erkennen, der ans Tor ging und aufmachte. Der Jaguar fuhr hinein, der Mann ließ das Tor offen stehen und kehrte ins Haus zurück.
»Komm, wir gehen«, sagte Montalbano. »Hier gibt's nichts mehr zu sehen.«
Sie setzten sich wieder ins Auto.
»Lass den Motor an«, sagte der Commissario, »wir fahren ohne Licht zu dem ... Erinnerst du dich an das zweistöckige weißrote Haus am Anfang von Spigonella?«
»Ja.«
»Dort postieren wir uns. Auf dem Weg nach Montechiaro muss er an uns vorbei.«
»Wer denn?«
»Der Jaguar.«
Ingrid kam gerade an dem kleinen weißroten Landhaus an, als der Jaguar auch schon daherraste und schlingernd weiterfuhr.
Marzilla wollte sichtlich die größtmögliche Distanz zwi-

schen sich und die Männer legen, die er hergebracht hatte.
»Was soll ich machen?«, fragte Ingrid.
»Hier wird sich weisen deines Wesens Adel«, sagte Montalbano.
»Was? Sag das noch mal.«
»Fahr ihm hinterher. Drück auf die Hupe, blende auf, häng dich an das Auto dran, tu, als wolltest du es rammen. Du musst den Fahrer in Angst und Schrecken versetzen.«
»Lass mich nur machen«, sagte Ingrid.
Eine Weile fuhr sie ohne Licht und mit Sicherheitsabstand, dann drückte sie, sobald der Jaguar hinter einer Kurve verschwunden war, aufs Gas, schaltete sämtliche verfügbaren Scheinwerfer ein, nahm die Kurve und fing an, wie wild zu hupen.
Beim Anblick dieses daherrasenden Torpedos musste Marzilla angst und bange geworden sein.
Erst fuhr er zickzack, dann wich er aus und hielt sich dicht am rechten Straßenrand, weil er wohl glaubte, das andere Auto wolle ihn überholen. Aber Ingrid überholte nicht. Sie klebte fast an dem Jaguar, blendete dauernd auf und hupte in einem fort. Verzweifelt beschleunigte Marzilla, aber er konnte auf dem Weg nicht allzu schnell fahren. Ingrid ließ nicht von ihm ab, ihr BMW war wie ein tollwütiger Hund.
»Und jetzt?«
»Sobald es geht, überholst du ihn, dann wendest du scharf und bleibst mit aufgeblendetem Licht mitten auf der Straße stehen.«

»Das kann ich auch gleich machen. Schnall dich an.«

Der BMW machte einen Satz, scherte aus, überholte, fuhr weiter, stoppte, schleuderte und drehte sich, die Schleuderbewegung ausnutzend, halb um sich selbst. In wenigen Metern Entfernung blieb, von den Scheinwerfern voll erfasst, auch der Jaguar stehen. Montalbano zog die Pistole, streckte den Arm aus dem Fenster und schoss in die Luft.

»Mach das Licht aus, und komm mit erhobenen Händen raus!«, schrie er und öffnete dabei halb die Tür.

Die Scheinwerfer des Jaguars erloschen, und Marzilla stieg mit erhobenen Händen aus. Montalbano rührte sich nicht. Marzilla schwankte wie ein Baum im Wind.

»Der pisst sich in die Hose«, stellte Ingrid fest.

Montalbano blieb regungslos sitzen. Dicke Tränen rannen Marzilla langsam über das Gesicht. Dann schlurfte er einen Schritt nach vorn.

»Bitte nicht!«

Montalbano gab keine Antwort.

»Bitte nicht, Don Pepè! Was wollen Sie von mir? Ich hab doch getan, was Sie wollten!«

Und Montalbano rührte sich immer noch nicht! Marzilla fiel auf die Knie, die Hände zum Gebet zusammengelegt.

»Töten Sie mich nicht! Töten Sie mich nicht, Signor Aguglia!«

Der Wucherer, der Marzilla telefonisch Befehle erteilte, war also Don Pepè Aguglia, ein bekannter Bauunternehmer. Es war keine Telefonüberwachung nötig gewesen, um das herauszubekommen. Jetzt kauerte Marzilla auf dem Boden, die Stirn auf der Erde, die Hände auf den Kopf gelegt. Da stieg Montalbano endlich aus dem Auto, ganz langsam. Marzilla hörte ihn näher kommen und kauerte sich schluchzend noch mehr zusammen.

»Schau mich an, du Arschloch.«

»Nein, nein!«

»Schau mich an!«, wiederholte Montalbano und versetzte ihm einen Tritt in die Rippen, dass Marzilla erst hochgehoben wurde und dann rücklings auf den Boden fiel. Aber er hielt immer noch verzweifelt die Augen geschlossen.

»Ich bin Montalbano. Schau mich an!«

Es dauerte eine Weile, bis Marzilla begriff, dass nicht Don Pepè Aguglia, sondern der Commissario vor ihm stand. Er stützte sich mit einer Hand am Boden ab und richtete sich halb auf. Er musste sich auf die Zunge gebissen haben, denn aus seinem Mund tropfte Blut. Er stank. Er hatte nicht nur in die Hose gepinkelt, sondern auch geschissen.

»Ah ... Sie? Warum haben Sie mich verfolgt?«, fragte Marzilla erstaunt.

»Ich?!«, rief Montalbano treuherzig wie ein Unschuldslamm. »Das war ein Missverständnis. Ich wollte, dass du stehen bleibst, aber du bist immer schneller gefahren! Und da dachte ich, du führst was im Schilde.«

»Was ... was wollen Sie von mir?«

»Wie haben die beiden, die du zu der Villa gefahren hast, geredet?«

»Arabisch, glaube ich.«

»Wer hat dir gesagt, wie du fahren sollst und wo du hinmusst?«

»Immer nur einer.«

»Hast du den Eindruck gehabt, dass er schon mal hier in der Gegend war?«

»Ja.«

»Kannst du die beiden beschreiben?«

»Bloß den, der geredet hat. Er hatte keinen einzigen Zahn.«

Jamil Zarzis, Gafsas Statthalter, war also eingetroffen.

»Hast du ein Handy?«

»Ja. Im Auto, auf dem Sitz.«

»Hat dich jemand angerufen oder hast du jemanden angerufen, nachdem du die beiden abgesetzt hast?«

»Nein.«

Montalbano ging zu dem Jaguar, holte das Handy und steckte es ein. Marzilla sagte keinen Ton.

»Steig ein und fahr nach Hause.«

Marzilla versuchte aufzustehen, schaffte es aber nicht.

»Ich helfe dir«, sagte der Commissario.

Montalbano packte ihn an den Haaren und riss ihn hoch, und der Mann schrie auf vor Schmerz. Mit einem groben Stoß in die Nieren beförderte Montalbano ihn in den Jaguar. Marzilla brauchte gute fünf Minuten, bis er losfahren konnte, so sehr zitterten seine Hände. Montalbano wartete, bis die roten Lichter verschwanden, und setzte sich dann wieder neben Ingrid.

»Ich wusste gar nicht, dass du so …«, sagte sie.

»Was?«

»Ich weiß nicht, wie ich das sagen soll. So … so gemein sein kannst.«

»Ich auch nicht«, sagte Montalbano.

»Was hat er denn getan?«

»Er hat … einem Kind eine Spritze gegeben, das keine wollte.« Besser konnte er es nicht ausdrücken.

Ingrid sah ihn entgeistert an.

»Und du rächst dich an ihm für die Angst, die du als Kind vor Spritzen hattest?«

Psychoanalyse war schön und gut, aber Ingrid konnte ja nicht wissen, dass er, wenn er Marzilla misshandelte, in Wirklichkeit sich selbst misshandeln wollte.

»Komm, fahr los«, sagte der Commissario. »Bring mich nach Marinella. Ich bin müde.«

Sechzehn

Das war geschwindelt, er war gar nicht müde, sondern brannte darauf, sein Vorhaben in die Wege zu leiten. Doch er musste Ingrid so bald wie möglich loswerden, er durfte keine Minute verlieren. Er verabschiedete sich von ihr, ohne seine Eile zu verbergen, bedankte sich vielmals, küsste sie und versprach, dass sie sich am kommenden Samstag sehen würden. Kaum war er allein, schien sich der Commissario in den Hauptdarsteller einer Filmkomödie im Zeitraffer zu verwandeln, wie ein Blitz rannte er kreuz und quer durch die Zimmer und suchte verzweifelt nach dem blöden Neoprenanzug, den er das letzte Mal angehabt hatte, als er nach dem Auto von Ragioniere Gargano tauchen musste, was mindestens zwei Jahre her war. Er kehrte das Unterste zuoberst und fand den Anzug endlich in einer Schublade im Schrank, ordentlich in Plastik verpackt. Aber erst richtig wild machte ihn die Suche nach seinem Pistolenholster, das praktisch nie zum Einsatz kam und doch irgendwo sein musste. Im Schuhschrank im Bad, unter den Pantoffeln, die er noch nie im Leben getragen hatte, wurde er schließlich fündig. Auf die sinnige Idee, das Holster da zu verstauen, musste Adelina gekommen sein. Jetzt machte das Haus den Eindruck, als wäre es von einer Horde betrunkener Landsknechte durchsucht worden. Am folgenden Morgen begegnete er seiner Haushälterin besser nicht, sie war bestimmt sauer, wenn sie alles wieder aufräumen musste.

Montalbano kleidete sich aus, schlüpfte in den Neoprenanzug, fädelte die Holsterlasche durch die Gürtelschlaufen, zog Jeans und Jacke darüber. Er warf einen Blick in den Spiegel: Erst musste er lachen, dann genierte er sich vor sich selbst, er sah aus wie für einen Film kostümiert. War denn Karneval?

»Mein Name ist Bond. James Bond«, sagte er zu seinem Spiegelbild.

Montalbano tröstete sich mit dem Gedanken, dass er um diese Uhrzeit bestimmt keinem Bekannten begegnete. Er stellte die Espressokanne auf, und als der Kaffee durchgelaufen war, trank er drei Tässchen hintereinander. Bevor er ging, sah er auf die Uhr. Schätzungsweise um zwei Uhr nachts würde er wieder in Spigonella sein.

Er war so konzentriert und entschlossen, dass er auf Anhieb den Weg fand, den Ingrid ihm gezeigt hatte und der zu der Stelle führte, von wo aus die Vorderseite der Villa zu sehen war. Die letzten hundert Meter fuhr er ohne Licht, Angst hatte er nur davor, mit dem Auto ins Meer zu stürzen. Er hielt hinter dem maurischen Bungalow, der direkt am Steilufer stand, nahm das Fernglas und stieg aus. Er beugte sich vor und sah durch das Glas. Kein Licht drang

durch die Fenster, die Villa schien unbewohnt. Dabei hielten sich mindestens drei Männer darin auf. Vorsichtig wie jemand, der sehr schlecht sieht, schlurfte er bis an die Kante der Felswand und blickte hinunter. Er sah nichts, er hörte nur das ziemlich aufgewühlte Meer. Mit dem Fernglas versuchte Montalbano festzustellen, ob in dem kleinen Hafen etwas los war, aber schon die dunkle Masse der Felsen zeichnete sich kaum ab.
Etwa zehn Meter weiter rechts war eine schmale, steile Treppe in den Fels gehauen, deren Bewältigung schon bei Tageslicht ein gebirgsjägerähnliches Unterfangen gewesen wäre, und dann erst mitten in der Nacht! Aber er hatte keine Wahl, es gab keinen anderen Weg, um an den Strand zu gelangen. Montalbano kehrte zum Auto zurück, zog Jeans und Jacke aus, holte die Pistole aus der Gürteltasche, legte die Klamotten ins Auto, nahm die wasserdichte Taschenlampe, zog den Schlüssel ab, schloss geräuschlos die Tür und schob den Schlüssel unter das rechte Hinterrad. Die Pistole steckte er ins Gürtelholster, das Fernglas hängte er sich um den Hals, die Taschenlampe hielt er in der Hand. Er stellte sich auf die erste Stufe, um sich ein Bild von der Treppe zu machen. Kurz knipste er die Lampe an. Unter dem Anzug brach ihm der Schweiß aus: Die Stufen führten fast senkrecht in die Tiefe.

Er schaltete hin und wieder ganz kurz die Taschenlampe an, um zu sehen, ob er auf festen Boden oder ins Nichts, ins Leere treten würde, fluchte, zögerte, wankte, rutschte aus, klammerte sich an irgendwelchen Wurzeln an der Felswand fest, wäre am liebsten ein Steinbock, eine Gams oder eine Eidechse gewesen und spürte irgendwann endlich kühlen Sand unter den Fußsohlen. Er war angekommen.

Keuchend legte er sich auf den Rücken und blickte hinauf zu den Sternen. Eine Weile blieb er so liegen, bis der Blasebalg in seiner Brust allmählich verstummte. Dann stand er wieder auf. Durchs Fernglas schätzte er die Entfernung zu den dunklen Felsen, die den Strand unterbrachen und den kleinen Hafen der Villa bildeten, auf etwa fünfzig Meter. Gebückt schlich er dicht an der Wand entlang. Ab und zu blieb er stehen, spitzte die Ohren und spähte angestrengt in die Dunkelheit. Nichts regte sich, außer dem Meer war alles still.

Als er fast an den Felsen angekommen war, blickte er nach oben: Von der Villa war nur eine Art rechteckiges Gitter vor dem Sternenhimmel zu sehen, die Unterseite des am weitesten vorstehenden Teils der großen Terrasse. Auf dem Landweg ging es jetzt nicht mehr weiter. Er legte das Fernglas in den Sand, befestigte die Taschenlampe am Gürtel, tat einen Schritt und stand im Wasser. Er hatte nicht erwartet, dass es so tief war, es reichte ihm gleich bis zur Brust. Montalbano überlegte, dass das nicht von Natur aus so sein konnte, bestimmt war im Sand eine Art Graben ausgehoben worden, um Leuten, die vom Strand herkamen und vorhatten, auf die Felsen zu klettern, den Zugang zu erschweren. Er schwamm in Brustlage, ganz langsam, ohne das geringste Geräusch zu verursachen, den einen gekrümmten Arm des

Hafens entlang: Das Wasser war kalt, und je näher er der Einmündung kam, desto stärker wurden die Wellen, die ihn gefährlich nah an die Felszacken spülten. Brustschwimmen war jetzt nicht mehr nötig, weil jedes Geräusch, das er verursachte, im Wellenrauschen unterging, und so kraulte er in vier Zügen zum vordersten Felsen der Hafeneinfahrt. Dort stützte er sich mit der linken Hand ab, um Luft zu holen, und bei einer besonders kräftigen Welle stießen seine Füße gegen einen schmalen natürlichen Vorsprung. Er stellte sich darauf und hielt sich mit beiden Händen an dem Felsen fest. Bei jeder Welle drohte er abzurutschen und von dem Sog fortgezerrt zu werden. Eine gefährliche Position, doch bevor er weiterkletterte, musste er sich über einige Dinge klar werden.

Nach seiner Erinnerung an die Videoaufnahmen musste sich der andere Felsen, der die Hafeneinfahrt begrenzte, weiter innen, Richtung Ufer, befinden, denn der zweite Arm beschrieb ein großes Fragezeichen, dessen obere Rundung in ebendiesen Felsen auslief. Montalbano streckte den Kopf seitlich vor und sah jetzt die Konturen des Felsens. Er beobachtete ihn eine Weile, um sicherzugehen, dass dort drüben niemand Wache hielt. Anschließend verlagerte er seine Füße Zentimeter für Zentimeter bis an den Rand des Vorsprungs, und dort musste er sich noch weit nach rechts beugen, um mit der Hand auf gut Glück nach etwas Metallenem zu tasten, dem kleinen Leuchtturm, den er auf dem vergrößerten Foto entdeckt hatte. Er brauchte über fünf Minuten, bis er ihn gefunden hatte; der Leuchtturm saß weiter oben als vermutet. Vorsichtshalber bewegte er mehrmals die Hand davor hin und her. Kein ferner Alarm war zu hören, es war keine Lichtschranke, sondern tatsächlich ein ausgeschalteter Leuchtturm. Montalbano wartete, ob nicht doch irgendwas geschah, und ließ sich, da sich nichts rührte, wieder ins Wasser gleiten. Als er halb um den Felsen herumgeschwommen war, stieß er mit den Händen an die Eisenstange, die überraschende Besuche in dem kleinen Hafen verhindern sollte. Er tastete die Stange ab und stellte fest, dass sie in einer senkrechten Metallschiene steckte; der ganze Mechanismus wurde wohl vom Haus her elektrisch bedient. Jetzt musste er nur noch hineinschwimmen. Er klammerte sich an der Stange fest, um sich hochzustemmen und darüber zu klettern. Er hatte das linke Bein schon auf der anderen Seite, als es passierte. Es, denn Montalbano begriff nicht, was los war. Der plötzliche Stich in der Brust war so quälend und dauerte so lange an, dass der Commissario, der rittlings auf die Stange fiel, glaubte, jemand hätte mit einem Unterwassergewehr auf ihn geschossen. Und schon während er das dachte, war ihm klar, dass das nicht sein konnte. Er biss sich auf die Lippen, denn am liebsten hätte er verzweifelt geschrien, um sich ein wenig Erleichterung zu verschaffen. Und gleich darauf war ihm klar, dass der Stich nicht von außen kam, was er insgeheim schon wusste, sondern innen saß, in seinem Körper, wo etwas zerrissen oder kurz vor dem Zerreißen war. Es bereitete ihm große Mühe, ein bisschen Luft zu holen und durch die zusammengekniffenen Lippen wieder auszuatmen. So plötzlich, wie der Schmerz aufgetaucht war, verschwand er auch wieder, und Montalbano fühlte sich matt und benommen, aber Angst empfand er nicht, dafür war er zu sehr erschrocken. Auf dem Hintern rutschte er die Stange entlang, bis er sich an den Felsen lehnen konnte. Jetzt vermochte er sich besser im Gleichgewicht zu halten, und er hätte Zeit und Gelegenheit gehabt, sich von dem beklemmenden Gefühl zu erholen, das ihm diese unglaubliche Schmerzattacke beschert hatte. Doch er fand weder Zeit noch Gelegenheit, denn unerbittlich meldete sich der Schmerz zurück, noch massiver als vorher. Montalbano versuchte vergeblich, sich zusammenzureißen. Da krümmte er den Rücken und fing mit geschlossenen Augen an zu weinen, er weinte vor Schmerz und Trauer und wusste nicht mehr, ob der Geschmack im Mund von den Tränen herrührte oder vom Meerwasser, das ihm von den Haaren tropfte, und während der Schmerz wie ein glühender Bohrer im bloßen Fleisch steckte, flehte er stumm:

»Ach, Vater, Vater, Vater …«

Er flehte seinen verstorbenen Vater an und bat ihn im Stillen um die Gnade, dass auf der Terrasse endlich jemand auf ihn aufmerksam werden und sich mit einer Garbe aus der Maschinenpistole seiner erbarmen möge. Aber der Vater erhörte die Bitte nicht, und Montalbano weinte und weinte, bis auch diesmal der Schmerz verschwand, allerdings extrem langsam, als bedauere er es, ihn verlassen zu müssen. Doch es verging noch eine ganze Weile, bis er eine Hand oder einen Fuß bewegen konnte, es war, als verweigerten die Glieder die Befehle, die das Gehirn ihnen schickte. Waren seine Augen offen oder noch geschlossen? War es dunkler als vorher, oder hatte sich sein Blick getrübt? Montalbano kapitulierte. Er musste seine Lage akzeptieren. Es war eine Scheißidee gewesen herzukommen, Schwierigkeiten waren aufgetreten, und jetzt musste er die Konsequenzen seines Leichtsinns tragen. Die einzige Möglichkeit bestand darin, die Pausen zwischen zwei Schmerzanfällen zu nutzen und sich wieder ins Wasser zu lassen, den Felsen zu umrunden und langsam ans Ufer zu schwimmen. Weiterzumachen war Schwachsinn, es gab nur eines: umkehren. Er musste sich lediglich ins Wasser lassen, knapp um die Boje herumschwimmen …

Warum hatte er »Boje« und nicht »Felsen« gedacht? Da tauchte in seinem Kopf die Szene auf, die er im Fernsehen gesehen hatte, die stolze Weigerung des Segelbootes, das, anstatt die Boje zu umrunden und wieder zurückzufahren, stur geradeaus fuhr, bis es am Boot der Regattaleitung zerschellte … Jetzt wusste er, dass ihm die Art, wie er gestrickt war, keine Wahl ließ. Er hätte nie umkehren können.

Eine halbe Stunde blieb er, an den Felsen gelehnt, reglos sitzen und lauschte in Erwartung des geringsten Anzeichens eines neuerlichen Schmerzes in seinen Körper hinein. Es geschah nichts. Noch mehr Zeit konnte er nicht verstreichen lassen. Er ließ sich auf der anderen Seite der Stange ins Wasser und schwamm auf dem Bauch, denn das Wasser war ruhig, die Wellen brachen sich bereits an der Stange und hatten ihre Kraft verloren. Auf dem Weg

Richtung Ufer bemerkte Montalbano, dass er in einer Art Kanal mit Betoneinfassung schwamm, der mindestens sechs Meter breit war. Und noch bevor er stehen konnte, sah er rechter Hand auf Kopfhöhe hellen Sand. Er stützte sich mit beiden Händen auf der Betoneinfassung ab und stemmte sich hoch.

Montalbano staunte. Der Kanal endete nicht am Strand, sondern teilte ihn und floss weiter in eine natürliche Höhle, die selbst dann nicht einsehbar war, wenn man an dem kleinen Hafen vorbeifuhr oder sich über den Rand des Steilhangs beugte. Eine Höhle! Ein paar Meter rechts vom Eingang ging eine in den Fels gehauene Treppe ab, ähnlich der, die er zuvor hinuntergestiegen war, aber mit einem Tor verschlossen. Gebückt näherte er sich dem Eingang der Höhle und lauschte. Kein Geräusch außer dem Schwappen des Wassers im Inneren. Er legte sich auf den Bauch, löste die Taschenlampe vom Gürtel, knipste sie an und gleich wieder aus. Er speicherte alles, was er in dem Lichtblitz hatte sehen können, und wiederholte den Vorgang. Er registrierte weitere wichtige Details. Beim dritten Mal An- und Ausknipsen wusste er, was in der Höhle war.

Auf dem Kanal schaukelte ein großes Schlauchboot, wahrscheinlich ein Zodiac mit Hochleistungsmotor. Rechts war der Kanal von einer gut meterbreiten Kaimauer aus Beton begrenzt, und in der Mitte des Kais befand sich eine mächtige geschlossene Eisentür. Wahrscheinlich war hinter der Tür der Stellplatz für das Schlauchboot, wenn es nicht benutzt wurde, und sehr wahrscheinlich gab es dort auch eine Innentreppe, die in die Villa hinaufführte. Oder einen Aufzug, wer weiß. Die Höhle ging noch tiefer hinein, aber das Schlauchboot verdeckte die Sicht auf das, was dahinter lag.

Und jetzt? Stehen bleiben? Weitergehen?

Wer A sagt ..., dachte Montalbano.

Er stand auf und betrat die Höhle, ohne die Lampe anzuschalten. Er spürte den Beton unter den Füßen und ging weiter, seine rechte Hand berührte das verrostete Eisen der Tür. Montalbano hielt das Ohr an die Tür, nichts, vollkommene Stille. Er legte die Hand dagegen, und die Tür, die nur angelehnt war, gab nach. Mit leichtem Druck ließ sie sich ein paar Zentimeter öffnen. Die Angeln mussten gut geölt sein. Und wenn da einer stand, der ihn gehört hatte und ihn mit einer Kalaschnikow empfing? Immer mit der Ruhe. Er nahm die Pistole in die Hand und schaltete die Lampe an. Niemand schoss, niemand sagte guten Tag. Tatsächlich entpuppte sich der Raum, der voller Kanister stand, als Stellplatz für das Schlauchboot. An der hinteren Wand war ein Bogen in den Fels gehauen, man sah ein paar Stufen. Die Treppe zur Villa, wie Montalbano vermutet hatte. Er knipste die Lampe aus und zog die Tür zu. Im Dunkeln ging er drei Schritte weiter, dann leuchtete er wieder mit der Taschenlampe. Der Kai endete ein paar Meter weiter in einer Art Aussichtspunkt, denn die Rückwand der Höhle bestand aus einem Haufen unterschiedlich hoher Felsen, einer wirren Miniaturbergkette unter dem riesigen Gewölbe. Montalbano löschte die Lampe.

Aber wie sahen denn die Felsen aus? Irgendwas war seltsam. Während er zu ergründen versuchte, warum ihm die Felsen seltsam vorkamen, hörte Montalbano in der Dunkelheit und in der Stille ein Geräusch, das ihn erstarren ließ. In der Höhle war etwas Lebendiges. Es war ein anhaltender kriechender Ton mit einem leichten, tockenden Klopfen, als ob Holz auf Holz geschlagen würde. Und er spürte, dass die Luft, die er atmete, faulig gelb gefärbt war. Beunruhigt schaltete er abermals kurz die Lampe an. Das reichte, um zu sehen, dass die Felsen, an der Wasserlinie grün vom Moos, oberhalb eine andere Farbe hatten, weil sie buchstäblich gespickt waren von Hunderten, von Tausenden Krabben in allen Größen und Farben; sie bewegten sich unaufhörlich, krabbelten, kletterten übereinander, bis sie scheußliche, dicke lebende Zapfen bildeten, die sich unter ihrem Eigengewicht vom Stein lösten und ins Wasser plumpsten. Ein ekelhaftes Schauspiel.

Montalbano hatte auch gesehen, dass der hintere Teil der Höhle durch einen Metallzaun abgetrennt war, der einen halben Meter über die Wasseroberfläche ragte und am Ende des Kais zur gegenüberliegenden Wand gespannt war. Wozu konnte der gut sein? Um einen großen Fisch am Reinschwimmen zu hindern? Der Gedanke war ja wohl völlig schwachsinnig. Vielleicht umgekehrt, um zu verhindern, dass etwas rausschwamm? Aber was, wenn in diesem Teil der Höhle nur Felsen waren?

Da fiel es ihm wie Schuppen von den Augen. Was hatte Dottor Pasquano gesagt? Dass die Leiche von Krabben zerfres-

sen war, dass er zwei in ihrem Mund gefunden hatte ... Hier also war Errera-Lococo, der anscheinend zu viel Selbstbewusstsein entwickelt hatte, zur Strafe ertränkt worden, und hier hatte Baddar Gafsa die Leiche, an Händen und Füßen mit Draht gefesselt, den Krabben zum Fraß überlassen und wochenlang im Wasser zur Schau gestellt, um sie Freunden oder Leuten, die möglicherweise auf verräterische Ideen kamen, als Trophäe vorzuführen. Später hatte er den Befehl gegeben, die Leiche ins offene Meer zu werfen. Und sie war vor sich hingetrieben und bis nach Marinella gelangt.
Was gab es sonst noch zu sehen? Er ging den Weg zurück, verließ die Höhle, stieg ins Wasser, schwamm, kletterte über die Stange, umrundete den Felsen und fühlte sich mit einem Mal todmüde. Jetzt hatte er richtig Angst. Er war nicht einmal in der Lage, den Arm zu einem Schwimmzug zu heben, alle Kraft war auf einen Schlag verflogen. Offenbar hatte ihn nur die nervliche Anspannung aufrecht gehalten, und jetzt, da er getan hatte, was er konnte, war in seinem Körper nichts mehr, was ihm ein Minimum an Antrieb, an Energie gegeben hätte. Er drehte sich auf den Rücken und machte den toten Mann, das war seine einzige Chance, früher oder später würde ihn die Strömung schon ans Ufer treiben. Irgendwann hatte er das Gefühl aufzuwachen, denn er war mit dem Rücken an etwas gestreift. War er eingenickt? Konnte das sein? Hatte er bei dem Seegang und in seinem Zustand wie in einer Badewanne schlafen können? Jedenfalls war er am Strand angekommen, aber es gelang ihm nicht aufzustehen, er konnte sich nicht auf

den Beinen halten. Er legte sich auf den Bauch und sah sich um. Die Strömung hatte ihn gütigerweise ganz nah an die Stelle gespült, wo er das Fernglas abgelegt hatte. Das durfte er nicht da liegen lassen. Aber wie hingelangen? Nach zwei oder drei Aufstehversuchen kapitulierte er und kroch auf allen vieren wie ein Tier. Nach jedem Meter musste er eine Pause einlegen, er bekam keine Luft und schwitzte. Als er bei dem Fernglas ankam, konnte er nicht danach greifen, sein Arm streckte sich nicht, er blieb schlapp und fühlte sich an wie Wackelpudding. Montalbano gab es auf. Er musste abwarten. Aber viel Zeit durfte er nicht verlieren, beim ersten Tageslicht würden ihn die Typen von der Villa sehen.

Nur fünf Minuten, dachte er, schloss die Augen und rollte sich ein wie ein Kind.

Fehlte nur noch, dass er sich den Daumen in den Mund steckte. Er wollte bloß ein bisschen schlafen, wieder zu Kräften kommen, in seinem Zustand schaffte er diese schreckliche Treppe sowieso nicht. Er hatte gerade die Augen geschlossen, als er ganz in der Nähe ein Geräusch hörte und ein harter Lichtstrahl durch seine Lider drang und wieder verschwand.

Sie hatten ihn entdeckt! Er war sicher, dass sein Ende kurz bevorstand. Aber er war so ohne jede Kraft, so froh, die Augen nicht öffnen zu müssen, dass er einfach nicht reagieren wollte, er rührte sich nicht von der Stelle, er wusste, was jetzt gleich passierte, aber es war ihm scheißegal.

»Leck mich doch am Arsch, schieß schon«, sagte er.

»Warum sollte ich schießen?«, fragte Fazio mit gedämpfter Stimme.

Als er die Treppe hinaufstieg, blieb er praktisch auf jeder Stufe stehen, obwohl Fazio ihn mit einer Hand anschob. Nur noch fünf Stufen fehlten bis zum Ende der Treppe, als er sich hinsetzen musste, das Herz saß ihm in der Luftröhre, und er hatte das Gefühl, es würde ihm gleich aus dem Mund springen. Schweigend setzte Fazio sich ebenfalls. Montalbano konnte sein Gesicht nicht sehen, aber er spürte, dass er unruhig und bedrückt war.
»Seit wann bist du mir gefolgt?«
»Seit gestern Abend. Als Signora Ingrid Sie nach Marinella gebracht hat, hab ich ein bisschen gewartet, ich bin nicht gleich wieder weg, irgendwie dachte ich mir, dass sie nicht lange bleiben würde. Und so war es auch. Bis zur Ortseinfahrt Spigonella konnte ich Ihnen gut folgen, dann hab ich Sie aus den Augen verloren. Dabei kenne ich die Gegend inzwischen. Fast eine Stunde hat es gedauert, bis ich Ihr Auto wiedergefunden habe.«
Montalbano sah hinunter, der Seegang hatte in der Brise kurz vor Tagesanbruch zugenommen. Ohne Fazio läge er sicher immer noch halb ohnmächtig am Strand. Fazio hatte das verfluchte Fernglas aufgehoben, ihn hochgehievt und praktisch huckepack genommen, er hatte ihn dazu gebracht, überhaupt zu reagieren. Mit einem Wort, er hatte ihn gerettet. Montalbano seufzte tief.
»Danke.«

Fazio gab keine Antwort.
»Aber du warst nie mit mir hier.«
Auch jetzt sagte Fazio nichts.
»Versprochen?«
»Ja. Aber versprechen Sie mir auch was?«
»Was denn?«
»Dass Sie zum Arzt gehen und sich untersuchen lassen. Möglichst bald.«
Montalbano schluckte die bittere Pille.
»Versprochen«, sagte er und stand auf.
Er war sicher, dass er sein Wort halten würde. Nicht weil er um seine Gesundheit fürchtete, sondern weil man ein Versprechen, das man einem Schutzengel gegeben hat, auch einlösen muss. Er stieg weiter die Treppe hinauf.

Ohne Schwierigkeiten fuhr Montalbano über die noch leeren Straßen, dicht gefolgt von Fazio, der partout nichts davon hatte hören wollen, dass der Commissario sehr gut allein nach Marinella fahren konnte. Nach und nach hellte sich der Himmel auf, und Montalbano fühlte sich immer besser, der Tag begann vielversprechend. Sie betraten das Haus. »*Madonna santa!* Einbrecher!«, rief Fazio, als er das Chaos in den Zimmern sah.
»Das war ich, ich hab was gesucht.«
»Und, haben Sie's gefunden?«
»Ja.«
»Na Gott sei Dank, sonst hätten Sie womöglich noch das ganze Haus auseinander genommen!«

»Fazio, es ist fast fünf. Wir sehen uns kurz nach zehn im Kommissariat, ja?«

»Ist gut, Dottore. Sie müssen jetzt schlafen.«

»Dottor Augello will ich dann auch sprechen.«

Als Fazio gegangen war, schrieb Montalbano Adelina einen Zettel in Blockschrift.

ADELINA, NICHT ERSCHRECKEN, DAS WAREN NICHT DIE EINBRECHER. RÄUM ALLES AUF, ABER GANZ LEISE, WEIL ICH SCHLAFE. MACH MIR BITTE WAS ZUM ESSEN.

Montalbano befestigte den Zettel mit einem Reißnagel außen an der Tür, sodass Adelina ihn sah, bevor sie das Haus betrat. Er zog den Telefonstecker raus, ging ins Bad, stellte sich unter die Dusche, trocknete sich ab und legte sich ins Bett. Der grässliche Schwächezustand war wie durch ein Wunder vorbei, Montalbano fühlte sich zugegebenermaßen zwar ein bisschen müde, aber nicht mehr als normal. Man konnte ja auch nicht leugnen, dass er eine schlimme Nacht hinter sich hatte. Er fuhr sich mit der Hand über die Brust, wie um zu kontrollieren, ob die beiden scheußlichen Stiche irgendwelche Spuren oder Narben hinterlassen hatten. Da war nichts, weder eine offene noch eine vernarbte Wunde. Bevor er einschlief, hatte er einen letzten Gedanken, gegen den sein Schutzengel machtlos war: Musste er denn unbedingt zum Arzt? Nein – schloss er –, das war nun wirklich nicht nötig.

Siebzehn

Um elf kam er ins Kommissariat, fein gemacht und, wenn auch nicht gerade strahlend, wenigstens nicht griesgrämig. Der Schlaf hatte ihn sogar verjüngt, er spürte, dass alle Rädchen in seinem Körper bestens funktionierten. Keine Spur mehr von den Schmerzen und dem Kollaps.

In der Tür stieß er fast mit Fazio zusammen, der gerade herauskam und bei seinem Anblick abrupt stehen blieb und ihn lange anschaute. Der Commissario ließ ihn schauen.

»Sie sehen ja wieder ganz manierlich aus«, lautete das Urteil.

»Ich hab das Make-up erneuert«, sagte Montalbano.

»Nein, Dottore, das liegt daran, dass Sie sieben Leben haben, wie eine Katze. Ich bin gleich wieder da.«

Der Commissario pflanzte sich vor Catarella auf.

»Wie seh ich aus?«

»Wie schon, Dottori! Wie ein Gott!«

Im Grunde hatte der Personenkult, der immer so kritisiert wurde, doch was für sich.

Auch Mimì Augello sah erholt aus.

»Hat Beba dich schlafen lassen?«

»Ja, wir haben eine gute Nacht verbracht. Sie wollte gar nicht, dass ich ins Kommissariat gehe.«
»Warum nicht?«
»Der Tag ist so schön, sie wollte mit mir spazieren gehen. Die Ärmste ist in letzter Zeit gar nicht mehr rausgekommen.«
»Da bin ich«, sagte Fazio.
»Mach die Tür zu, wir fangen an.«

»Ich rekapituliere jetzt mal«, fing Montalbano an, »auch wenn ihr einige Fakten schon kennt. Wenn euch irgendwas nicht klar ist, dann sagt es.«
Er berichtete eine halbe Stunde ohne Unterbrechung, wie Ingrid Errera erkannt hatte und wie seine parallelen Privatermittlungen über den kleinen Afrikaner langsam in den Fall des namenlosen Ertrunkenen gemündet waren. An dieser Stelle erzählte er, was er von Sozio Melato erfahren hatte. Bevor er von Marzillas Panik sprach, nachdem dieser Jamil Zarzis und einen anderen Mann zu der Villa gebracht hatte, unterbrach er sich selbst:
»Gibt es Fragen?«
»Ja«, sagte Augello, »aber vorher muss ich Fazio bitten, das Zimmer zu verlassen, langsam bis zehn zu zählen und dann wieder reinzukommen.«
Fazio stand wortlos auf, ging hinaus und schloss die Tür.
»Ich will nur eins wissen«, sagte Augello. »Wann hörst du endlich auf, dich wie ein Vollidiot zu benehmen?«
»In welcher Hinsicht?«

»In jeder, verdammte Scheiße noch mal! Für wen hältst du dich eigentlich, für den Rächer von New York? Für Robin Hood? Du bist Kommissar! Hast du das vergessen? Du wirfst der Polizei vor, dass sie gegen die Regeln verstößt, und du bist der Erste, der sich nicht an sie hält! Du nimmst niemanden von uns zu so einer riskanten Aktion mit, sondern eine Schwedin! Du spinnst total! Du hättest deine Vorgesetzten informieren oder zumindest uns auf dem Laufenden halten müssen, anstatt Kopfgeldjäger zu spielen!«

»Ah, geht es darum?«

»Reicht das nicht?«

»Nein, weil ich was viel Schlimmeres gemacht habe, Mimì.«

Augello riss erschrocken den Mund auf.

»Was Schlimmeres?!«

»Und zehn«, sagte Fazio und kam herein.

»Also weiter«, sagte Montalbano. »Als Ingrid Marzillas Wagen stoppte, glaubte er, es wäre der Typ, von dem er seine Befehle erhält. Er dachte, man würde ihn liquidieren, vielleicht weil er zu viel wusste. Er hat in die Hose gemacht, als er um sein Leben flehte, und, ohne sich dessen bewusst zu sein, einen Namen genannt: Pepè Aguglia.«

»Der Bauunternehmer?«, fragte Augello.

»Das nehme ich schwer an«, bestätigte Fazio. »In der Stadt munkelt man, dass er Geld zu Wucherzinsen verleiht.«

»Mit dem befassen wir uns gleich morgen, aber jemand sollte ihn schon jetzt im Auge behalten. Er darf mir nicht durch die Lappen gehen.«

»Ich kümmere mich darum«, sagte Fazio. »Ich setze Curreli auf ihn an, der ist gut.«
Jetzt folgte ein schwieriges Kapitel, aber Montalbano kam nicht darum herum.
»Nachdem Ingrid mich nach Marinella zurückgebracht hatte, wollte ich mir die Villa in Spigonella noch mal ansehen.«
»Natürlich allein«, höhnte Mimì und rutschte auf dem Stuhl herum.
»Ich bin allein hingefahren und allein zurückgefahren.«
Jetzt rutschte Fazio auf dem Stuhl herum. Aber er sagte kein Wort.
»Dottor Augello hat dich vorhin rausgeschickt«, sagte Montalbano zu Fazio, »weil du es nicht hören solltest, wenn er mich als Vollidioten bezeichnet. Willst du das auch zu mir sagen? Ihr könntet ein Duett singen.«
»Das würde ich mir nie erlauben, Dottore.«
»Tja, wenn du's nicht sagen willst, dann gestatte ich dir, es zu denken.«
Beruhigt, dass Fazio ihn deckte und den Mund hielt, beschrieb Montalbano den kleinen Hafen, die Höhle, die Eisentür mit der Innentreppe. Er berichtete auch von den Felsen mit den Krabben, die Erreras Leiche abgenagt hatten.
»Das war das letzte Kapitel«, schloss er. »Jetzt müssen wir überlegen, wie es weitergeht. Wenn stimmt, was ich von Marzilla erfahren habe, landen heute Nacht Boote, und da Zarzis sich persönlich herbequemt hat, erwartet er wohl Ware. Und wir müssen bei der Ankunft vor Ort sein.«

»Einverstanden«, meinte Mimì, »allerdings weißt du alles über die Villa, und wir wissen nichts, weder über das Haus noch das umliegende Gelände.«

»Lasst euch die Videoaufnahmen geben, die ich vom Wasser her gemacht habe. Torrisi hat sie.«

»Das reicht nicht. Ich fahre hin, ich will mir das selber ansehen«, beschloss Mimì.

»Ich weiß nicht recht«, meinte Fazio.

»Wenn sie dich bemerken und Verdacht schöpfen, können wir die ganze Sache vergessen«, setzte der Commissario noch eins drauf.

»Keine Sorge. Ich fahre mit Beba hin, sie hatte Lust auf Meerluft. Wir machen einen schönen Spaziergang, und ich schaue mich derweil um. Die denken sich doch nichts, wenn sie einen Mann und eine hochschwangere Frau sehen. Spätestens um fünf treffen wir uns wieder hier.«

»In Ordnung«, sagte Montalbano. Und zu Fazio:

»Ich brauche einen kleinen Trupp. Wenige, aber dafür tatkräftige und zuverlässige Männer. Gallo, Galluzzo, Imbrò, Germanà und Grasso. Augello und du, ihr übernehmt die Leitung.«

»Warum? Kommst du denn nicht mit?«, wunderte sich Augello.

»Doch. Aber ich werde unten sein, am Hafen. Wenn jemand versucht abzuhauen, halte ich ihn in Schach.«

»Dottor Augello kann den Trupp leiten, ich komme mit Ihnen«, sagte Fazio kühl.

Überrascht sah Mimì ihn an.

»Nein«, widersprach Montalbano.

»Dottore, aber …«

»Nein. Das ist eine Privatangelegenheit, Fazio.«

Jetzt sah Mimì Montalbano an, Montalbano schaute Fazio fest in die Augen, und der wich dem Blick nicht aus. Es war wie eine Szene aus einem Film von Quentin Tarantino, sie zielten mit Blicken statt mit Revolvern aufeinander.

»Wie Sie wünschen«, sagte Fazio schließlich.

Um den letzten Rest an Spannung aufzulösen, stellte Mimì Augello eine Frage:

»Wie erfahren wir, ob heute Nacht Boote ankommen oder nicht? Wer kann uns das sagen?«

»Sie könnten sich bei Dottor Riguccio erkundigen«, schlug Fazio dem Commissario vor. »Gegen sechs Uhr nachmittags haben sie in der Questura Montelusa meistens ein ziemlich klares Bild von der Situation.«

»Nein, Riguccio habe ich schon zu viel gefragt. Der ist ein echter Polizist, könnte sein, dass er argwöhnisch wird. Nein, es gibt vielleicht einen anderen Weg. Das Hafenamt. Dort laufen sämtliche Informationen zusammen, sowohl aus Lampedusa wie von den Fischkuttern und den Patrouillenbooten, und sie leiten alles an die Questura weiter. Zumindest, was in Erfahrung zu bringen ist, denn von vielen illegal landenden Booten weiß man überhaupt nichts. Kennst du jemanden beim Hafenamt?«

»Nein, Dottore.«

»Ich aber«, sagte Mimì. »Bis vor einem Jahr hatte ich mit

einem Offizier Kontakt. Wir haben uns zufällig letzten Sonntag getroffen.«

»Gut. Wann kannst du mit ihm sprechen?«

»Mit ihr, es ist eine Sie«, korrigierte Mimì. Und fügte hinzu:

»Aber ihr dürft nichts Schlechtes denken. Ich hab's versucht, aber keine Chance. Wir sind Freunde geblieben. Sobald ich aus Spigonella zurückkomme, bringe ich Beba nach Hause, und dann fahre ich zu der Freundin.«

»Und was machen wir mit Marzilla, Dottore?«, fragte Fazio.

»Den hauen wir nach der Aktion in Spigonella mit Signor Aguglia in die Pfanne.«

Als er den Kühlschrank öffnete, erlebte er eine herbe Überraschung. Adelina hatte zwar das Haus aufgeräumt, aber zum Essen gab es nur ein halbes gekochtes Hühnchen. Igitt! Das war doch was für Kranke! Praktisch für die Letzte Ölung! Da kam ihm der schreckliche Verdacht, Fazio habe der Haushälterin erzählt, dass er krank sei und deshalb auf Diät gesetzt werden müsse. Aber wie hatte er ihr das sagen können, wenn das Telefon ausgestöpselt war? Per Brieftaube? Nein, es war sicher ein Racheakt von Adelina, die sauer war, weil er so ein Chaos angerichtet hatte. Auf dem Küchentisch lag ein Zettel, den er übersehen haben musste, als er sich am Morgen Kaffee machte.

DAS SCHLAFZIMER MÜSEN SIE SELBER AUFRÄUMEN, WEIL SIE SCHLAFEN.

Er setzte sich auf die Veranda und verdrückte das Huhn mit einem hilfreichen Glas sauer eingelegtem Gemüse. Als er fertig war, klingelte das Telefon. Anscheinend hatte Adelina es wieder angeschlossen. Livia war dran.

»Salvo, endlich! Ich habe mir solche Sorgen gemacht! Gestern Abend habe ich mindestens zehnmal angerufen, bis Mitternacht. Wo warst du denn?«

»Entschuldige, aber wir mussten jemanden observieren und …«

»Ich habe eine Überraschung für dich.«

»Ja?«

»Ich komme morgen.«

»Wirklich?!«

»Ja. Ich habe nicht lockergelassen, bis sie mir drei Tage freigegeben haben.«

Ein Gefühl tiefer Freude ergriff Montalbano.

»Und? Du sagst ja gar nichts.«

»Wann landest du?«

»Um zwölf, in Punta Raisi.«

»Entweder komme ich selbst, oder ich schicke jemanden. Ich bin …«

»Und? Fällt es dir so schwer, es auszusprechen?«

»Nein. Ich bin glücklich.«

Ihm war nach einem Schläfchen, doch bevor er sich ins Bett legte, musste er das Schlafzimmer aufräumen, sonst konnte er kein Auge zutun.

»Du bist wirklich mit Leib und Seele Ordnungshüter«, hatte Livia mal zu ihm gesagt, beleidigt, weil er ihr vorgehalten hatte, sie lasse ihren Kram überall herumliegen. »Du hütest auch noch deine eigene Ordnung.«

Es war längst sechs Uhr durch, als Augello erschien, gefolgt von Fazio.

»Du kommst ja ganz schön spät«, sagte Montalbano vorwurfsvoll zu Mimì.

»Aber nicht mit leeren Händen.«

»Was hast du denn?«

»Erstens das hier.«

Er zog ein Dutzend Polaroidfotos aus der Jackentasche. Auf allen war die lachende Beba mit dickem Bauch und hinter ihr, aus jedem nur möglichen Blickwinkel, die Villa in Spigonella zu sehen. Auf zwei oder drei Bildern lehnte Beba sogar an dem Tor, das mit einer Kette und einem dicken Riegel verschlossen war.

»Hast du Beba gesagt, was du dort wolltest und wer in dem Haus ist?«

»Nein, wozu? So sieht alles ganz natürlich aus.«

»Hat sich niemand blicken lassen?«

»Kann sein, dass sie uns von drinnen beobachtet haben, aber aufgetaucht ist niemand. Das Haus soll unbewohnt wirken. Siehst du den Riegel? Das ist alles nur zum Schein, wenn man mit der Hand zwischen die Gitterstäbe langt, kann man das Tor bequem auch von innen öffnen.«

Er suchte ein anderes Foto heraus und reichte es dem Commissario.

»Das ist die rechte Hausseite. Da ist die Außentreppe, die in den ersten Stock führt, und das Tor darunter muss die Garage sein. Hat Ingrid was davon gesagt, dass es eine Verbindung zwischen der Garage und dem übrigen Haus gibt?«

»Nein. Die Garage hat außer dem Einfahrtstor keine Tür. Aber vom Erdgeschoss führt eine Innentreppe in den ersten Stock, allerdings hat Ingrid sie nie gesehen, weil man dazu durch eine Tür muss, zu der Errera angeblich keinen Schlüssel hatte. Und ich bin sicher, dass eine weitere Treppe das Erdgeschoss mit der Höhle verbindet.«

»Ich schätze, in die Garage passen zwei Autos rein.«

»Eines ist sicher da. Das, mit dem der Junge zusammengefahren wurde. Apropos: Wenn wir die Typen gefasst haben, muss sich unbedingt die Spurensicherung das Auto vornehmen. Ich verwette meine Eier drauf, dass sie sogar Blut von dem Kind finden.«

»Wie ist das Ihrer Meinung nach denn gelaufen?«, fragte Fazio.

»Ganz einfach. Der Junge hatte, wie, weiß ich nicht, begriffen, dass ihm etwas Schreckliches bevorstand. Und hat seinen ersten Fluchtversuch bei der Ankunft im Hafen unternommen. Ich bin schuld, dass er ihm nicht geglückt ist. Man hat ihn nach Spigonella gebracht. Er muss die Innentreppe entdeckt haben, die in die Höhle führt, und dann von dort aus geflohen sein. Jemand hat es gemerkt und Alarm geschlagen. Daraufhin hat Zarzis mit dem Auto nach ihm gesucht, bis er ihn gefunden hat.«

»Aber dieser Zarzis ist doch erst seit gestern hier!«, rief Augello.

»Soweit ich verstanden habe, ist Zarzis ständig unterwegs. Er kommt immer, wenn Ware zu verteilen und Geld in Empfang zu nehmen ist. Wie jetzt. Er muss seinem Chef gegenüber diese Operationen verantworten.«

»Ich will über die Landungen sprechen«, sagte Mimì.

»Genehmigt«, sagte Montalbano.

Ihm war richtig wohl bei der Vorstellung, dass Zarzis greifbar nahe war.

»Meine Freundin sagte, sie hätten einen echten Notfall. Unsere Patrouillenboote haben vier überfüllte und ziemlich runtergekommene Boote aufgebracht, die nach Seccagrande, Capobianco, Manfia beziehungsweise Fela unterwegs waren. Sie hoffen bloß, dass die Boote landen können, bevor sie untergehen, und an Übernahmen oder Kursänderungen ist nicht im Entferntesten zu denken. Unsere Leute können nichts anderes tun, als an ihnen dranzubleiben und eventuelle Schiffbrüchige aufzufischen, falls etwas passiert.«

»Verstehe«, sagte Montalbano nachdenklich.

»Was hast du verstanden?«, fragte Mimì.

»Dass diese vier Fahrten als Ablenkungsmanöver dienen sollen. Seccagrande und Capobianco liegen westlich der Region Vigàta-Spigonella, während Manfia und Fela im Osten liegen. Das Meer vor dem Abschnitt Vigàta-Spigonella wird im Augenblick also nicht kontrolliert, die Küste ebenfalls nicht. Ein Fischkutter, der davon Kenntnis hat, kann bis vor unsere Küste gelangen, ohne gesehen zu werden.«

»Ja und?«

»Lieber Mimì, das bedeutet, dass Zarzis seine Fracht auf See übernimmt, mit dem Schlauchboot. Ich weiß nicht, ob ich euch gesagt habe, dass es im ersten Stock der Villa eine Sendestation gibt, sie können also ständig Kontakt miteinander halten und sich an der geplanten Stelle treffen. Hat deine Offizierin ...«

»Sie ist nicht meine Offizierin.«

»... gesagt, um wie viel Uhr die Boote landen sollen?«

»Gegen Mitternacht.«

»Dann müsst ihr mit der Mannschaft spätestens um zehn in Spigonella bereitstehen. Wir gehen folgendermaßen vor: Auf den Felsen an der Hafeneinfahrt stehen zwei kleine Leuchttürme. Sie werden bei der Abfahrt und dann wieder bei der Rückkehr des Schlauchboots eingeschaltet. Diese Leuchttürmchen und auch die bewegliche Schranke werden wahrscheinlich von dem dritten Mann bedient, dem Wächter der Villa. Ihr müsst äußerst präzise vorgehen, das heißt den Wächter erst außer Gefecht setzen, nachdem – ich wiederhole: nachdem – er die Leuchttürme für die Rückkehr des Schlauchbootes angeschaltet hat. Ihr habt sehr wenig Zeit. Dann wartet ihr, bis Zarzis und sein Gehilfe ins Haus kommen, und überrumpelt sie. Aber Vorsicht: Die Typen haben Kinder bei sich und sind zu allem fähig. Alles Weitere besprecht ihr beide miteinander. Wiedersehen, ich wünsch euch was.«

»Und wo gehst du hin?«, fragte Augello.

»Ich muss noch kurz nach Marinella und fahre dann nach

Spigonella. Aber noch mal: Ihr kümmert euch um euren Kram und ich mich um meinen.«
Auf dem Weg nach draußen fragte er Catarella:
»Catarè, weißt du, ob Torretta eine Drahtschere und so hohe Gummistiefel hat, die halb über die Oberschenkel gehen?«
Hatte er. Drahtschere und Gummistiefel.

Zu Hause schlüpfte Montalbano in einen schwarzen Rollkragenpullover und eine schwarze Cordhose, die er in die Stiefel stopfte, und stülpte sich eine ebenfalls schwarze wollene Bommelmütze über den Kopf. Fehlte nur die kleine gekrümmte Pfeife im Mundwinkel, und er hätte ausgesehen wie ein alter Seebär in einem drittklassigen amerikanischen Streifen. Er betrachtete sich im Spiegel. Am besten lachte er einfach über sich.
»Volle Kraft voraus, alter Seeräuber!«
Um zehn kam er an dem weißroten Haus in Spigonella an, doch anstatt die Straße zum Bungalow einzuschlagen, nahm er den Weg, den er beim ersten Mal mit Fazio gefahren war. Das letzte Stück fuhr er ohne Licht. Der Himmel war bedeckt, und es war so finster, dass man die Hand nicht vor den Augen sah. Er stellte das Auto ab und blickte sich um. Rechter Hand, gut hundert Meter weiter, die dunkle Masse der Villa. Von seinen Leuten war kein Mucks zu hören. Entweder waren sie noch nicht da, oder sie hatten sich hervorragend getarnt. Mit der Drahtschere in der Hand und der Pistole in der Tasche ging er am Rand des

Steilhangs entlang, bis er den Anfang der Treppe erkennen konnte, die er schon beim letzten Mal gesehen hatte. Der Abstieg war nicht so schwierig wie bei der anderen Treppe, vielleicht war die hier nicht so steil in den Fels gehauen, vielleicht tröstete ihn auch der Gedanke, dass seine Leute in der Nähe waren.

Montalbano war die Treppe halb hinuntergestiegen, als er einen Motor aufdröhnen hörte. Das musste das startende Schlauchboot sein, der Lärm wurde noch verstärkt durch die Stille und die Höhle, die wie ein Resonanzkörper wirkte. Er blieb stehen. Vor der Hafeneinfahrt färbte sich das Wasser plötzlich rot. Der eingeschaltete Leuchtturm war hinter dem anderen Felsen verborgen, sodass Montalbano ihn von seinem Platz aus nicht sah, aber der rote Widerschein konnte nichts anderes bedeuten. Und in dem Widerschein erkannte er deutlich die Umrisse des Schlauchboots, auch wenn er nicht festzustellen vermochte, wie viele Leute an Bord waren. Gleich darauf verschwand der Widerschein, das Motorgeräusch entfernte sich, hielt, in das Brummen einer Schmeißfliege verwandelt, noch lange an und verlor sich dann. Alles, wie er vorausgesehen hatte. Als er weiter abstieg, musste er sich beherrschen, aus voller Kehle zu singen, bis zu diesem Zeitpunkt hatte er nichts falsch gemacht.

Doch die Freude war von kurzer Dauer, denn auf dem trockenen Sand konnte er in den Stiefeln kaum laufen. Spätestens nach zehn Metern wäre er kreuzlahm gewesen, andererseits war es ziemlich riskant, Richtung Wasser zu gehen, bis er auf feuchten, festen Sand stieß, denn da hatte er keine Deckung. Er setzte sich auf den Boden und versuchte, den ersten Stiefel auszuziehen. Der Schaft rutschte ein Stück den Schenkel hinunter, wollte aber partout nicht übers Knie. Montalbano versuchte es im Stehen. Das ging erst recht nicht. Er schwitzte und fluchte. Schließlich steckte er die Absätze zwischen zwei Steine, die aus der Wand herausstanden, und befreite sich von den Stiefeln. Er ging barfuß weiter, in einer Hand die Drahtschere, in der anderen die Gummistiefel. Im Dunkeln übersah er ein Büschel Wildgräser, das ein einziger stacheliger Haufen war, und stieg drauf. Bestimmt hundert Stacheln bohrten sich fröhlich in seine Fußsohlen. Der Mut verließ ihn. Nein, er musste einfach zur Kenntnis nehmen, dass solche Unternehmungen nichts mehr für ihn waren. Am Rand des Grabens setzte er sich hin und zog die Stiefel wieder an; dabei brach ihm der kalte Schweiß aus vor Schmerzen, weil der Gummi über Dutzende von Stacheln schabte.

Er ließ sich langsam in den Graben hinunter und war froh, dass er richtig geschätzt hatte: Das Wasser reichte ihm halb über die Oberschenkel, bis einen Fingerbreit unter den Stiefelrand. Jetzt stand er vor dem ersten der Faraglioni in Kleinformat, die den winzigen Hafen bildeten, der Felsen wuchs praktisch aus der Wand heraus. Montalbano steckte die Drahtschere in den Gürtel und tastete mit der Hand den Stein ab, bis er zwei Stellen fand, an denen er sich festhalten konnte. Er zog sich mit den Händen hoch. Die griffigen Gummisohlen erleichterten das Klettern. Er rutschte nur einmal aus und konnte sich mit einer Hand gerade noch festhalten. Wie eine Krabbe hangelte er sich bis zu dem Metallzaun. Mit der Drahtschere zwickte er unten rechts den ersten Draht durch. Das trockene metallische Pling knallte in der Stille wie ein Revolverschuss, zumindest hörte es sich für ihn so an. Er war wie gelähmt und traute sich nicht, auch nur einen Finger zu bewegen. Nichts passierte, niemand schrie, niemand rannte herbei. Und Pling für Pling, wobei er zwischen einem Pling und dem nächsten vorsichtshalber eine Weile wartete, hatte er es nach einer halben Stunde geschafft, alle Drähte des Zauns durchzuschneiden, der mit den in die Felswand einbetonierten Eisenpfosten verschweißt war. Nur oben schnitt er zwei Drähte nicht durch, einen rechts und einen links, denn sie hielten den Zaun aufrecht und vermittelten den Eindruck, er sei intakt. Die würde er zu gegebener Zeit durchtrennen. Jetzt musste er schleunigst verschwinden. Er legte die Schere unter den Zaun, klammerte sich mit beiden Händen an der Felskante fest, streckte sich und tastete mit den Füßen nach einem Halt. Er glaubte einen gefunden zu haben, schob die Stiefelspitzen hinein und ließ die Kante los. Das war ein Fehler. Die Trittstelle war nicht tief genug und hielt sein Gewicht nicht. Montalbano rutschte ab und versuchte sich festzukrallen, um die Rutschpartie zu stoppen. Er kam sich vor wie Kater Sylvester bei einem seiner besten komischen Auftritte. Er schürfte sich die Hände auf und plumpste geradewegs in den Graben. Warum funktionierte das aristotelische, halt nein, das archimedische Prinzip nicht? Es besagt, dass die Auftriebskraft eines in Flüssigkeit getauchten Körpers der von ihm verdrängten Flüssigkeitsmenge entspricht. War doch so, oder? Montalbano hatte allerdings überhaupt keinen Auftrieb, Auftrieb hatte nur das Wasser, das wie eine Fontäne in die Höhe schoss, wieder zurückfiel, in seine Stiefel drang, ihm fröhlich um die Eier schwappte, seinen Pullover einsuppte. Obendrein hörte sich für ihn der Sturz an, als ob ein Wal gestrandet wäre. Er lauschte, wieder nichts, weder Stimmen noch Geräusche. Bei dem aufgewühlten Meer hatte der Wächter vielleicht gedacht, eine besonders kräftige Welle sei gegen die Felsen geklatscht. Montalbano kletterte aus dem Graben und legte sich in den Sand.

Und was sollte er jetzt tun? Von Null bis eine Milliarde zählen? Alle Gedichte, die er kannte, auswendig aufsagen? Alle erdenklichen Möglichkeiten der Zubereitung von Meerbarben durchgehen? Langsam mal überlegen, wie er gegenüber dem Polizeipräsidenten und dem Staatsanwalt rechtfertigen könnte, warum er in dieser Angelegenheit auf eigene Faust, ohne »allergnädigste Erlaubnis der Oberen«, tätig geworden war? Plötzlich spürte er einen heftigen Niesreiz, er versuchte vergeblich, ihn zu bezwingen, und drückte die Nasenflügel mit den Fingern zusammen, um das Getöse noch in der Nase zu stoppen. Die Gummistiefel fühlten sich an, als wenn in jedem ein halber Liter Wasser wäre. So ein blöder Schnupfen hatte ihm gerade noch gefehlt! Jetzt fing Montalbano auch noch an zu frösteln. Er stand auf und lief ganz nah an der Wand entlang, dann würden ihn am nächsten Tag eben Kreuzschmerzen plagen. Nach hundert Schritten machte er kehrt. Am Graben drehte er wieder um und marschierte zurück. Ein dutzend Mal lief er hin und her. Von wegen frösteln! Jetzt schwitzte er. Er beschloss, sich ein bisschen auszuruhen, und setzte sich auf den Boden. Dann legte er sich richtig hin. Nach einer halben Stunde befiel ihn eine penetrante Schläfrigkeit. Er schloss die Augen und machte sie – wie viel später wusste er nicht –, gestört durch das Brummen einer Schmeißfliege, wieder auf.

Schmeißfliege?! Das Schlauchboot kam zurück! Blitzschnell rollte er sich Richtung Graben, stieg hinein und ging in die Hocke. Aus dem Brummen wurde Lärm, aus dem seinerseits ein Dröhnen wurde, als das Schlauchboot auf den Hafen zusteuerte. Dann brach das Dröhnen ab, anscheinend nutzte das Boot die Fahrt, um durch den Kanal und in die Höhle zu gleiten. Montalbano kletterte ohne Schwierigkeiten auf den Felsen; die Gewissheit, dass er sich bald seine ersehnte Genugtuung verschaffen konnte, gab ihm Kraft und einen klaren Kopf. Als er am Zaun ankam, sah er einen breiten Lichtkegel am Höhleneingang. Er hörte auch zwei zornige Männerstimmen und weinende Kinder; ihr Wimmern stach ihm ins Herz und drehte ihm den Magen um. Seine Hände schwitzten und zitterten, aber nicht vor Anspannung, sondern vor Wut; er wartete, bis keine Stimme und kein Geräusch mehr aus der Höhle drangen, und als er den ersten der beiden verbliebenen Drähte durchschneiden wollte, erlosch auch das Licht. Ein gutes Zeichen, es bedeutete, dass niemand mehr in der Höhle war. Montalbano zwickte die beiden Drähte rasch durch, ohne auf den Lärm zu achten, und ließ das große Zaunstück, das er in der Hand hielt, am Felsen entlang in den Graben fallen. Dann ging er zwischen den beiden Eisenpfosten durch und sprang im Dunkeln vom Felsen hinunter in den Sand. Ein Sprung von über drei Metern, und der Herrgott stand ihm bei. In diesen wenigen Augenblicken schien er gut zehn Jahre jünger geworden zu sein. Er zog seine Waffe, lud durch und ging in die Höhle. Es war stockfinster und ganz still. Montalbano lief den schmalen Kai entlang, bis seine Hand die angelehnte Eisentür ertastete. Er betrat den Schuppen und war im Nu, als ob er sehen könnte, an dem Bogen, ging unter ihm hindurch und blieb auf der ersten Stufe stehen. Warum war es nur so still? Hatten seine Leute noch nicht angefangen? Da trieb ihm ein Gedanke den Schweiß auf die Stirn: War ihnen vielleicht was dazwischengekommen, und sie waren noch gar nicht da? Und er stand hier mit der Pistole in der Hand in seinem idiotischen Piratenkostüm im Dunkeln herum! Warum taten sie nicht endlich was? Sehr witzig, Himmel noch mal! Und Signor Zarzis und seine Kumpane sollten mit heiler Haut davonkommen? O nein, und wenn er allein in die Villa rauf und sich die Leute vorknöpfen müsste!

Da hörte er, wenn auch durch die Entfernung gedämpft, fast gleichzeitig Pistolenschüsse, Salven von Maschinenpistolen, unverständliches, aufgeregtes Geschrei. Was tun? Abwarten oder seinen Leuten zu Hilfe kommen? Oben ging die Schießerei heftig weiter und schien näher zu kommen. Plötzlich standen die Treppe, der Schuppen und die Höhle in gleißendem Licht. Jemand wollte abhauen. Montalbano hörte deutlich hastige Schritte auf der Treppe. Blitzschnell verzog sich der Commissario hinter den Bogen und stellte sich mit dem Rücken an die Mauer. Einen Augenblick später kam keuchend ein Mann mit einem Satz unter dem Bogen hervorgeschossen, wie eine Maus aus einem Abwasserkanal.

»Stehen bleiben! Polizei!«, schrie Montalbano und trat vor. Der Mann blieb nicht stehen, er sah sich nur kurz um, hob den rechten Arm und schoss mit einem großen Revolver praktisch aufs Geratewohl hinter sich. Ein brutaler Schlag gegen die linke Schulter riss Montalbanos Oberkörper herum. Nicht aber die Füße und die Beine, sie blieben wie festgenagelt an ihrem Platz. Der Mann hatte gerade die Tür des Schuppens erreicht, als Montalbanos erster und einziger Schuss ihn genau zwischen den Schulterblättern traf. Der Mann blieb abrupt stehen, breitete die Arme aus, ließ den Revolver fallen und stürzte der Länge nach hin. Langsam, weil er nicht schnell laufen konnte, ging der Commissario zu ihm und drehte ihn mit der Stiefelspitze um.

Jamil Zarzis schien ihn mit seinem zahnlosen Mund anzugrinsen.

Jemand hatte Montalbano einmal gefragt, ob er sich schon mal darüber gefreut habe, einen Menschen getötet zu haben. Und er hatte verneint. Und auch diesmal verschaffte es ihm keine Freude, aber er fühlte sich befriedigt. Ja, befriedigt war das richtige Wort.

Er sank auf die Knie, seine Beine fühlten sich an wie Ricotta, und er wollte am liebsten nur noch schlafen. Das Blut quoll aus der Wunde an seiner Schulter und durchtränkte seinen Pullover. Der Treffer musste ein großes Loch geschlagen haben.

»Commissario! Mein Gott, Commissario! Ich rufe einen Krankenwagen!«

Montalbano hielt die Augen geschlossen, aber er erkannte Fazio an der Stimme.

»Kein Krankenwagen. Warum habt ihr so lange gebraucht?«

»Wir haben gewartet, bis sie die Kinder in ein Zimmer gebracht haben, damit wir uns freier bewegen können.«

»Wie viele sind es?«

»Sieben. Ein halber Kindergarten. Alle gerettet. Einen Mann haben wir getötet, der andere hat sich ergeben. Den dritten haben Sie erschossen. Die Rechnung geht auf. Darf ich jetzt jemanden rufen, der mir hilft?«

Montalbano nahm zur Kenntnis, dass er in einem Wagen saß, der von Gallo gefahren wurde. Fazio hielt ihn auf der Rückbank im Arm, denn das Auto rumpelte über den Weg, der voller Schlaglöcher war. Sie hatten ihm den Pullover ausgezogen und einen provisorischen Verband angelegt. Die Wunde schmerzte nicht, das kam vielleicht erst später.

Er versuchte zu sprechen, was ihm aber nicht auf Anhieb glückte, weil seine Lippen ganz trocken waren.

»Heute um … zwölf kommt … Livia … in Punta Raisi an.«

»Machen Sie sich keine Sorgen«, sagte Fazio. »Einer von uns holt sie ab.«

»Wo … bringt ihr mich hin?«

»Nach Montechiaro ins Krankenhaus. Es ist das nächste.«

Und jetzt geschah etwas, was Fazio erschreckte. Weil er begriff, dass das Geräusch, das Montalbano von sich gab, kein Husten oder Räuspern war, sondern Lachen. Was hatte er denn in seinem Zustand zu lachen?

»Warum lachen Sie, Dottore?«, fragte er besorgt.

»Ich wollte … meinen Schutzengel reinlegen … und nicht zum Arzt gehen … und jetzt hat er mich … reingelegt … und ich muss sogar ins Krankenhaus.«

Fazio erschrak. Der Commissario begann anscheinend zu phantasieren. Doch noch mehr erschrak er, als der Verletzte plötzlich aufschrie.

»Stopp!«

Gallo bremste, das Auto geriet ins Schleudern.

»Ist … da … vorn … die … Abzweigung?«

»Ja, Dottori.«

»Fahr nach Tricase.«

»Aber Dottore …«, mischte sich Fazio ein.

»Du sollst … nach Tricase fahren.«

Gallo fuhr langsam wieder an und bog rechts ab, und fast sofort befahl Montalbano ihm anzuhalten.

»Mach das Fernlicht an.«

Gallo tat, wie ihm geheißen, und der Commissario beugte sich zum Seitenfenster und sah hinaus. Der Kieshaufen war nicht mehr da, mit dem Kies war der Karrenweg repariert worden.

Besser so, sagte er sich.

Mit einem Mal tat die Wunde irrsinnig weh.

»Jetzt ... ins Krankenhaus.«

Sie fuhren wieder los.

»Ah, Fazio, noch was ...«, brachte Montalbano mühsam hervor und fuhr sich vergebens mit der trockenen Zunge über die rissigen Lippen, »du musst ... du musst ... Ponzio Pilato ... Bescheid sagen ... er wohnt ... im Hotel Regina.«

Madunnuzza santa! Wo kam denn Pontius Pilatus plötzlich her? Fazio sprach mit verständnisvoller Stimme, wie man es mit Verrückten macht.

»Ja natürlich, keine Sorge, wir sagen ihm Bescheid, darum kümmere ich mich als Allererstes.«

Das Reden, das Erklären war zu mühsam. Und halb ohnmächtig ließ Montalbano sich gehen. Fazio, dem vor Schreck der Schweiß ausgebrochen war, als er dieses für ihn unsinnige Zeug hörte, beugte sich vor zu Gallo und flüsterte:

»Fahr, bitte fahr zu! Du merkst doch, dass der Dottore schon spinnt.«

Anmerkungen de Autors

Die Figuren dieses Romans, ihre Namen und die Situationen, in denen sie sich befinden und handeln, sind natürlich frei erfunden.

Real sind dagegen die Daten zur illegalen Einwanderung Minderjähriger, welche aus dem Bericht von Carmelo Abbate und Paola Ciccioli in der Zeitschrift *Panorama* vom 19. September 2002 stammen, und die Informationen über den Menschenhändlerring und dessen Chef, die ich einem Artikel der Tageszeitung *La Repubblica* vom 26. September 2002 entnommen habe. Auch zu der Geschichte mit dem falschen Toten hat mich ein Kriminalfall inspiriert (*Gazzetta del Sud* vom 17., 20. und 25. August 2002).

Im Text erwähnte kulinarische Köstlichkeiten

calamaretti: Tintenfischchen

càlia e simenza: Geröstete Erdnüsse, Saubohnen, Kichererbsen und Kürbiskerne

coniglio alla cacciatora: Kaninchen auf Jägerart

costi 'mbriachi: Schweinerippchen in Wein und Tomatenmark

ditalini cu 'a ricotta: Ditalini (Nudelsorte) mit Ricotta

involtini di carne: Fleischrouladen

pasta col nìvuro di siccia: Pasta mit Sepiatinte

pasta 'ncasciata: Makkaroniauflauf mit Auberginen

purpi a strascinasali: In Meerwasser gekochte Kraken

sarde a beccafico: Gefüllte Sardinen

spaghetti alle vongole: Spaghetti mit Venusmuscheln

triglie di scoglio: Streifenbarben

Festtagsstimmung im Périgord und ein perfider Mordfall

Julie Dubois
TRAUBENFEST
Ein Périgord-Krimi. Eine deutsch-französische Kommissarin und ein mysteriöser Mordfall in Frankreichs Feinschmeckerparadies

352 Seiten
ISBN 978-3-7577-0021-8

Es ist Sommer in Saint-André, und das beliebte Traditionsfest *Félibrée* steht bevor. Dieses Mal will auch Kommissarin Marie Mercier daran teilnehmen. Doch während ihre Großtante Léonie sich als begnadete Köchin auf kulinarische Highlights freut, gibt es für Marie einen ernsten Anlass für den Besuch: Die 16-jährige Tochter der Winzerin Jeanne Laroussine ist verschwunden. Kurz darauf spitzen sich die Ereignisse weiter zu: Ein angesehener Bürger der Stadt, der im Rahmen der *Félibrée* ein wichtiges Amt innehatte, wurde ermordet aufgefunden. Während das Fest in vollem Gang ist, kommen Marie und ihr Kollege Richard Martin einem makabren Verwirrspiel auf die Spur.

Drei Frauen und ein Mord an der bretonischen Smaragdküste

Mo Malo
TOD IN SAINT-MALO
Die Breizh Brigade
Ein Bretagne-Krimi. Drei Frauen klären einen Mordfall in der Korsarenstadt an der Smaragdküste
Aus dem Französischen von Ulrike Werner-Richter
336 Seiten
ISBN 978-3-7577-0025-6

Es ist Sommer in Saint-Malo, und ein großes Musikfestival steht bevor. Auch Maggie (69), Louise (44) und Enora (22), die als Dreigenerationenteam die hübsche Traditionspension Corridan Inn führen, fiebern dem Event entgegen. Doch dann wird Paul Le Tocic, Star der wichtigsten Band, ermordet in seinem Hotelzimmer aufgefunden. Heikel für die Corridon-Frauen: Paul war ein Ex-Liebhaber von Maggie. Die Paul kurz vor seinem Tod noch in seinem Zimmer besucht hatte. Und dabei gesehen wurde. Um den Polizeiermittlungen unter Leitung eines frisch eingetroffenen neuen Kommissars zuvorzukommen, setzen die drei nun alles daran, einem perfiden Mörder auf die Spur zu kommen.

Klappernde Schnappviecher, köstlicher Traminer und eine Leiche beim Faschingsumzug

Gianna Milani
COMMISSARIO TASSO
TREIBT DEN WINTER
AUS
Kriminalroman

320 Seiten
ISBN 978-3-7857-2121-6

Februar 1963: Etwas widerwillig besucht Aurelio Tasso den Egetmann–Umzug in Tramin, bei dem traditionell der Winter ausgetrieben wird. Vor allem die hölzernen Schnappviecher flößen Tasso Respekt ein. Dann wird mitten in der Menge ein junger Mann umgebracht. Niemand will etwas gesehen haben. Die Möglichkeit, es könne ein Unglück gewesen sein, ist schnell vom Tisch, Beschuldigungen werden ausgesprochen. Sogar ein Schnappviech wird verdächtigt. Mit Hilfe von Mara Oberhöller versucht Tasso tapfer, die vielen verschiedenen Fäden zu entwirren, aber er muss erst einige Knoten lösen, bevor er den Mörder findet.